Le billet gagnant

et autres nouvelles

Mary Higgins Clark

Le billet gagnant

et autres nouvelles

Traduit de l'anglais
par Anne Damour

LE GRAND LIVRE DU MOIS

Éditions originales :

DEATH ON THE CAPE AND OTHER STORIES

THE LOTTERY WINNER

Voir suite © page 387

Traduction française :

22, rue Huyghens, 75014 Paris

Pour mes beaux-frères, belles-sœurs et amis
Junes M. Clark et en mémoire d'Allan Clark
Ken et Irene Clark
Agnes Partel et en mémoire de George Partel

Chers compagnons de mes vertes années,
n'avons-nous pas toujours vingt-deux ans ?

NOTE DE L'AUTEUR

Alvirah Meehan fit ses débuts — si vous vous rappelez — dans mon roman *Ne pleure pas, ma belle.* Femme de ménage frisant la soixantaine, elle et son plombier de mari, Willy, avaient gagné le billet gagnant de quarante millions de dollars à la loterie de l'État de New York. Alvirah avait avant tout voulu satisfaire un vieux rêve : aller à l'institut de remise en forme de Cypress Point et se mêler aux célébrités qui le fréquentaient.

Malheureusement pour Alvirah, elle était trop intelligente. Mise sur la piste d'un meurtrier, elle en devint elle-même la victime. Dans mes premières versions de *Ne pleure pas, ma belle,* Alvirah mourait à la dernière page.

C'est alors que ma fille Carol Higgins Clark lut le manuscrit et protesta. « Tu ne peux pas faire ça. Alvirah est trop drôle, beaucoup trop drôle. En outre, tu ne trouves pas que tu as envoyé assez de gens *ad patres* dans ton livre ?

— Elle doit mourir », dis-je fermement.

Mais Carol sut me persuader et je fis revenir Alvirah parmi les vivants.

Je suis heureuse de l'avoir fait. Je les considère, elle et Willy, comme de très chers amis. Ce sont les seuls de mes personnages qui reviennent souvent, et j'espère que vous prendrez à lire leurs aventures autant de plaisir que j'ai eu à les écrire.

Merci, Carol.

Meurtre à Cape Cod

C'EST dans l'après-midi, peu après leur arrivée dans le bungalow qu'ils avaient loué pour le mois d'août à Dennis, petit village de Cape Cod, qu'Alvirah Meehan remarqua quelque chose d'étrange dans l'attitude de leur voisine, une jeune femme d'une maigreur pitoyable qui paraissait à peine âgée d'une trentaine d'années.

Après avoir jeté un rapide coup d'œil à la maison, appréciant le lit à baldaquin en érable, les tapis au crochet, la cuisine aux couleurs vives et l'agréable brise chargée d'effluves marins, Alvirah et Willy ôtèrent de leurs bagages Vuitton les vêtements achetés pour l'occasion. Willy servit ensuite deux bières bien fraîches qu'ils allèrent savourer sur la terrasse de la maison qui dominait la baie de Cape Cod.

Sa silhouette rebondie confortablement calée sur les coussins rembourrés d'une chaise longue en osier, Willy fit remarquer qu'ils allaient avoir un superbe coucher de soleil et, Dieu merci, jouir d'un peu de tranquillité. Il y a deux ans, ils avaient gagné quarante millions de dollars à la loterie de l'État de New York. Depuis, disait Willy en plaisantant, Alvirah avait joué les paratonnerres ambulants. Pour commencer, elle avait fait un séjour dans le fameux institut de remise en forme de Cypress Point, en Californie, et avait failli y perdre la vie. Puis ils étaient partis en croisière et — croyez-le ou non — l'homme qui était assis à côté d'eux à la table d'hôte de la salle à manger était tombé raide mort. Néanmoins, avec la sagesse accumulée au long de ses cinquante-neuf années, Willy était sûr qu'à Cape Cod, au moins, ils auraient la tranquillité dont il rêvait. Si Alvirah écrivait un article pour le *New York Globe* concernant ces vacances, il aurait trait au temps et à la pêche.

Assise à la table de pique-nique, non loin de la forme béatement allongée de Willy, Alvirah l'écoutait parler. Elle se reprocha d'avoir oublié son chapeau de paille. La coloriste de Vidal Sassoon l'avait prévenue des méfaits du soleil sur ses cheveux. « Nous avons obtenu une si jolie teinte rousse, madame Meehan. Vous ne voudriez pas voir réapparaître ces vilains reflets jaunes, n'est-ce pas ? »

À peine remise de la tentative d'assassinat qui avait failli l'envoyer *ad patres* pendant sa cure thermale, Alvirah avait regagné tout le poids qu'elle avait perdu au prix de trois mille dollars et retrouvé sa taille confortable 44-46. Mais Willy ne manquait jamais de faire remarquer qu'il aimait avoir la sensation de tenir une vraie femme entre ses bras — et non un de ces zombies étiques qui hantent les magazines de mode qu'Alvirah se plaisait tant à lire et relire.

Quarante ans à écouter affectueusement les remarques de Willy avaient appris à Alvirah à ne lui prêter qu'une seule oreille. Aujourd'hui, contemplant les paisibles villas perchées sur la butte de sable et d'herbe qui servait de digue, le miroir bleu-vert de l'eau en contrebas, l'étendue de la plage parsemée de rochers, elle se demanda avec inquiétude si Willy n'avait pas raison. Si superbe que soit Cape Cod, même si c'était un endroit dont elle avait toujours rêvé, elle n'y trouverait peut-être rien de sensationnel à raconter à son rédacteur en chef, Charley Evans.

Deux ans auparavant, Charley Evans avait envoyé un journaliste interviewer les Meehan sur leurs impressions après qu'ils eurent gagné quarante millions de dollars. Qu'allaient-ils en faire ? Alvirah était femme de ménage, Willy plombier. Continueraient-ils à travailler ? Alvirah avait sans hésitation répliqué au journaliste qu'elle n'était pas à ce point stupide. Que la prochaine fois qu'elle prendrait un balai, ce serait pour se déguiser en sorcière à une soirée des Chevaliers de Colomb. Puis elle avait dressé la liste de tout ce qu'elle avait envie de faire, et en premier lieu venait un séjour à l'institut de remise en forme de Cypress Point — où elle ferait la connaissance des célébrités dont elle lisait les faits et gestes avec passion.

Charley Evans, le rédacteur en chef du *Globe*, lui avait alors proposé d'écrire un article sur son séjour à Cypress Point. Il lui avait donné une broche en forme de soleil où était dissimulé un micro lui permettant d'enregistrer les personnes qu'elle côtoierait et d'écouter la bande sur un magnétophone pour rédiger son article.

Un sourire éclaira le visage d'Alvirah au souvenir de sa broche.

Comme le disait Willy, elle s'était fourrée dans un sacré pétrin à Cypress Point. Elle avait découvert le pot aux roses et failli se faire assassiner pour la peine. Mais l'expérience avait été terriblement excitante ; elle s'était liée avec tout le monde à l'institut et pouvait désormais y faire une cure gratuite chaque année. Et parce qu'elle avait aidé à résoudre l'énigme d'un meurtre sur le bateau l'an dernier, ils avaient une invitation pour une croisière en Alaska à la date de leur choix.

Cape Cod était magnifique, mais Alvirah craignait secrètement de passer des vacances banales qui ne susciteraient aucun article valable pour le *Globe*.

C'est à ce moment précis qu'elle jeta un coup d'œil par-dessus la haie qui délimitait le terrain de leur bungalow sur la droite, et remarqua une jeune femme dans la maison voisine, appuyée à la balustrade de la véranda, le regard fixé sur la baie.

C'est la façon dont ses mains agrippaient la rampe qui frappa Alvirah. Signe de tension, pensa-t-elle. Elle est tendue comme un arc. La frappa aussi la manière dont elle tourna la tête vers elle, comme si elle la fixait du regard. Elle ne m'a même pas vue, conclut Alvirah en elle-même. La distance qui les séparait ne l'empêcha pas de percevoir le chagrin et le désespoir qui se dégageaient de l'attitude de la jeune femme.

Alvirah sentit sa curiosité s'éveiller. « Je crois que je vais me présenter à notre voisine, dit-elle à Willy. Il y a quelque chose qui m'inquiète chez elle. » Elle descendit les marches et se dirigea nonchalamment vers la haie. « Bonjour, dit-elle de son ton le plus amical. Je vous ai vue arriver en voiture. Nous sommes ici depuis deux heures, c'est donc à nous de vous faire bon accueil. Je me présente, Alvirah Meehan. »

La jeune femme se tourna vers elle et un sentiment de compassion envahit Alvirah. Elle semblait se relever d'une longue maladie. Pâle comme la mort, les muscles des bras et des jambes amaigris par l'inactivité. « Je suis venue ici pour être seule, non pour entretenir des rapports de voisinage, dit-elle doucement. Ne m'en veuillez pas, je vous prie. » Ces paroles auraient sans doute été définitives, comme le fit remarquer par la suite Alvirah, si en tournant les talons elle n'avait trébuché sur un tabouret et n'était tombée lourdement sur le sol de la véranda. Alvirah s'était précipitée pour l'aider à se relever, refusant de la laisser entrer seule dans sa maison et, se sentant en quelque sorte responsable de l'accident, elle avait enveloppé d'un sac de glace le poignet qui gonflait à vue d'œil. Après s'être assurée qu'il s'agissait d'une simple foulure, elle avait préparé du thé et appris que la jeune femme s'appelait Cynthia Rogers et qu'elle était professeur dans l'Illinois. Cette dernière information lui mit la puce à l'oreille car, comme elle le dit à Willy à son retour une heure plus tard, elle n'avait pas mis dix minutes à reconnaître leur voisine. « Elle peut toujours dire qu'elle se nomme Cynthia Rogers, son véritable nom est Cynthia Lathem. Elle a été condamnée pour le meurtre de son beau-père il y a douze ans. Il était bourré aux as. Je me souviens de l'affaire comme si c'était hier.

— Tu te souviens toujours de tout comme si c'était hier, fit remarquer Willy.

— C'est vrai. Et tu sais que je lis toujours ce qu'on raconte sur les meurtres. En tout cas, ça s'est passé ici, à Cape Cod. Cynthia a juré qu'elle était innocente, et elle a toujours dit qu'il existait un témoin capable de prouver qu'elle était absente de la maison à l'heure du crime. Mais le jury ne l'a pas crue. Pourquoi donc est-elle revenue ? Il faut que j'appelle le *Globe* et que je demande à Charley Evans de m'envoyer le dossier complet concernant le procès. Elle sort probablement à peine de prison. Elle a le teint gris. Peut-être... (le regard d'Alvirah pétilla soudain)... peut-être est-elle venue rechercher ce témoin qui lui a fait défaut pour sa défense. Mon Dieu, Willy, je crois que nous allons vivre des jours passionnants. »

Consterné, Willy regarda Alvirah ouvrir le premier tiroir de la commode, sortir sa broche munie du micro incorporé et composer le numéro de la ligne directe de son rédacteur en chef à New York.

Ce soir-là, Willy et Alvirah dînèrent à l'auberge du Faisan Rouge. Alvirah portait pour l'occasion une robe imprimée beige et bleue soigneusement choisie chez Bergdorf Goodman. Malgré tout, avait-elle avoué à Willy après l'avoir enfilée, elle lui paraissait peu différente de la robe achetée chez Alexander's quelques jours avant qu'ils ne gagnent à la loterie. « C'est à cause de mes rondeurs, se lamenta-t-elle en étalant du beurre sur un muffin aux cassis juste sorti du four. Seigneur, ces muffins sont un régal ! À propos, Willy, je suis contente que tu aies acheté cette veste de lin jaune. Elle met en valeur tes yeux bleus, et tu as encore de si beaux cheveux.

— J'ai plutôt l'impression de ressembler à un canari de quatre-vingt-dix kilos, grommela Willy, mais du moment que tu es satisfaite. »

Après dîner, ils allèrent admirer Debbie Reynolds dans une nouvelle comédie qui passait au théâtre de Cape Cod avant d'être jouée à Broadway. À l'entracte, tout en buvant un ginger ale sur la pelouse devant le théâtre, Alvirah raconta à Willy qu'elle avait toujours eu un faible pour Debbie Reynolds depuis l'époque où elle jouait enfant dans des comédies musicales avec Mickey Rooney. C'était monstrueux de la part d'Eddie Fisher de l'avoir plaquée avec deux petits enfants. « Et qu'en a-t-il retiré ? conclut-elle d'un ton sentencieux tandis que la sonnerie les appelait à regagner leurs places pour le second acte. Il a été d'échec en échec par la suite. On gagne rarement à mal se conduire. »

Cette pertinente réflexion amena Alvirah à se demander si son rédacteur en chef avait envoyé les renseignements concernant leur voisine. Elle avait hâte de les lire.

Pendant qu'Alvirah et Willy s'enthousiasmaient pour Debbie Reynolds, Cynthia commençait enfin à réaliser qu'elle était vraiment libre, que ses douze années de prison étaient derrière elle. Douze ans...

Douze ans auparavant, elle s'apprêtait à entrer en troisième année à l'École des beaux-arts de Rhode Island quand son beau-père, Stuart Richards, avait été assassiné dans le bureau de sa résidence, une maison d'armateur du XVIIIe siècle située à Dennis.

En arrivant cet après-midi, Cynthia était passée en voiture devant la maison et s'était arrêtée sur la route pour l'examiner. Qui l'habitait maintenant ? se demanda-t-elle. Sa demi-sœur, Lillian, l'avait-elle vendue ou conservée ? La propriété était dans la famille Richards depuis trois générations, mais Lillian n'était pas du genre sentimental. Puis Cynthia avait appuyé sur l'accélérateur, soudain glacée au souvenir de cette horrible nuit et des jours qui avaient suivi. L'accusation. L'arrestation. La comparution au tribunal, le procès. Sa confiance au début : « Je peux apporter la preuve absolue que j'ai quitté la maison à vingt heures et n'y suis pas revenue avant minuit passé. J'étais avec quelqu'un. »

Cynthia frissonna et serra autour de sa frêle silhouette la robe de chambre de lainage bleu clair.

Elle pesait soixante-deux kilos le jour où on l'avait mise en prison. Elle n'en pesait plus que cinquante-cinq aujourd'hui, trop peu pour son mètre soixante-douze. Ses cheveux d'un blond doré avaient foncé au fil du temps. Fadasses, se dit-elle en les brossant. Ses yeux couleur noisette, si semblables à ceux de sa mère, avaient aujourd'hui un regard amorphe et vide. Au déjeuner, le dernier jour, Stuart Richards avait dit : « Tu ressembles de plus en plus à ta mère. J'aurais dû avoir l'intelligence de la garder. »

Cynthia avait huit ans lorsque sa mère avait épousé Stuart et douze au moment de leur séparation. Le plus long des deux mariages de son beau-père. Lillian, sa fille naturelle, de dix ans l'aînée de Cynthia, avait vécu avec sa mère à New York et venait rarement à Cape Cod.

Cynthia reposa la brosse sur la commode. Pourquoi avoir cédé à l'impulsion qui l'avait poussée à venir ici ? Sortie de prison depuis deux semaines, elle avait à peine assez d'argent pour vivre pendant six mois, elle ignorait ce qu'elle pouvait ou voulait faire de sa vie. Avait-elle eu raison d'engager de telles dépenses pour louer le bungalow, louer une voiture ? Tout ça avait-il une utilité ? Qu'espérait-elle trouver ?

Une aiguille dans une meule de foin, pensa-t-elle. En pénétrant dans le petit salon, elle se dit que cette maison était certes minuscule comparée à la demeure de Stuart, mais elle lui paraissait carrément seigneuriale après toutes ces années d'emprisonnement. Dehors, la brise courait sur la mer, formant des moutons d'écume. Cynthia sortit sur la véranda, à peine consciente de la douleur qui lui élançait le poignet, serrant ses bras contre elle pour se protéger du froid. Seigneur, soupira-t-elle, pouvoir respirer l'air frais, savoir que si l'envie lui prenait de se lever à l'aube pour aller marcher sur la plage comme elle le faisait lorsqu'elle était enfant, personne ne l'en empêcherait. La lune aux trois quarts pleine, semblable à un disque dont on aurait soigneusement découpé un morceau, nappait l'eau d'un miroitement argenté. Au loin, la mer semblait noire et impénétrable.

Contemplant l'immensité de l'océan devant elle, Cynthia se remémora la nuit où Stuart avait été assassiné. Puis elle secoua la tête. Non, elle ne voulait pas y penser maintenant. Pas ce soir. Ce soir, elle désirait que la paix environnante lui emplisse l'âme. Elle allait se coucher, laissant la fenêtre grande ouverte pour que le vent frais de la nuit pénètre dans sa chambre, et blottie sous les couvertures, elle sombrerait dans un profond sommeil.

Elle se lèverait tôt demain matin et irait marcher sur la plage, sentir le sable humide sous ses pieds, chercher des coquillages comme elle le faisait lorsqu'elle était enfant. Demain. Oui, elle allait s'octroyer la matinée du lendemain pour tenter de reprendre goût à la vie, retrouver son équilibre. Puis elle commencerait son enquête, une recherche probablement vaine, celle de la seule personne à savoir qu'elle avait dit la vérité.

Le lendemain, laissant Alvirah préparer le petit déjeuner, Willy prit la voiture pour aller chercher les journaux du matin. Il revint avec un paquet de muffins aux myrtilles bien dorés et tout chauds. « J'ai demandé autour de moi, dit-il à Alvirah. Tout le monde m'a conseillé le Mercantile à côté du commissariat de police ; ils font les meilleurs muffins du Cape. »

Ils mangèrent sur la table de la terrasse. Tout en entamant son deuxième muffin, Alvirah observa les joggers matinaux sur la plage « Regarde, c'est elle !

— Qui elle ?

— Cynthia Lathem. Ça fait au moins une heure et demie qu'elle est partie. Je parie qu'elle meurt de faim. »

Lorsque Cynthia gravit les marches qui menaient de la plage à sa terrasse, elle se trouva nez à nez avec une Alvirah souriante qui la prit fermement par le bras. « Je suis réputée pour mon café et j'ai fait du jus d'orange. Et vous allez goûter les muffins aux myrtilles.

— Non... vraiment... » Cynthia tenta de dégager son bras, mais elle se sentit entraînée malgré elle à travers la pelouse. Willy se leva promptement pour lui installer un siège.

« Comment va votre poignet ? demanda-t-il. Alvirah était vraiment navrée que vous vous soyiez fait mal lorsqu'elle est venue vous rendre visite. »

Cynthia sentit son irritation fondre face à la gentillesse sincère inscrite sur leurs deux visages. Avec ses joues rebondies, sa physionomie aimable et énergique et l'épaisse toison de ses cheveux blancs, Willy lui rappelait Tip O'Neill. Elle le lui dit.

Il eut un sourire ravi. « On vient de m'en faire la remarque à la boulangerie. La seule différence c'est qu'à l'époque où Tip était speaker à la Chambre des Représentants, j'étais le sauveur des chambres inondées. Je suis plombier à la retraite. »

Savourant sans se faire prier davantage jus d'orange, café et muffin, Cynthia écouta avec stupéfaction Alvirah lui raconter leur gain à la loterie, son séjour à Cypress Point et la façon dont elle avait aidé la police à retrouver la piste d'un meurtrier, leur croisière en Alaska où elle avait découvert l'auteur du meurtre de son voisin à la table d'hôte.

Elle accepta une seconde tasse de café. « Vous m'avez raconté tout ça dans un but précis, n'est-ce pas ? dit-elle alors. Vous m'avez reconnue hier ? »

Alvirah prit l'air grave. « Oui. »

Cynthia repoussa son siège. « Vous avez été très aimables tous les deux et je crois que vous désirez sincèrement m'aider, mais le mieux est de me laisser seule. J'ai une quantité de choses à examiner, mais je dois le faire seule. Merci pour le petit déjeuner. »

Alvirah regarda la mince silhouette franchir la distance qui séparait leurs deux bungalows. « Elle a pris un peu de soleil ce matin, fit-elle remarquer. Bon début. Un peu plus remplie, elle serait ravissante.

— Tu pourrais aussi aller te reposer au soleil, suggéra Willy. Tu as entendu ce qu'elle a dit.

— Oh, ça ne compte pas. Dès que Charley aura

envoyé les dossiers concernant son procès, je trouverai un moyen de l'aider.

— Oh, mon Dieu, gémit Willy. J'aurais dû m'en douter. C'est reparti. »

« Je ne sais pas comment Charley s'y est pris », soupira Alvirah quelques heures après. Le paquet express était arrivé au moment où ils finissaient leur petit déjeuner. « Il a tout envoyé sauf les minutes du procès et il ne les obtiendra pas avant deux jours. » Elle étouffa une exclamation. « Regarde cette photo de Cynthia au procès. Elle a l'air d'une enfant apeurée. »

Allongé sur la chaise longue qu'il s'était définitivement appropriée, Willy achevait la lecture de la section sports d'un des quatre journaux qu'il avait achetés ce matin. « Je vais finir par croire que les Mets vont perdre », commenta-t-il tristement. Il attendit d'être rassuré, mais il était clair qu'Alvirah ne l'avait pas entendu.

A une heure de l'après-midi, Willy ressortit pour revenir cette fois avec un litre de bisque de homard. Pendant le déjeuner Alvirah le mit au courant de ce qu'elle avait appris. « En bref, voici les faits : la mère de Cynthia était veuve lorsqu'elle a épousé Stuart Richards. Cynthia avait huit ans à l'époque. Ils ont divorcé quatre ans plus tard. Richards avait un enfant de son premier mariage, une fille appelée Lillian. Elle était de dix ans plus âgée que Cynthia et vivait avec sa mère à New York.

— Pourquoi la mère de Cynthia a-t-elle divorcé de Richards ? demanda Willy entre deux cuillerées de bisque.

— D'après ce que Cynthia a déclaré à la barre des témoins, Richards était un de ces hommes qui aimaient rabaisser les femmes. S'ils se rendaient à une réception, il critiquait la façon dont sa femme était habillée et la tournait en ridicule jusqu'à ce qu'elle fonde en larmes. Ce genre de chose. Il semble qu'elle ait fini par faire une dépression nerveuse. Etrangement, il s'est toujours montré affectueux envers Cynthia, l'invitant pour son anniversaire, la couvrant de cadeaux.

« Puis la mère de Cynthia est morte, et Richards a invité la jeune fille à venir lui rendre visite à Cape Cod. Cynthia n'était plus une enfant à l'époque. Elle était étudiante à l'école des beaux arts de Rhode Island. Sa mère avait été longtemps malade, et il ne restait plus beaucoup d'argent ; Cynthia projetait de renoncer à ses études et de travailler pendant un ou deux ans. Stuart ne lui avait jamais caché son intention de laisser la moitié de sa fortune à Lillian et l'autre moitié au collège de Dartmouth. Mais il s'est fichu en rogne en apprenant que l'université s'apprêtait à accueillir des pensionnaires de sexe féminin et il a modifié son testament. Il a alors annoncé à Cynthia que la part de Dartmouth lui reviendrait, environ dix millions de dollars. Poussée par le procureur, elle a admis que Richards avait ajouté qu'elle devrait attendre sa mort pour en prendre possession : que c'était dommage pour ses études, mais que sa mère aurait dû penser à mettre de l'argent de côté à cette intention. »

Willy reposa sa cuiller. « Dans ce cas tu tiens ton mobile, non ?

— C'est ce qu'a dit le procureur, que Cynthia avait voulu profiter de la somme sans attendre. Quoi qu'il en soit, un certain Ned Creighton est venu rendre visite à Richards ce jour-là et il a surpris leur conversation. C'était un ami de Lillian, plus ou moins du même âge, que Cynthia avait rencontré à l'époque où elle vivait avec sa mère et Stuart au Cape. Bref, Creighton a invité Cynthia à dîner et Stuart l'a poussée à accepter.

« D'après ce qu'elle a déclaré au procès, Creigthon l'a emmenée dîner à la Table du Capitaine à Hyannis, avant de lui proposer de faire un tour dans son bateau qui était mouillé le long d'un ponton privé. Elle a dit qu'ils étaient au large du Nantucket Sound lorsque le bateau était tombé en panne ; plus rien ne marchait, pas même la radio. Il était près de onze heures lorsqu'il était enfin parvenu à faire repartir le moteur. Elle n'avait mangé qu'une salade au dîner et, une fois à terre, elle lui a demandé de s'arrêter pour acheter un hamburger.

« Dans son témoignage, elle a raconté que Creighton avait accepté à contrecœur de s'arrêter à un fast-food près de Cotuit. Cynthia a dit qu'elle n'était pas revenue au Cape depuis son enfance et qu'elle connaissait mal les parages. Elle n'était donc pas sûre de l'endroit où ils s'étaient arrêtés. Il lui a dit d'attendre dans la voiture pendant qu'il allait lui chercher un hamburger. Elle se souvenait seulement qu'il y avait une musique rock tonitruante et une foule d'adolescents. Puis une femme était arrivée en voiture et s'était garée à côté d'eux. En ouvrant sa portière, elle avait heurté l'aile de la voiture de Ned Creighton. » Alvirah tendit à Willy une coupure de journal. « Cette femme est le témoin que personne n'arrive à trouver. »

Pendant que Alvirah goûtait vaguement sa bisque, perdue dans ses réflexions, Willy parcourut l'article. La femme s'était abondamment excusée et avait examiné la voiture de Ned pour y relever d'éventuelles éraflures. Elle n'en avait découvert aucune et s'était dirigée vers le fast-food. D'après la description de Cynthia, c'était une petite femme robuste d'une cinquantaine d'années, avec des cheveux courts coupés à la diable et teints en rouge orangé, une blouse informe sur un pantalon en tissu synthétique retenu par un élastique à la taille.

L'article relatait la suite du témoignage de Cynthia selon lequel Creighton était revenu agacé par la longueur de l'attente et furieux contre les gamins infichus de passer leur commande. Il paraissait à cran, et Cynthia a dit qu'elle avait préféré ne pas lui raconter l'incident avec la femme.

Au banc des témoins, Cynthia avait déclaré que le trajet du retour à Dennis avait pris quarante-cinq minutes sur des routes qui lui étaient peu familières. Ned Creighton lui avait à peine adressé la parole. En arrivant devant la maison de Stuart Richards, il l'avait simplement déposée et était parti aussitôt. En pénétrant dans la maison, elle avait trouvé Stuart étendu de tout son long près de son bureau, le front et le visage ensanglantés, une large tache rouge sur le tapis près de lui.

Willy poursuivit sa lecture. « L'accusée a déclaré qu'elle avait d'abord pensé que Richards avait eu une attaque et était tombé, mais en repoussant ses cheveux, elle avait vu la blessure sur son front, puis le revolver à côté de lui. Elle avait alors téléphoné à la police.

— Elle a dit avoir d'abord pensé qu'il s'était suicidé, se souvint Alvirah. Elle a ramassé le revolver, sans se soucier d'y déposer ses empreintes. L'armoire était ouverte, et elle a admis qu'elle savait que Stuart y conservait une arme. Ensuite Creighton est venu contredire tous les points de sa déclaration à la police. En effet, il l'avait invitée à dîner, mais il l'avait ramenée à huit heures, heureux de se débarrasser d'elle car elle avait passé son temps à critiquer Richards, lui reprochant d'être responsable de la maladie et de la mort de sa mère, promettant d'avoir une bonne explication avec lui en rentrant. L'heure de la mort avait été fixée vers neuf heures, fait qui ne lui était guère favorable, étant donné le témoignage contradictoire de Creighton. Et lorsque ses avocats ont lancé des appels pour retrouver cette femme soi-disant rencontrée au fast-food, personne ne s'est présenté pour confirmer son histoire.

— Tu crois donc ce que raconte Cynthia ? demanda Willy. Tu sais qu'un grand nombre de meurtriers sont incapables d'affronter les actes qu'ils ont commis et finissent par croire en leurs propres mensonges, ou font tout ce qu'ils peuvent pour les soutenir. Peut-être continue-t-elle à rechercher cette inconnue dans le seul but de convaincre les gens de son innocence, bien qu'elle ait déjà servi sa peine. A la réflexion, pour quelle raison Ned Creighton mentirait-il dans toute cette affaire ?

— Je ne sais pas, répondit Alvirah en secouant la tête. Mais il est certain que quelqu'un ment, et je parie mon dernier dollar que ce n'est pas Cynthia. Et si j'étais à sa place, je ferais tout pour découvrir ce qui a poussé Creighton à mentir, quel avantage il pouvait en tirer. »

Sur ce, Alvirah porta son attention sur la bisque de homard, ne reprenant la parole que lorsque son assiette fût vide. « Hmm, c'était délicieux. Willy, nous allons passer des vacances formidables. Et n'est-ce pas merveilleux d'avoir loué cette villa voisine de celle de Cynthia ? Nous allons pouvoir l'aider à rétablir la vérité. »

Pour toute réponse, Willy poussa un long soupir en reposant bruyamment sa cuiller.

La longue et paisible nuit de sommeil suivie par une marche matinale avait un peu atténué l'hébétude qui s'était emparée de Cynthia à l'instant où elle avait entendu le jury prononcer le verdict de culpabilité douze années auparavant.

Aujourd'hui, tandis qu'elle prenait sa douche et s'habillait, elle songea qu'elle avait survécu au cauchemar de ces longues années uniquement en apprenant à brider ses émotions. Elle s'était montrée une prisonnière exemplaire. Elle ne s'était liée avec personne, avait résisté aux avances des autres prisonnières. Elle avait suivi tous les cours proposés par la prison. Après avoir travaillé à la blanchisserie et à la cuisine, elle avait été affectée à la bibliothèque puis chargée d'assister le professeur du cours d'arts plastiques. Et au bout d'un certain temps, lorsque l'odieuse réalité des faits avait fini par s'établir, elle s'était mise à dessiner. Le visage de la femme dans le parking. Le fast-food. Le bateau de Ned. Tous les détails qu'elle extirpait un à un de sa mémoire. À la fin, elle avait des croquis d'un fast-food comme on en trouvait partout aux États-Unis, d'un bateau qui ressemblait à tous les chriscrafts de cette époque. La femme était un peu plus distincte, mais pas beaucoup plus. Il faisait nuit. Leur rencontre n'avait duré que quelques secondes. Cette femme était pourtant son seul espoir.

L'exposé du procureur à la fin du procès : « Mesdames et messieurs les jurés, Cynthia a regagné la maison de Stuart Richards entre vingt heures et vingt heures trente dans la soirée du 2 août 1981. Elle est entrée dans le bureau de son beau-père. Dans l'après-midi du même jour, Stuart Richards avait annoncé à Cynthia qu'il avait l'intention de modifier son testament. Ned Creighton a surpris leur conversation, il a entendu Cynthia et Stuart se quereller. Vera Smith, la serveuse de la Table du Capitaine, a entendu Cynthia dire à Ned qu'elle devrait renoncer à l'université si son beau-père cessait de payer ses études.

« Cynthia Lathem était inquiète et furieuse lorsqu'elle a regagné la luxueuse demeure des

Richards, ce soir-là. Elle allée trouver Stuart dans son bureau. C'était un homme qui s'amusait à mettre hors d'eux les gens de son entourage. Il avait réellement modifié son testament. Il ne serait pas mort s'il avait dit à sa belle-fille qu'au lieu de quelques milliers de dollars, il lui léguait la moitié de sa fortune. Il a préféré la taquiner. Sans doute pendant trop longtemps. Et la colère qui couvait en elle à cause de son attitude détestable envers sa mère, la colère qui l'habitait à la pensée de devoir quitter l'université, de se retrouver sans un sou, l'a poussée vers le placard où elle savait qu'il conservait un revolver, à prendre l'arme et à tirer à trois reprises en plein dans le front de l'homme qui l'aimait assez pour faire d'elle son héritière.

« C'est d'une incroyable ironie. C'est une tragédie. C'est aussi un meurtre. Cynthia a supplié Ned Creighton de dire qu'elle avait passé la soirée avec lui sur son bateau. Personne ne les a vus sortir dans la baie. Elle parle d'un arrêt dans un fast-food. Mais elle ignore où il se trouve. Elle admet ne pas y être entrée elle-même. Elle parle d'une inconnue aux cheveux orange à qui elle aurait parlé sur le parking. Avec toute la publicité provoquée par cette affaire, pourquoi cette femme ne s'est-elle pas présentée ? Vous savez pourquoi. Parce qu'elle n'existe pas. Parce que, comme le fast-food, comme les heures passées dans un bateau au milieu de la baie de Cape Cod, c'est un pur produit de l'imagination de Cynthia Lathem. »

Cynthia avait lu si souvent les minutes du procès que l'exposé du procureur était resté imprimé dans sa mémoire. « Mais la femme existe, dit-elle à voix haute. Elle existe vraiment. » Pendant les six prochains mois, avec la petite assurance héritée de sa mère, elle allait s'efforcer de trouver cette femme. Elle est peut-être morte à l'heure actuelle, ou partie en Californie, pensa-t-elle tout en brossant ses longs cheveux avant de les ramasser en chignon.

Sa chambre faisait face à la mer. Cynthia alla jusqu'à la baie vitrée coulissante et l'ouvrit. Sur la plage en contrebas, des couples se promenaient avec leurs enfants. Si elle voulait un jour avoir une vie normale, un mari, un enfant, elle devait être innocentée.

Jeff Knight. Elle l'avait connu l'an dernier quand il était venu faire pour la télévision une série d'interviews de femmes en prison. Il l'avait invitée à participer à l'émission, et elle avait sèchement refusé. Il avait insisté, son visage énergique et intelligent exprimant une préoccupation sincère. « Ne comprenez-vous pas, Cynthia, que cette émission va être regardée par deux millions de spectateurs en Nouvelle-Angleterre ? La femme qui vous a vue cette nuit-là pourrait se trouver parmi eux. »

C'était la raison qui l'avait poussée à participer à l'émission ; elle avait répondu à ses questions, raconté la nuit où Stuart était mort, montré le vague croquis de la femme avec laquelle elle s'était brièvement entretenue, le dessin du fast-food. À New York, Lillian avait fait paraître une déclaration disant que la vérité avait été établie au procès et qu'elle n'avait pas d'autre commentaire à faire. Ned Creighton, actuellement propriétaire du Mooncusser, un célèbre restaurant à Barnstable, avait répété qu'il était navré, absolument navré pour Cynthia.

Après l'émission, Jeff avait continué à venir la voir. Seules ses visites l'avaient empêchée de sombrer dans le désespoir total en constatant que l'émission ne donnait aucun résultat. Il arrivait toujours un peu fripé, ses larges épaules boudinées dans sa veste, ses cheveux bruns indisciplinés bouclant sur son front, ses yeux noirs au regard intense pleins de bienveillance, ne sachant où caser ses longues jambes dans l'espace réduit réservé aux visiteurs. Lorsqu'il lui avait demandé de l'épouser après sa sortie de prison, elle l'avait supplié de l'oublier. Les chaînes de télévision lui faisaient déjà des ponts d'or. Il n'avait pas besoin dans sa vie d'une femme condamnée pour meurtre.

Quelle aurait été ma réaction si je n'avais pas été condamnée pour meurtre ? se demanda Cynthia en se détournant de la fenêtre. Elle se dirigea vers la commode d'érable, prit son carnet et quitta la maison au volant de sa voiture de location.

Elle ne regagna Dennis qu'en début de soirée, frustrée d'avoir gaspillé son temps en vain, donnant libre cours aux larmes qui lui montaient aux yeux. Elle avait roulé jusqu'à Cotuit, parcouru à pied la rue principale, demandé au propriétaire de la librairie — qui semblait être de la région — s'il connaissait un fast-food qui serait le lieu de rencontre privilégié de la jeunesse. Où avait-elle le plus de chances d'en trouver un ? Il avait répondu avec un haussement d'épaules : « Ça va, ça vient. Un promoteur acquiert les lieux, construit un centre commercial ou un immeuble d'habitation et le fast-food disparaît. » Elle était allée à la mairie, espérant y retrouver les registres des patentes de commerces d'alimentation délivrées ou renouvelées à cette époque. Il restait deux fast-foods en activité. Le troisième avait été transformé ou démoli. Aucun d'entre eux n'éveillait ses souvenirs. Par ailleurs, elle ne pouvait même pas affirmer qu'ils s'étaient vraiment rendus à Cotuit. Ned avait peut-être menti sur ce point-là aussi. Et comment demander au premier venu s'il connaissait une femme corpulente, d'âge moyen, aux cheveux orange, qui avait vécu ou passé l'été à Cape Cod pendant quarante ans et détestait la musique rock ?

En traversant Dennis, Cynthia négligea instinctivement l'embranchement qui menait à son bungalow et passa à nouveau devant la propriété des Richards. Une mince femme blonde descendait les marches de la maison. Même à cette distance, Cynthia reconnut Lillian. Elle roula au ralenti, mais accéléra rapidement lorsque Lillian regarda dans sa direction, et fit demi-tour vers les bungalows. Alors qu'elle tournait la clé dans la serrure, elle entendit la sonnerie du téléphone. Elle retentit dix fois avant de s'arrêter. Probablement Jeff, mais elle ne voulait pas lui parler. Quelques minutes plus tard, le téléphone sonna à nouveau. S'il avait son numéro, il était clair que Jeff ne renoncerait pas à la joindre.

Cynthia souleva le récepteur. « Allô.

— J'ai mal au doigt à force de composer votre numéro, dit Jeff. C'est malin de votre part de disparaître ainsi !

— Comment m'avez-vous retrouvée ?

— Pas sorcier. Je savais que vous iriez droit à Cape Cod comme un pigeon voyageur, et votre agent de probation me l'a confirmé. »

Elle l'imaginait, renversé dans son fauteuil, faisant tourner un crayon entre ses doigts, son regard grave démentant la légèreté du ton.

« Jeff, oubliez-moi, je vous en prie. Faites-le pour nous deux.

— Négatif. Cindy, je comprends. Mais à moins de retrouver cette femme à laquelle vous avez parlé, il n'existe aucun moyen de prouver votre innocence. Et croyez-moi, ma chérie, j'ai tout fait pour la retrouver. Lorsque j'ai réalisé cette émission, j'ai engagé des détectives privés sans vous en parler. Eux ne sont pas parvenus à la dénicher, vous n'y parviendrez pas plus. Cindy, je vous aime. Vous savez que vous êtes innocente. Je sais que vous êtes innocente. Ned Creighton a menti, mais nous ne serons jamais en mesure de le prouver. »

Cynthia ferma les yeux, elle savait que Jeff disait vrai.

« Cindy, laissez tomber. Faites vos valises. Prenez le volant et revenez. Je viendrai vous prendre chez vous ce soir à vingt heures. »

Chez elle. La chambre meublée que l'agent de probation l'avait aidée à choisir. *Je vous présente ma fiancée. Elle sort de prison. Que faisait ta mère avant de se marier ? Elle était en taule ?*

« Au revoir, Jeff », dit Cynthia. Elle mit fin à la communication, débrancha le téléphone et tourna les talons.

Alvirah avait observé le retour de Cynthia mais elle ne tenta pas de la contacter. Dans l'après-midi, Willy avait participé à une sortie en mer et il était rentré triomphalement avec deux poissons, deux magnifiques bluefish. Durant son absence, Alvirah avait étudié les coupures de presse sur l'affaire Stuart Richards. À l'institut de remise en forme de Cypress Point, elle avait découvert qu'elle pouvait enregistrer ses pensées sur un magnétophone. Elle mit l'appareil en marche.

« Pourquoi Ned Creighton a-t-il menti ? C'est là le nœud central de toute l'affaire. Il connaissait à peine Cynthia. Pourquoi a-t-il tout mis en œuvre pour qu'elle soit accusée du meurtre de son beau-père ? Stuart Richards avait beaucoup d'ennemis. Le père de Ned, à une époque, avait été en relations d'affaires avec Stuart et ils s'étaient brouillés, mais Ned n'était alors qu'un gamin. Ned était un ami de Lillian Richards. Lillian a juré qu'elle ignorait l'intention de son père de modifier son testament, qu'elle avait toujours su qu'elle hériterait de la moitié de sa fortune et que l'autre moitié irait au collège de Dartmouth. Elle savait, avait-elle dit, que Stuart s'était montré bouleversé en apprenant la décision de Dartmouth d'accepter des élèves de sexe féminin, mais elle ignorait que cela ait pu le conduire à changer son testament et laisser la part de Darmouth à Cynthia. »

Alvirah arrêta le magnétophone. Quelqu'un avait sûrement calculé que le jour où Cynthia serait inculpée du meurtre de son beau-père, elle perdrait ses droits à l'héritage et que Lillian bénéficierait de la totalité des biens de son père. Lillian avait épousé un New-Yorkais peu après la fin du procès. Elle avait divorcé à trois reprises depuis. Il ne semblait pas qu'elle ait eu la moindre idylle avec Ned. Restait le restaurant. Qui avait financé Ned ?

Willy rentra dans la maison avec les filets de bluefish qu'il avait préparés sur la terrasse. « Encore sur cette affaire ? demanda-t-il.

— Hm-mmm. » Alvirah souleva l'une des coupures de presse. « La cinquantaine, cheveux orange, genre pot à tabac. Cette description aurait pu me convenir il y a douze ans, non ?

— Tu sais très bien que je ne te traiterais jamais de pot à tabac, protesta Willy.

— Je n'ai pas dit ça. Je reviens dans une minute. Je veux parler à Cynthia. Je l'ai vue rentrer chez elle il y a un instant. »

Dans l'après-midi du lendemain, après avoir expédié Willy à une autre partie de pêche, Alvirah fixa sa broche soleil à sa robe violette toute neuve et se rendit avec Cynthia au Mooncusser à Barnstable. En route, elle fit répéter son rôle à la jeune femme. « N'oubliez pas, s'il est là, montrez-le-moi tout de suite. Je ne cesserai pas de le fixer. Il vous reconnaîtra. Il est obligé de venir vers vous. Vous savez quoi dire, n'est-ce pas ?

— Oui. » Était-ce possible ? se demanda Cynthia. Ned les croirait-il ?

Le restaurant, un majestueux édifice blanc dans le style colonial, se dressait au bout d'une longue allée sinueuse. Alvirah embrassa du regard le bâtiment, les jardins parfaitement dessinés qui s'étendaient jusqu'au bord de l'eau. « Très, très coûteux, dit-elle à Cynthia. Il n'a pas démarré cet endroit avec trois sous. »

Des faïences Wedgwood bleu et blanc décoraient la salle à manger. Les tableaux aux murs étaient magnifiques. Pendant vingt ans — jusqu'à ce qu'elle et Willy gagnent à la loterie — Alvirah avait fait le ménage tous les mardis chez Mme Rawlings, dont la maison ressemblait à un musée. Mme Rawlings adorait raconter l'histoire de chaque tableau, précisant combien elle l'avait payé et, avec jubilation, combien il valait actuellement. Alvirah pensait souvent qu'avec un peu de pratique elle pourrait être guide dans un musée. « Observez l'utilisation de l'éclairage, les rayons du soleil sur la poussière de la table. » Il lui suffisait d'imiter le baratin de Rawlings.

Devinant la nervosité grandissante de Cynthia, Alvirah tenta de la distraire en lui parlant de Mme Rawlings après que le maître d'hôtel les eut accompagnées à une table près de la fenêtre. Cynthia sentit un sourire lui venir aux lèvres en écoutant Alvirah lui raconter qu'avec toute sa fortune, Mme Rawlings ne lui offrait jamais plus qu'une carte postale pour Noël. « La vieille bique la plus pingre, la plus désagréable de la planète, pourtant je la plains, ajouta-t-elle. Personne d'autre n'acceptait de travailler chez elle. Mais quand mon temps viendra, j'ai l'intention de faire remarquer au Seigneur que j'ai beaucoup de points Rawlings à mon actif.

— Si votre plan marche, vous aurez aussi beaucoup de points Lathem à votre actif, dit Cynthia.

— J'espère bien. À présent, gardez ce sourire. Vous avez l'air du chat qui a avalé le canari. Est-ce qu'il est là ?

— Je ne l'ai pas encore vu.

— Bon. Quand cet engoncé viendra nous apporter la carte, dites que vous désirez le voir. »

Le maître d'hôtel s'approchait d'elles, un sourire professionnel plaqué sur son visage flegmatique. « Puis-je vous offrir un apéritif ?

— Oui. Deux verres de vin blanc. M. Creighton est-il là ? demanda Cynthia.

— Je crois qu'il s'entretient avec le chef aux cuisines.

— Je suis une de ses amies, poursuivit Cynthia. Voulez-vous lui demander de venir à ma table lorsqu'il sera libre ?

— Certainement.

— Vous avez un réel talent d'actrice, chuchota Alvirah, le visage abrité derrière la carte, sachant d'expérience qu'il fallait se montrer prudent au cas où quelqu'un lirait sur vos lèvres. Et je suis ravie de vous avoir poussée à acheter cet ensemble ce matin. Le contenu de votre penderie était désespérant. »

Cynthia portait une veste de lin jaune citron sur une jupe noire, une écharpe de soie jaune, noire et blanche négligemment nouée sur une épaule. Alvirah l'avait également accompagnée chez le coiffeur et ses cheveux mi-longs ondulaient maintenant en vagues souples autour de son visage. Un léger fond de teint dissimulait sa pâleur anormale, avivant la couleur noisette de ses grands yeux. « Vous êtes ravissante », dit Alvirah.

Alvirah, à regret, avait subi une métamorphose différente. Elle avait troqué la teinte donnée par Vidal Sassoon à ses cheveux contre son ancienne crinière rousse. Elle avait aussi coupé ses ongles à ras, les laissant sans vernis. Après avoir aidé Cynthia à choisir son ensemble jaune et noir, elle s'était rendue au rayon des soldes où pour de bonnes raisons la robe violette qu'elle portait était bradée à dix dollars. Le fait qu'elle fût trop étroite d'une taille soulignait les bourrelets dont Willy se plaisait à expliquer qu'ils étaient le rembourrage prévu par la nature pour amortir la chute finale.

Lorsque Cynthia protesta à la vue du massacre opéré sur la coiffure et les ongles de sa nouvelle amie, Alvirah dit simplement : « Chaque fois que vous parliez de cette femme, le témoin disparu, vous disiez qu'elle était boulotte, teinte en roux et portait une tenue qui semblait sortie tout droit des puces. Je me suis efforcée d'être crédible.

— J'ai dit que ses vêtements paraissaient bon marché, corrigea Cynthia.

— Même chose. »

Alvirah vit soudain le sourire de Cynthia déserter son visage. « Le voilà, n'est-ce pas ? » demanda-t-elle vivement.

Cynthia hocha la tête.

« Souriez-moi. Allons. Détendez-vous. Ne lui montrez pas que vous êtes nerveuse. »

Cynthia la gratifia d'un large sourire et appuya légèrement ses coudes sur la table.

Un homme se tenait devant elles. Des gouttes de transpiration se formaient sur son front. Il s'humecta les lèvres. « Cynthia, comme je suis heureux de vous revoir. » Il lui tendit la main.

Alvirah l'étudia attentivement. Pas mal dans le genre mou. Des yeux étroits qui disparaissaient presque sous la chair bouffie. Il avait une bonne dizaine de kilos de plus que sur les photos du dossier. Le genre d'homme que l'âge n'arrange guère.

« Êtes-vous sincèrement heureux de me voir, Ned ? demanda Cynthia, sans se départir de son sourire.

— C'est lui, prononça alors Alvirah d'un ton catégorique. J'en suis absolument certaine. Il était devant moi dans la queue au fast-food. Je l'ai remarqué parce qu'il pestait contre les gosses incapables de savoir ce qu'ils voulaient avec leurs hamburgers.

— Qu'est-ce que vous racontez ? demanda Ned Creighton.

— Pourquoi ne pas vous asseoir, Ned ? dit Cynthia. Je sais que ce restaurant vous appartient, mais j'ai l'impression que c'est à moi de vous divertir aujourd'hui. Après tout, vous m'avez offert à dîner un soir, il y a des années. »

Bravo, pensa Alvirah qui poursuivit : « Je suis bel et bien sûre que c'était vous ce soir-là, même si vous avez pris du poids, dit-elle d'un ton indigné. C'est une vraie honte qu'à cause de vos mensonges cette jeune femme ait passé douze années de sa vie en prison. »

Le sourire disparut du visage de Cynthia. « Douze ans, six mois et dix jours, corrigea-t-elle. Toutes les années de ma jeunesse, alors que j'aurais dû terminer mes études à l'université, avoir mon premier job, m'amuser. »

Le visage de Ned Creighton se durcit. « Vous bluffez. Votre histoire ne tient pas debout. »

Le serveur arriva avec deux verres de vin qu'il déposa devant Cynthia et Alvirah. « Monsieur Creighton ? »

Creighton lui lança un regard noir. « Rien. »

« C'est réellement un endroit magnifique, Ned, dit calmement Cynthia. Vous y avez sûrement investi beaucoup d'argent. D'où l'avez-vous sorti ? De Lillian ? Ma part de l'héritage de Stuart Richards approchait les dix millions de dollars. Combien vous a-t-elle donné ? » Elle n'attendit pas la réponse. « Ned, cette femme est le témoin que j'ai désespérément cherché. Elle se rappelle m'avoir adressé la parole ce soir-là. Personne ne m'a crue lorsque j'ai parlé d'une personne qui avait cogné sa portière contre l'aile de votre voiture. Mais elle se rappelle parfaitement cet incident. Et elle se souvient de vous avoir vu. Elle tient un journal depuis toujours. Ce soir-là, elle y a inscrit ce qui s'était passé dans le parking. »

Sans cesser d'opiner du chef, Alvirah étudiait le visage de Ned. Il perd son sang-froid, pensa-t-elle, mais il n'est pas convaincu. Le moment était venu pour elle de prendre la relève. « J'ai quitté Cape

Cod le lendemain même, dit-elle. Je vis en Arizona. Mon mari était malade, très malade. C'est pourquoi nous ne sommes jamais revenus. Je l'ai perdu l'an dernier. » Navrée, Willy, pensa-t-elle, mais c'est pour la bonne cause. « Puis la semaine dernière, je regardais la télévision, et vous savez comme les programmes sont rasoir durant l'été. Bref, je suis restée baba quand j'ai vu une rediffusion de cette émission sur les femmes en prison et mon propre portrait sur l'écran. »

Cynthia prit l'enveloppe qu'elle avait posée près de sa chaise. « Voici le portrait que j'ai dessiné de la femme à qui j'avais parlé sur le parking. »

Ned Creighton tendit la main.

« Je préfère le garder », dit Cynthia.

Le croquis montrait un visage de femme encadré dans la fenêtre ouverte d'une voiture. Les traits étaient imprécis et le fond sombre, mais la ressemblance avec Alvirah était frappante.

Cynthia repoussa sa chaise. Alvirah se leva en même temps qu'elle. « Vous ne pouvez pas me rendre douze années. Je sais ce que vous pensez. Même avec cette preuve, un jury peut ne pas me croire. Il ne m'a pas crue il y a douze ans. Mais il peut aussi me croire. Peut-être. Et je ne pense pas que vous désiriez courir ce risque. Ned, il me semble que vous devriez parler de tout ça avec la personne qui vous a payé pour me tendre un piège et lui dire que je veux dix millions de dollars. C'est ma part légale de l'héritage de Stuart.

— Vous êtes complètement folle. » La colère

avait remplacé la peur sur le visage de Ned Creighton.

« Vraiment ? Je n'ai pas cette impression. » Cynthia fouilla dans sa poche. « Voici mon adresse et mon numéro de téléphone. Alvirah habite chez moi. Téléphonez-moi ce soir vers sept heures. Si je n'ai pas de nouvelles de votre part, j'engagerai un avocat et ferai rouvrir mon procès. » Elle jeta un billet de dix dollars sur la table. « Pour le vin. Je n'en finis pas de payer le dîner que vous m'avez offert. »

Elle sortit rapidement du restaurant, Alvirah sur ses talons. Alvirah perçut les chuchotements aux autres tables. Les gens se rendent compte qu'il se passe quelque chose, pensa-t-elle. Parfait.

Elle et Cynthia ne dirent pas un mot avant d'avoir regagné la voiture. Puis Cynthia demanda d'une voix mal assurée : « Comment étais-je ?

— Formidable !

— Alvirah, ça ne peut pas marcher. S'ils retrouvent le croquis que Jeff a montré à l'émission, ils verront tous les détails que j'ai rajoutés pour que le portrait vous ressemble.

— Ils n'en auront pas le temps. Êtes-vous sûre d'avoir vu votre demi-sœur hier dans la maison des Richards ?

— Sûre et certaine.

— Alors, je parie que Ned Creighton est à cet instant même en train de lui téléphoner. »

Cynthia conduisait machinalement, insensible au soleil resplendissant de l'après-midi. « Stuart était détesté par beaucoup de gens. Pourquoi êtes-vous tellement sûre que Lillian est dans le coup ? »

Alvirah défit la fermeture à glissière de sa robe violette. « Cette robe est tellement serrée que je peux à peine respirer. » D'un air piteux, elle passa sa main dans ses cheveux mal coupés. « Il me faudra une armée de Vidal Sassoon pour remettre tout ça en place. Je suppose qu'il me faudra aussi retourner à Cypress Point. Que me demandiez-vous ? Oh, Lillian. Elle est certainement dans le coup. Réfléchissez. Beaucoup de gens détestaient peut-être votre père, mais aucun n'avait besoin d'un Ned Creighton pour monter un coup contre vous. Lillian a toujours su que son père laisserait la moitié de sa fortune à Dartmouth. Exact ?

— Oui. » Cynthia prit la route qui conduisait aux bungalows.

« Peu importe le nombre de personnes susceptibles d'avoir haï votre beau-père. Lillian était la seule à bénéficier de votre part si vous étiez accusée du meurtre de son père. Elle connaissait Ned. Ned avait besoin d'argent pour ouvrir un restaurant. Stuart avait sûrement dit à Lillian qu'il vous laissait la moitié de sa fortune au lieu d'en faire don à Dartmouth. Elle vous a toujours détestée. C'est vous qui me l'avez dit. Elle s'est donc arrangée avec Ned. Il vous emmenait sur son bateau et simulait la panne. Quelqu'un tuait Stuart Richards. Lillian avait un alibi. Elle se trouvait à New York. Elle a probablement engagé un tueur pour éliminer son père. Vous avez failli tout gâcher cette nuit-là en insistant pour manger un hamburger. Et Ned n'a pas su que vous aviez parlé à quelqu'un. Ils ont dû avoir une peur bleue à l'idée de voir ce témoin se présenter.

— Et si quelqu'un l'avait reconnu alors et était venu témoigner qu'il l'avait vu acheter un hamburger ?

— Dans ce cas, il aurait dit qu'il était sorti en bateau et s'était arrêté ensuite pour acheter un hamburger, et que vous cherchiez si désespérément un alibi que vous l'aviez supplié de dire que vous étiez avec lui. Mais personne ne s'est présenté.

— C'eût été risqué de sa part, protesta Cynthia.

— Pas risqué. Simple, corrigea Alvirah. Croyez-moi, j'ai beaucoup réfléchi à la question. Vous seriez étonnée de savoir le nombre de cas où le meurtrier est en tête du cortège aux funérailles. C'est connu. » Elles avaient atteint l'arrière des bungalows. « Et maintenant ? demanda Cynthia.

— Maintenant nous allons chez vous attendre le coup de téléphone de votre demi-sœur. » Alvirah secoua la tête à l'adresse de Cynthia. « Vous ne me croyez toujours pas. Attendez et vous verrez. Je vais préparer une tasse de thé. Dommage que Creighton soit arrivé avant le début du déjeuner. La carte était alléchante. »

Elles mangeaient un sandwich thon-salade sur la terrasse du bungalow de Cynthia lorsque le téléphone sonna. « C'est Lillian », dit Alvirah. Elle suivit Cynthia dans la cuisine et la laissa répondre.

« Allô. » La voix de Cynthia était presque un murmure. Alvirah vit son visage se vider de ses couleurs. « Bonjour, Lillian. »

Alvirah serra le bras de la jeune femme et hocha énergiquement la tête.

« Oui, Lillian, je viens de voir Ned. Non, je ne plaisante pas. Je ne trouve rien de drôle à ça. Oui. Je viendrai ce soir. Ne t'inquiète pas pour le dîner. Ta présence me coupe l'appétit. Et, Lillian, j'ai expliqué à Ned ce que j'exige. Je ne changerai pas d'avis. » Cynthia raccrocha et se laissa tomber sur une chaise. « Alvirah, Lillian a dit que mon accusation était grotesque, mais qu'elle connaissait son père et le savait capable de pousser n'importe qui hors de ses gonds. Elle est habile.

— Voilà qui va nous aider à vous innocenter. Je vais vous confier ma broche en forme de soleil. Il faut que vous ameniez Lillian à avouer que vous n'avez rien à voir avec le meurtre, qu'elle a poussé Ned à vous tendre un piège. À quelle heure lui avez-vous donné rendez-vous chez elle ?

— À vingt heures. Ned sera présent.

— Bon. Willy ira avec vous. Il restera dissimulé sur le plancher à l'arrière de la voiture. Pour un homme de sa taille, il est capable de se rouler en boule. Il veillera sur vous. Ils ne tenteront sûrement rien dans cette maison. Ce serait trop dangereux. » Alvirah décrocha sa broche. « Après Willy, c'est mon bien le plus précieux, dit-elle. Laissez-moi vous expliquer comment l'utiliser. »

Durant l'après-midi, Alvirah répéta à Cynthia ce qu'elle devait dire à sa demi-sœur. « Elle est la seule à avoir pu mettre de l'argent dans le restaurant. Probablement sous le couvert de financiers fictifs. Prévenez-la que si elle ne vous restitue pas votre part, vous allez engager un expert-comptable de vos amis, qui travaille pour l'administration.

— Elle sait que je n'ai pas un sou.

— Elle ne sait pas qui pourrait prendre fait et cause pour vous. Le réalisateur de cette émission sur les femmes en prison s'intéresse à vous, n'est-ce pas ?

— Oui, Jeff s'est en effet intéressé à mon cas. »

Alvirah plissa les yeux, puis une lueur brilla dans son regard. « Y a-t-il quelque chose entre vous et Jeff ?

— Si je suis innocentée de la mort de Stuart Richards, oui. Sinon, il n'y aura jamais rien entre Jeff ou qui que ce soit et moi. »

À dix-huit heures, le téléphone sonna à nouveau. « Je vais répondre, décida Alvirah. Qu'ils sachent que je suis avec vous. » Son « Allô » retentissant fut suivi par un chaleureux bonjour. « Jeff, nous étions justement en train de parler de vous. Cynthia est à côté de moi. Quelle jolie fille ! Vous devriez la voir dans son ensemble neuf. Elle m'a tout raconté sur vous. Attendez. Je vais vous la passer. »

Alvirah écouta Cynthia expliquer : « Alvirah loue le bungalow voisin du mien. Elle a décidé de m'aider. Non, je n'ai pas l'intention de revenir. Oui, j'ai une raison de rester ici. Ce soir peut-être, je serai à même d'obtenir la preuve que je n'étais pas coupable de la mort de Stuart. Non, ne venez pas. Je ne veux pas vous voir, Jeff, pas maintenant... Jeff, oui, oui, je vous aime. Oui, si on m'innocente, je vous épouserai. »

Lorsque Cynthia raccrocha, elle était au bord des

larmes. « Alvirah, je voudrais tellement faire ma vie avec lui. Vous savez ce qu'il vient de me dire ? Il a cité le *Highwayman*, ce joli poème de Noyes. Il a dit : “Je viendrai à vous à la nuit tombée, même si l'enfer me barre la route.”

— Il me plaît, déclara sans détour Alvirah. Je peux imaginer quelqu'un d'après sa voix au téléphone. Compte-t-il venir ce soir ? Je ne voudrais pas vous savoir bouleversée ou distraite.

— Non. C'est lui qui présente le journal de vingt-deux heures. Mais je parie tout ce que vous voulez qu'il débarquera demain.

— Il faudra voir ça. Plus il y aura de gens autour de cette affaire, plus Lillian et Ned risquent d'avoir la puce à l'oreille. » Alvirah jeta un coup d'œil par la fenêtre. « Oh, tiens, voilà Willy. Dieu du ciel, il a pris encore davantage de ces damnés bluefish. Ils me donnent des brûlures d'estomac, mais je n'oserai jamais le lui dire. Dès qu'il part à la pêche, je fourre un paquet de bicarbonate dans ma poche. Allons-y ! »

Elle ouvrit la porte à un Willy béat brandissant fièrement une ligne au bout de laquelle se balançaient tristement deux malheureux poissons. Le sourire de Willy s'évanouit à la vue de la tignasse rouquine d'Alvirah et de la robe imprimée violette qui lui boudinait la taille.

« Allons bon, s'exclama-t-il. Est-ce qu'ils ont déjà repris le fric de la loterie ? »

À dix-neuf heures trente, après avoir consciencieusement avalé la dernière pêche de Willy, Alvirah posa une tasse de thé devant Cynthia. « Vous n'avez rien mangé, dit-elle. Il faut vous nourrir pour garder les idées claires. Vous avez tout compris ? »

Cynthia effleura la broche de ses doigts. « Je crois que oui. Ce n'est pas compliqué à première vue.

— N'oubliez pas, l'argent a dû passer d'une main à l'autre entre ces deux-là — et si malins soient-ils, on peut le prouver. S'ils acceptent de vous payer, proposez-leur de réduire vos exigences à condition qu'ils vous avouent la vérité. Compris ?

— Compris. »

À dix-neuf heures cinquante, Cynthia s'engageait dans l'allée sinueuse, Willy couché sur le plancher à l'arrière de la voiture.

Le ciel s'était couvert en fin d'après-midi. Alvirah traversa la maison et se dirigea vers la terrasse à l'arrière. Le vent fouettait la baie, gonflant les vagues qui venaient éclater sur la plage. Un roulement de tonnerre grondait dans le lointain. La température avait chuté et soudain on se serait cru en octobre plutôt qu'en août. Frissonnante, Alvirah hésita à aller chercher un chandail chez elle, puis elle se ravisa. Elle voulait être présente au cas où quelqu'un téléphonerait.

Elle se prépara une seconde tasse de thé et s'installa à la table du coin-cuisine, tournant le dos à la porte qui ouvrait sur la terrasse, et elle commença à rédiger le brouillon de l'article qu'elle comptait envoyer bientôt au *New York Globe* : *Cynthia Lathem, qui avait dix-neuf ans à l'époque de sa condamnation à douze ans de prison pour un meurtre qu'elle n'avait pas commis, peut aujourd'hui prouver son innocence.*

« Oh, je ne crois pas que ça va se passer comme ça », dit une voix derrière elle.

Alvirah se tourna brusquement et leva la tête vers le visage sombre et menaçant de Ned Creighton.

Cynthia attendit sur les marches de la véranda de la maison familiale des Richards. À travers l'imposante porte de chêne, elle entendait le faible tintement du carillon. Il lui vint tout à coup à l'esprit qu'elle possédait encore sa clé de cette maison et elle se demanda si Lillian avait changé les serrures.

La porte s'ouvrit et Lillian apparut dans le hall de l'entrée. La lumière de la lampe Tiffany au-dessus de sa tête éclairait ses hautes pommettes, ses grands yeux bleus, ses cheveux d'un blond cendré. Cynthia sentit un frisson glacé la traverser. En douze ans, Lillian était devenue le portrait craché de Stuart. Plus petite, bien sûr. Plus jeune aussi, mais néanmoins une version féminine de l'homme à la superbe prestance de son souvenir. Avec la même lueur de cruauté dans les yeux.

« Entre, Cynthia. » La voix de Lillian n'avait pas changé. Claire, composée, mais avec cette note acérée, agacée, qui marquait l'élocution de Stuart Richards.

En silence, Cynthia suivit Lillian dans l'entrée. La salle de séjour était faiblement éclairée. Elle était telle que dans ses souvenirs. La disposition des meubles, les tapis d'Orient, le tableau au-dessus de la cheminée — rien n'avait changé. La salle à manger majestueuse sur la gauche avait encore l'apparence inhabitée qui l'avait toujours caractérisée. Ils prenaient généralement leurs repas dans la petite pièce qui jouxtait la bibliothèque.

Elle s'était attendue à ce que Lillian la conduise dans la bibliothèque. Mais elle alla directement à l'arrière de la maison, vers le bureau où Stuart était mort. Cynthia serra les lèvres, vérifia la présence de la broche. Etait-ce un moyen de l'effrayer ? se demanda-t-elle.

Lillian s'assit derrière le bureau massif.

Cynthia revit la nuit où elle était entrée dans cette pièce pour trouver Stuart étendu sur le tapis au pied de ce même bureau. Elle sentit ses mains devenir moites. Des gouttes de transpiration perlaient sur son front. Dehors, elle entendait le vent gémir en forcissant.

Lillian joignit les mains et leva les yeux vers Cynthia. « Tu peux t'asseoir. »

Cynthia se mordit les lèvres. Le restant de ses jours allait dépendre de ce qu'elle dirait dans les minutes suivantes. « Je crois que c'est à moi de décider qui doit s'asseoir ou non, dit-elle à Lillian. Ton père m'avait légué cette maison. Lorsque tu as téléphoné, tu as parlé d'arrangement. Pas de manigances maintenant. Et n'essaie pas de m'impressionner. La prison m'a ôté toute timidité. Crois-moi. Où est Ned ?

— Il va arriver d'une minute à l'autre. Cynthia, ces accusations que tu portes contre lui sont insensées. Tu le sais.

— Je croyais être venue pour discuter de ma part de l'héritage de Stuart.

— Tu es venue parce que j'ai pitié de toi et que je veux te donner une chance de partir quelque part et de commencer une nouvelle vie. Je suis prête à te constituer un capital t'assurant un revenu mensuel. Une autre femme ne se montrerait pas aussi généreuse envers la meurtrière de son père. »

Cynthia dévisagea Lillian, notant le mépris dans son regard, le calme glacial de son attitude. Elle devait briser cette belle assurance. Elle se dirigea vers la fenêtre et regarda dehors. La pluie tambourinait contre la fenêtre. Des coups de tonnerre brisaient le silence de la pièce. « Je me demande comment Ned se serait arrangé cette nuit-là pour m'éloigner de la maison s'il avait plu comme ce soir, dit-elle. Le temps a joué en sa faveur, n'est-ce pas ? Chaud et nuageux. Aucun bateau dans les environs. Seul cet unique témoin que j'ai enfin retrouvé. Ned ne t'a-t-il pas dit que cette femme l'avait formellement identifié ?

— Qui croirait quelqu'un capable de reconnaître un inconnu après plus de douze ans ? Cynthia, j'ignore qui tu as engagé pour cette farce, mais je te préviens — laisse tomber. Accepte mon offre, ou je me verrai forcée d'appeler la police et de te faire arrêter pour harcèlement. N'oublie pas qu'il est très facile de faire révoquer la mise en liberté conditionnelle d'un criminel.

— La liberté conditionnelle d'un criminel, je te l'accorde. Mais je ne suis pas une criminelle, et tu le sais. » Cynthia se dirigea vers le secrétaire XVIIe et ouvrit le tiroir du haut. « Je savais que Stuart gardait un revolver ici. Mais tu le savais certainement aussi bien que moi. Tu as affirmé qu'il ne t'avait jamais parlé de son intention de modifier son testament et de me laisser la part de sa fortune auparavant destinée à Dartmouth. Mais tu mentais. Si Stuart m'a fait venir pour m'entretenir de son testament, il ne t'a certainement pas caché ses intentions.

— Il ne m'a rien dit. Je ne l'avais pas vu depuis trois mois.

— Peut-être ne l'as-tu pas vu, mais tu lui as parlé, non ? Tu pouvais accepter que Dartmouth hérite de la moitié de sa fortune, mais tu ne pouvais pas supporter l'idée de partager cet argent avec moi. Tu m'as toujours détestée, tout au long des années où j'ai vécu dans cette maison, parce que ton père m'aimait. Et que vous passiez votre temps à vous quereller. Tu as le même tempérament détestable que lui. »

Lillian se leva. « Tu ne sais pas ce que tu dis. »

Cynthia referma brusquement le tiroir. « Oh que si, je le sais. Et chacun des faits qui m'ont condamnée te condamnera. J'avais une clé de cette maison. Toi aussi. Il n'y avait aucun signe de lutte. Je ne crois pas que tu aies engagé quelqu'un pour le tuer. Je crois que tu t'en es chargée toi-même. Stuart avait un bouton d'alarme sur son bureau. Il n'y a pas touché. Comment aurait-il imaginé que sa propre fille lui voulait du mal ? Pourquoi Ned est-il justement venu par hasard cet après-midi-là ? Tu savais que Stuart m'avait invitée à passer le week-end ici. Tu savais qu'il m'encouragerait à sortir avec Ned. Stuart aimait la compagnie, et l'instant d'après il avait envie d'être seul. Peut-être Ned ne te l'a-t-il pas expliqué clairement. La femme témoin que j'ai retrouvée tient un journal. Elle me l'a montré. Elle y note ses faits et gestes chaque soir depuis l'âge de vingt ans. Il est impossible que cette information ait pu être combinée. Elle a fait ma description. Elle a décrit la voiture de Ned. Elle a même noté le vacarme des gosses dans la queue et la façon dont tout le monde s'impatientait contre eux. »

Je la tiens, se dit Cynthia. Le visage de Lillian avait pâli. Sa gorge palpitait nerveusement. Délibérément, Cynthia se rapprocha du bureau afin de pointer la broche directement sur sa demi-sœur. « Tu as bien joué, hein ? fit-elle. Ned n'a pas mis un sou dans ce restaurant avant que je ne sois enfermée en prison. Et je suis certaine qu'en apparence il a quelques financiers respectables. Mais aujourd'hui l'administration est terriblement douée pour remonter à la source de l'argent blanchi. Ton argent, Lillian.

— Tu ne pourras jamais le prouver. » La voix de Lillian avait pris un ton perçant.

Oh, Seigneur, si je pouvais parvenir à la faire avouer, pria Cynthia. Elle agrippa de toutes ses forces le bord du bureau et se pencha en avant. « Peut-être pas. Mais n'en cours pas le risque. Veux-tu que je te dise ce que tu ressentiras lorsqu'on prendra tes empreintes digitales, quand on te passera les menottes aux poignets ? Veux-tu que je te raconte à quoi ressemble le fait d'être assise à côté d'un avocat et d'entendre le procureur vous accuser de meurtre ? De scruter le visage des jurés ? Les jurés sont des gens ordinaires. Vieux. Jeunes. Noirs.

Blancs. Bien ou pauvrement vêtus. Mais ils tiennent le reste de ta vie dans leurs mains. Et, Lillian, je peux t'assurer que tu la supporteras mal, cette attente. La preuve est beaucoup plus accablante pour toi qu'elle ne l'a jamais été pour moi. Tu n'as pas le tempérament ou le cran de traverser tout ça. »

Lillian se leva. « N'oublie pas qu'il a fallu payer beaucoup d'impôts au moment de la succession. Combien veux-tu ? »

« Vous auriez mieux fait de rester en Arizona », dit Ned Creighton à Alvirah. Il pointait un pistolet vers sa poitrine. Assise à la table du coin-cuisine, Alvirah évalua ses chances de s'échapper. Il n'y en avait aucune. Il avait cru son histoire ce matin, et maintenant il allait la tuer. Alvirah avait toujours su qu'elle était douée pour la comédie. Devait-elle le prévenir que son mari allait arriver d'une minute à l'autre ? Non. Au restaurant, elle lui avait dit qu'elle était veuve. Combien de temps Willy et Cynthia resteraient-ils absents ? Trop longtemps. Lillian ne laisserait pas Cynthia partir avant d'être sûre qu'il n'existait plus de témoin en vie. Mais peut-être une idée lui germerait-elle dans l'esprit si elle continuait à le faire parler. « Combien avez-vous touché pour participer au meurtre » ? demanda-t-elle.

Un sourire mauvais étira les lèvres de Ned Creighton. « Trois millions. Juste assez pour mettre sur pied un restaurant de grande classe. »

Alvirah regretta d'avoir prêté sa broche à Cynthia. Elle tenait la preuve. La preuve absolue, irréfutable, et elle ne pouvait pas l'enregistrer. Et s'il lui arrivait malheur, personne n'en aurait connaissance. Une chose est certaine, pensa-t-elle. Si jamais je m'en sors, je demanderai à Charley Evans de me donner une broche de rechange. Peut-être en argent, cette fois.

Creighton agita le pistolet. « Debout. »

Alvirah repoussa la chaise, appuya ses mains sur la table. Le sucrier était devant elle. Si elle le lui jetait à la figure ? Elle savait qu'elle visait bien, mais une balle est plus rapide qu'un sucrier.

« Allons dans le séjour. » Tandis qu'elle contournait la table, Creighton tendit la main, s'empara de ses notes et du début de son article qu'il fourra dans sa poche.

Il y avait un rocking-chair près de la cheminée. Creighton le désigna. « Asseyez-vous là. »

Alvirah s'assit lourdement, le pistolet de Ned toujours pointé vers elle. Si elle faisait basculer le rocking-chair en avant et se jetait de tout son poids sur lui, pourrait-elle lui échapper ? Creighton prit une petite clé accrochée au manteau de la cheminée. Se penchant en avant, il l'introduisit dans un cylindre placé dans l'une des briques et la tourna. Le sifflement du gaz s'échappa de la cheminée. Il se redressa. D'une boîte posée sur le manteau il sortit une longue allumette, la frotta sur la brique, éteignit la flamme qui en jaillit et la jeta dans le foyer. « Il fait froid, dit-il. Vous avez décidé de faire une flambée. Vous avez tourné le bouton du brûleur. Vous avez jeté une allumette, mais elle n'a pas pris.

Lorsque que vous vous êtes penchée pour fermer le brûleur et recommencer, vous avez perdu l'équilibre et vous êtes tombée. Votre tête a heurté le manteau de pierre et vous avez perdu connaissance. Un terrible accident pour une femme aussi charmante. Cynthia sera bouleversée lorsqu'elle vous trouvera. »

Les émanations de gaz envahissaient la pièce. Alvirah essaya de basculer le rocking-chair en avant. Elle devait tenter de donner un coup de tête à Creighton et lui faire lâcher son arme. Elle ne fut pas assez rapide. Une poigne d'acier lui saisit l'épaule. L'impression d'être poussée en avant... sa tempe qui heurtait le foyer de pierre... Avant de perdre connaissance, Alvirah sentit l'odeur écœurante du gaz lui emplir les narines.

« Voilà Ned, dit calmement Lillian au son du carillon de la porte. Je vais lui ouvrir. »

Cynthia attendit. Lillian n'avait encore rien reconnu. Parviendrait-elle à faire avouer à Ned Creighton qu'il était complice ? Elle avait l'impression d'être un funambule sur un fil glissant, avançant pas à pas au-dessus d'un précipice. Si elle tombait, le reste de sa vie ne vaudrait pas la peine d'être vécu.

Creighton entrait dans la pièce à la suite de Lillian. « Bonsoir, Cynthia. » Un hochement de tête impersonnel, sans animosité. Il approcha une chaise du bureau où Lillian avait étalé des documents.

« Je m'apprêtais à donner à Cynthia une idée du montant de la succession une fois déduits les impôts, dit Lillian à Creighton. Puis nous évaluerons sa part.

— Ne déduis pas la somme que tu as payée à Ned sur la part qui me revenait légalement », dit Cynthia. Elle vit le regard furieux que lança Ned à Lillian. « Oh, je vous en prie, dit-elle sèchement, que tout soit clair entre nous trois. »

Lillian répliqua froidement : « Je t'ai dit que je voulais te donner ta part de l'héritage. Je sais que mon père pouvait pousser les gens à bout. Je le fais parce que j'ai pitié de toi. À présent, examinons les chiffres. »

Pendant les quinze minutes suivantes, Lillian sortit les bilans. « En tenant compte des impôts, puis des intérêts sur le capital restant, ta part devrait aujourd'hui se monter à cinq millions de dollars.

— Plus cette maison », l'interrompit Cynthia. Elle s'aperçut soudain que Ned et Cynthia semblaient de plus en plus détendus à mesure que le temps passait. Ils souriaient.

« Oh, pas la maison, protesta Lillian. Les gens jaseraient. Nous la ferons estimer et je t'en remettrai le prix. N'oublie pas que je me montre très généreuse, Cynthia. Mon père jouait avec la vie des gens. Il était cruel. Si tu ne l'avais pas assassiné, quelqu'un d'autre l'aurait fait. C'est pourquoi j'agis ainsi.

— Tu agis ainsi parce que tu ne veux pas te retrouver devant un tribunal et prendre le risque d'être accusée de meurtre, voilà pourquoi. » Oh,

Seigneur, pensa Cynthia, c'est sans espoir. Si je ne parviens pas à lui faire avouer, tout est fini. Demain, ils pourront démasquer Alvirah. « Tu peux garder la maison, dit-elle. Je ne demande rien en échange. Donne-moi seulement la satisfaction d'entendre la vérité. Avoue que je n'ai rien à voir avec le meurtre de ton père. »

Lillian jeta un coup d'œil à Ned, puis à la pendule. « Je crois, maintenant, que nous pourrions honorer cette requête. » Elle se mit à rire. « Cynthia, je suis comme mon père, j'aime jouer avec les gens. Mon père m'a effectivement téléphoné pour me prévenir de son intention de changer son testament. Je pouvais supporter de partager la moitié de l'héritage avec Dartmouth, mais pas avec toi. Il m'a annoncé ta venue — et le reste fut un jeu d'enfant. Ma mère était une femme merveilleuse. Elle ne s'est pas fait prier pour témoigner que je me trouvais à New York avec elle ce soir-là. Ned ne refusa pas une confortable somme d'argent pour t'emmener faire un tour en bateau. Tu es intelligente, Cynthia. Plus intelligente que les types du bureau du procureur. Plus intelligente que ce crétin d'avocat qui t'a défendue. »

Pourvu que l'enregistreur fonctionne, pria Cynthia. Pourvu qu'il marche. « Et assez intelligente pour avoir retrouvé le témoin qui peut confirmer mon histoire », ajouta-t-elle.

Lillian et Ned éclatèrent de rire. « Quel témoin ? demanda Ned.

— Va-t'en, lui dit Lillian. Sors à la minute. Et ne remets plus les pieds ici. »

Jeff Knight conduisait rapidement le long de la nationale 6, s'efforçant de lire les panneaux à travers les torrents d'eau qui s'abattaient sur le pare-brise. Sortie 8. Il n'était plus bien loin. Le réalisateur du journal de vingt-deux heures s'était montré inhabituellement accommodant. Pas sans arrière-pensées, bien sûr. « Allez-y. Si Cynthia Lathem se trouve à Cape Cod et croit tenir une piste concernant la mort de son beau-père, c'est le reportage de l'année ! »

Jeff se fichait comme d'une guigne du reportage. Son seul souci était Cynthia. Il agrippa le volant de ses longs doigts robustes. Il avait obtenu son adresse et son numéro de téléphone auprès de son agent de probation.

Il avait passé de nombreux étés à Cape Cod. C'est pourquoi il s'était senti tellement frustré en constatant que ses efforts pour prouver l'épisode du fast-food n'avaient rien donné. Mais il avait toujours séjourné à Eastham, à quatre-vingts kilomètres de Cotuit.

Sortie 8. Il tourna dans Union Street, prit la route 6A. Encore trois kilomètres. Pourquoi avait-il cette impression de menace ? Si Cynthia était vraiment sur le point d'obtenir une preuve capable de l'innocenter, elle était peut-être en danger.

Il dut freiner à mort en atteignant l'embranchement de Nobscusset Road. Ignorant le stop, une voiture avait surgi à pleine vitesse de Nobscusset et traversé la 6A. Quel malade, se dit-il en tournant sur la gauche vers la baie. Il s'aperçut que tous les environs étaient plongés dans l'obscurité. Une panne de secteur. Il déboucha dans l'impasse, tourna sur la gauche. Le bungalow devait se trouver quelque part sur ce chemin sinueux. Numéro six. Il ralentit, s'efforçant de lire à la lumière des phares les numéros inscrits sur les boîtes aux lettres. Douze. Huit. Six.

Jeff s'arrêta dans l'allée, ouvrit à la hâte la portière et courut sous l'averse vers le bungalow. Il garda le doigt appuyé sur la sonnette, puis se rappela qu'il n'y avait pas de courant. Il frappa plusieurs fois à la porte. Il n'y eut pas de réponse. Cynthia n'était pas chez elle.

Il commençait à descendre les marches quand une peur soudaine, irraisonnée, lui fit rebrousser chemin, frapper à nouveau à la porte, puis tourner le bouton. La porte n'était pas fermée à clé. Il l'ouvrit. « Cynthia ! » appela-t-il, puis il sursauta, sentant une odeur de gaz lui monter aux narines. Il entendit le sifflement du brûleur de la cheminée. Se précipitant pour le fermer, il trébucha sur le corps inanimé d'Alvirah.

Willy s'agitait à l'arrière de la voiture de Cynthia. Elle était dans cette maison depuis plus d'une heure à présent. Le type, qui était arrivé plus tard, s'y trouvait depuis quinze minutes. Willy ne savait quelle décision prendre. Alvirah ne lui avait pas vraiment donné d'instructions précises. Elle voulait seulement qu'il soit là pour s'assurer que Cynthia sortait tranquillement de la maison.

Il se demandait encore quoi faire quand il entendit le hurlement déchirant des sirènes. Des voitures de police. Le bruit se rapprochait. Bouche bée, Willy les vit tourner dans la longue allée de la propriété des Richards et foncer dans sa direction. Les policiers jaillirent d'un bond de leurs véhicules, gravirent les marches et frappèrent à la porte.

Un moment plus tard, une voiture apparut dans l'allée et s'arrêta derrière celles de la police. Willy vit un grand type en trench-coat en sortir, gravir deux par deux les marches de la véranda. Willy sortit de sa cachette, se mit péniblement debout et remonta l'allée.

Il arriva à temps pour soutenir Alvirah qui sortait en chancelant de l'arrière de la voiture. Même dans le noir, il aperçut la marque sur son front. « Chérie, qu'est-il arrivé ?

— Je te raconterai plus tard. Aide-moi à entrer. Je ne veux pas rater ça. »

Dans le bureau de feu Stuart Richards, Alvirah connut son heure de gloire. Pointant le doigt vers Ned, de son ton le plus vibrant, elle déclara : « Il m'a menacée d'un pistolet. Il a tourné le robinet du gaz, m'a heurté la tête contre la cheminée. Et il m'a dit que Lillian Richards l'avait payé trois millions de dollars pour faire accuser Cynthia de meurtre. »

Cynthia regarda sa demi-sœur. « Et à moins que les piles de l'appareil d'Alvirah ne soient mortes, je les ai enregistrés tous les deux en train d'avouer qu'ils sont coupables. »

Le lendemain matin, Willy prépara un petit déjeuner tardif qu'il servit sur la terrasse. L'orage était passé et le ciel était à nouveau d'un bleu radieux. Les mouettes plongeaient en piqué sur le premier poisson qui nageait en surface. La baie était calme, les enfants bâtissaient des châteaux de sable au bord de l'eau.

Alvirah, à peine troublée par son aventure, avait terminé et dicté son article au téléphone à Charley Evans. Charley lui avait promis la plus belle des broches étoilées en argent, munie d'un microphone si sensible qu'il pourrait enregistrer une souris grignotant dans la pièce à côté.

Tout en dévorant un beignet au chocolat avec son café, elle s'exclama : « Tiens, voilà Jeff ! C'est dommage qu'il ait dû regagner Boston hier soir. Il était épatant au journal télévisé de ce matin, en train de raconter l'histoire en détail et de rapporter comment Ned Creighton avait tout déballé aux flics ! Crois-moi, les chaînes vont se l'arracher.

— Ce garçon t'a sauvé la vie, chérie, dit Willy. Pour moi, c'est avant tout un type formidable. Je ne peux pas croire que j'étais recroquevillé dans cette voiture comme un diable dans sa boîte pendant que le gaz était en train de t'asphyxier. »

Ils virent Jeff sortir de la voiture et Cynthia courir dans l'allée et s'élancer dans ses bras.

Alvirah repoussa sa chaise. « Je vais vite leur dire bonjour. C'est une bénédiction de les voir ensemble. Ils s'aiment tellement. »

Willy posa doucement mais fermement sa main sur l'épaule de sa femme. « Alvirah, chérie, supplia-t-il, pour une fois, pendant cinq minutes, occupe-toi de tes affaires. »

Le cadavre dans le placard

Si en cette chaude soirée d'août Alvirah Meehan avait su ce qui l'attendait dans son luxueux et nouvel appartement de Central Park South, elle serait remontée aussi sec dans l'avion. Or, pas la moindre prémonition n'avait effleuré son esprit, tandis que l'appareil tournait au-dessus de la piste d'atterrissage.

Certes, Willy et elle avaient contracté le virus du voyage et parcouru la planète depuis ce jour béni où ils avaient gagné quarante millions de dollars à la loterie, cependant Alvirah retrouvait toujours New York avec le même plaisir. Et c'était à chaque fois le cœur en fête qu'elle contemplait la vue qui s'offrait de l'avion : les gratte-ciel se découpant sur les nuages, les lumières des ponts qui enjambaient l'East River.

Willy tapota sa main et Alvirah se tourna vers lui avec un sourire affectueux. Il avait belle allure dans sa veste de lin qui mettait en valeur ses yeux bleus. Avec son épaisse crinière blanche, Willy était le portrait craché de Tip O'Neil, personne ne pouvait dire le contraire.

Alvirah arrangea ses cheveux auburn, récemment teints et mis en plis par Dale of London. En apprenant qu'elle s'apprêtait à fêter ses soixante ans, Dale s'était exclamé : « Vous me faites marcher ! » Alvirah prenait les compliments pour ce qu'ils étaient, mais éprouvait néanmoins du plaisir à les entendre.

Oui, réfléchit-elle en admirant la ville qui s'étendait au-dessous d'elle, la vie s'était montrée généreuse envers eux. Non seulement ils avaient pu voyager à leur gré et profiter de tout le luxe imaginable, mais leur récente fortune leur avait ouvert des horizons inattendus, comme l'occasion de collaborer à l'un des journaux les plus importants de la ville, le *New York Globe.* Tout avait commencé le jour où un journaliste, rédacteur en chef du *Globe,* était venu les trouver après qu'ils eurent gagné à la loterie. Alvirah lui avait raconté qu'elle allait enfin réaliser un vieux rêve, faire un séjour dans l'élégant institut de remise en forme de Cypress Point, ajoutant que c'était moins la cure qui l'intéressait que la chance d'y rencontrer toutes les célébrités dont elle lisait les faits et gestes avec délectation.

Flairant tout de suite chez Alvirah un talent particulier pour dénicher l'information et aller au bout de ses recherches, le rédacteur en chef l'avait convaincue de travailler pour lui. Sa mission consisterait à rester en permanence à l'affût, dans l'intention de rédiger un article sur son expérience personnelle au milieu des vedettes qui se retrouvaient dans ce centre. Et pour l'aider à recueillir ses tuyaux, il lui avait donné une broche en forme de soleil munie d'un micro miniature. Ainsi pouvait-elle enregistrer ses impressions immédiates, et recueillir en même temps quelques bribes des conversations de tous ces gens qu'elle était tellement avide de rencontrer.

Les résultats avaient dépassé de très loin tous les espoirs du *Globe :* au cours de son séjour, Alvirah avait enregistré grâce à son micro l'homme qui s'apprêtait à l'assassiner, un individu décidé à la supprimer parce qu'elle s'était mis en tête d'enquêter sur un meurtre perpétré dans l'établissement. Grâce à sa découverte — et au micro —, Alvirah avait non seulement permis d'arrêter le criminel mais s'était embarquée dans une carrière totalement nouvelle et imprévue de chroniqueuse et détective amateur.

Aujourd'hui, tout en bouclant sa ceinture, elle effleura du doigt sa broche — qu'elle portait plus ou moins en permanence, quelle que soit sa tenue vestimentaire — et pensa que son rédacteur en chef allait se montrer déçu.

« Ce voyage a été merveilleux, fit-elle remarquer à Willy, mais sans rien qui puisse faire l'objet d'un article. Le moment le plus excitant a été celui où la Reine est venue prendre le thé au Stafford Court Hotel et où le chat du directeur de l'hôtel a sauté sur ses corgis.

— Pour une fois que nous avons passé des vacances tranquilles, je ne m'en plains pas, dit Willy. Je supporte mal de te voir risquer ta vie en jouant les détectives. »

L'hôtesse de la British Airways parcourait l'allée de la cabine de première classe, vérifiant les ceintures des passagers. « J'ai été ravie de bavarder avec vous », leur dit-elle. Willy lui avait raconté, comme à chaque fois qu'il trouvait une oreille attentive, qu'il avait été plombier et Alvirah femme de ménage avant de gagner quarante millions de dollars à la loterie. « Seigneur ! s'était exclamée la jeune femme en se tournant vers Alvirah. Je n'arrive pas à croire que vous avez été domestique. »

Peu après l'atterrissage, ils se retrouvèrent dans la limousine qui les attendait à la sortie de l'aéroport, leurs bagages Vuitton entassés dans le coffre. Comme toujours, août à New York était chaud, poisseux et suffocant. La climatisation de la voiture ne fonctionnait pas, et Alvirah avait hâte de retrouver la fraîcheur de leur nouvel appartement de Central Park South. Ils avaient conservé l'ancien trois pièces de Flushing où ils avaient vécu trente années de leur existence avant que la loterie ne change leur vie. Comme le disait Willy, la ville de New York serait peut-être ruinée un jour et les gagnants de la loterie obligés de tirer un trait définitif sur le reste de leurs gains[1].

Lorsque la limousine s'arrêta devant l'immeuble, le portier leur ouvrit la porte.

« Vous devez mourir de chaleur, fit remarquer Alvirah. Ils pourraient vous dispenser de porter votre uniforme pendant les travaux. »

1. Les sommes gagnées à la loterie sont payées annuellement pendant vingt ans *(N.d.T.)*.

L'immeuble était en complète rénovation. Lorsqu'ils avaient acheté l'appartement au printemps dernier, l'agent immobilier leur avait promis que la remise en état des lieux serait achevée en quelques semaines. Il était clair à la vue de l'échafaudage dans le hall qu'il s'était montré excessivement optimiste.

Devant la batterie d'ascenseurs, ils furent rejoints par un autre couple, un homme d'une cinquantaine d'années, de haute taille, accompagné d'une femme en tailleur de soie blanc dont le visage affichait l'air dégoûté de quelqu'un qui vient d'ouvrir le réfrigérateur et y a senti une odeur d'œuf pourri. Je les connais, pensa Alvirah, fouillant instinctivement dans sa prodigieuse mémoire. Il s'agissait de Carlton Rumson, le célèbre producteur de Broadway, et de sa femme, Victoria, jadis actrice, ex-candidate au titre de Miss Amérique une trentaine d'années auparavant.

« Monsieur Rumson ! » Avec un large sourire, Alvirah tendit la main. « Je suis Alvirah Meehan. Nous nous sommes rencontrés à l'institut de Cypress Point, à Pebble Beach. Quelle heureuse surprise ! Voici mon mari, Willy. Habitez-vous dans l'immeuble ? »

Le sourire de Rumson disparut aussi vite qu'il était apparu.

« Nous y avons un pied-à-terre. »

Il adressa un signe de tête à Willy, puis leur présenta rapidement sa femme. La porte de l'ascenseur s'ouvrit, tandis que Victoria Rumson les saluait d'un battement de paupières. Quel glaçon ! pensa Alvirah, notant le profil parfait empreint d'arrogance, les cheveux platine retenus en chignon. À force de lire *People, Us,* le *National Enquirer* et nombre de chroniques mondaines, Alvirah avait acquis quantité d'informations sur les célébrités du monde entier.

Ils venaient juste de s'arrêter au trente-troisième étage, lorsqu'elle se souvint des bruits qui circulaient sur Rumson. Sa réputation de don Juan faisait la joie des chroniqueurs. La capacité de sa femme à fermer les yeux sur ses incartades lui avait valu le surnom de « Vicky-n'y-voit-aucun-mal ».

« Monsieur Rumson, dit Alvirah, le neveu de Willy, Brian McCormack, est un jeune auteur dramatique plein de talent. Il vient d'achever sa deuxième pièce et j'aimerais beaucoup que vous la lisiez. »

Rumson fit une moue agacée.

« Vous trouverez l'adresse de mes bureaux dans l'annuaire », dit-il.

Alvirah insista : « La première pièce de Brian se joue off Broadway en ce moment même. Un critique a comparé Brian à un jeune Neil Simon.

— Viens, chérie, la pressa Willy. Tu importunes ces personnes. »

Subitement, l'expression glaciale de Victoria Rumson s'adoucit. « Chéri, dit-elle. J'ai entendu parler de Brian McCormack. Pourquoi ne lirais-tu pas sa pièce ici au lieu de la faire envoyer à ton bureau où elle risque d'être jetée aux oubliettes ?

— C'est vraiment adorable de votre part, Victoria, dit Alvirah avec chaleur. Vous l'aurez dès demain. »

Comme ils sortaient de l'ascenseur et se dirigeaient vers leur appartement, Willy demanda : « Chérie, tu ne crois pas que tu t'es montrée un peu trop insistante ?

— Absolument pas, dit Alvirah. Qui ne tente rien n'a rien. Tout ce que je peux faire pour donner un coup de pouce à la carrière de Brian me paraît justifié. »

Leur appartement jouissait d'une vue panoramique sur Central Park. Alvirah n'y entrait jamais sans se rappeler qu'elle avait longtemps considéré la maison de Mme Chester Lollop à Little Neck, où elle faisait jadis le ménage tous les jeudis, comme un palais en miniature. Seigneur, ses yeux s'étaient bel et bien ouverts durant ces dernières années !

Ils avaient acheté l'appartement entièrement meublé à un courtier qui avait été condamné pour délit d'initié. Il venait de le faire décorer par un architecte d'intérieur qui, à l'entendre, était la coqueluche du Tout-Manhattan. Alvirah avait secrètement quelques doutes sur ce genre de coqueluche. La pièce de séjour, la salle à manger et la cuisine étaient d'un blanc pur. Il fallait continuellement déhousser les canapés, la plus petite tache ressortait sur l'épaisse moquette du même blanc ; quant aux placards, comptoirs, marbres et accessoires, tout aussi immaculés, ils lui rappelaient les baignoires, lavabos et cuvettes qu'elle s'était toute sa vie escrimée à nettoyer.

Et ce soir, il y avait quelque chose de nouveau,

une note affichée sur la porte-fenêtre qui ouvrait sur la terrasse. Alvirah lut : *L'inspection de l'immeuble signale que cet appartement est l'un des rares où un défaut structurel a été décelé au niveau de la balustrade et du revêtement de la terrasse. Votre terrasse ne présente aucun danger pour une utilisation courante, mais prenez garde que personne ne s'appuie à la balustrade. Les réparations seront exécutées le plus rapidement possible.*

Alvirah lut la notice à haute voix à l'intention de Willy et haussa les épaules.

« Bon, j'ai assez de bon sens pour ne pas m'appuyer à une balustrade, solide ou non. »

Willy sourit d'un air penaud. Il avait le vertige et ne mettait jamais le pied sur la terrasse. Comme il l'avait dit le jour où ils avaient acheté l'appartement : « Tu aimes l'air, j'aime la terre. »

Willy alla à la cuisine brancher la bouilloire. Alvirah sortit par la porte-fenêtre. L'air suffocant la frappa comme une vague brûlante mais elle n'en avait cure. Elle aimait tout particulièrement se tenir là, en contemplation devant le parc, admirant les lumières qui donnaient un air de fête aux arbres autour de la Tavern on the Green, le joyeux ruban des phares des voitures, les silhouettes des calèches dans le lointain.

Comme c'est bon d'être de retour ! pensa-t-elle à nouveau, rentrant à l'intérieur et observant le séjour, mesurant d'un œil impitoyable le degré d'efficacité du service de nettoyage hebdomadaire qui était, en principe, intervenu la veille. Elle s'étonna de voir des traces de doigts sur la table de verre où l'on servait les cocktails. Machinalement, elle prit un mouchoir et les frotta énergiquement. Puis elle remarqua que l'embrasse du rideau près de la fenêtre de la terrasse avait disparu. Pourvu qu'elle n'ait pas fini à la poubelle. « Je me montrais plus consciencieuse du temps où j'étais simple femme de ménage. » Elle se souvint de la réflexion de l'hôtesse de la British Airways. Ou simple domestique, au choix.

« Dis donc, Alvirah, l'appela Willy. Est-ce que Brian nous a laissé un mot ? On dirait qu'il attendait quelqu'un ! »

Brian, le neveu de Willy, était le seul enfant de sa sœur aînée, Madaline. Six des sept sœurs de Willy étaient entrées au couvent. Madaline s'était mariée à plus de quarante ans et avait tardivement donné naissance à un bébé, Brian, aujourd'hui âgé de vingt-six ans. Il avait grandi dans le Nebraska, écrit des pièces pour une compagnie théâtrale locale et était venu à New York après la mort de Madaline, deux ans auparavant. L'instinct maternel rentré d'Alvirah s'était entièrement concentré sur ce jeune neveu au visage mince et expressif, avec ses cheveux blonds rebelles et son sourire timide. Comme elle le disait souvent à Willy : « Si je l'avais porté en moi pendant neuf mois, je ne l'aurais pas aimé davantage. »

Lorsqu'ils étaient partis en Angleterre au mois de juin, Brian terminait le premier jet de sa nouvelle pièce et avait volontiers accepté leur proposition de profiter de l'appartement de Central Park South. « C'est sacrément plus facile d'écrire ici que chez moi. » Il habitait un immeuble sans ascenseur de l'East Village, un petit studio environné de familles nombreuses et bruyantes.

Alvirah alla à la cuisine. Elle écarquilla les yeux. Deux coupes et une bouteille de champagne dans un rafraîchissoir à demi rempli d'eau étaient disposées sur un plateau d'argent. Le champagne était un cadeau du précédent propriétaire. Il leur avait maintes fois répété que cette cuvée coûtait cent dollars la bouteille et que c'était le champagne préféré de la reine d'Angleterre.

Willy se rembrunit. « C'est celui qui coûte une fortune, n'est-ce pas ? Brian ne l'aurait jamais pris sans notre autorisation. C'est bizarre. »

Alvirah s'apprêtait à le rassurer, mais se tut. Willy avait raison. Il se passait quelque chose de bizarre, et son intuition lui disait que les ennuis n'allaient pas tarder.

La sonnette de l'entrée retentit. Confus, le portier se tenait à la porte avec leurs bagages. « Pardonnez-moi d'avoir mis aussi longtemps, monsieur Meehan. Depuis le début des travaux, les résidents prennent l'ascenseur de service et le personnel doit faire la queue pour l'utiliser. »

À la demande de Willy, il déposa les valises dans la chambre, puis s'en alla en souriant, un billet de cinq dollars serré au creux de la main.

Willy et Alvirah prirent une tasse de thé dans la cuisine. Willy ne pouvait détacher les yeux de la bouteille de champagne. « Je vais téléphoner à Brian, décida-t-il.

— Il sera encore au théâtre », dit Alvirah.

Elle ferma les yeux, se concentra et lui communiqua le numéro de téléphone du guichet des locations.

Willy composa le numéro, écouta, puis raccrocha. « Il y a un message enregistré. La pièce de Brian est annulée. Ils expliquent comment se faire rembourser.

— Pauvre garçon, soupira Alvirah. Essaie de le joindre chez lui.

— Il a branché le répondeur, dit Willy un moment plus tard. Je vais lui demander de nous rappeler. »

Alvirah s'aperçut soudain qu'elle était épuisée. Comme elle ramassait les tasses, elle se souvint qu'il était cinq heures du matin à l'heure anglaise, rien d'étonnant à ce qu'elle se sente moulue de fatigue. Elle mit les tasses dans le lave-vaisselle, hésita, puis rinça les coupes à champagne inutilisées et les y plaça également. Son amie la baronne Min von Schreiber — propriétaire de l'institut de remise en forme de Cypress Point où Alvirah avait passé une semaine après avoir gagné à la loterie — lui avait enseigné que les grands vins devaient toujours reposer couchés. Elle passa une éponge humide sur la bouteille intacte, sur le plateau d'argent et le seau et rangea le tout. Après avoir éteint la lumière derrière elle, elle se rendit dans la chambre.

Willy avait commencé à défaire les bagages. Alvirah aimait leur chambre. Elle avait été meublée pour le courtier, célibataire de son état, avec un lit extra-large, une coiffeuse à trois pans, de confortables chauffeuses et deux tables de nuit suffisamment grandes pour qu'y tiennent à la fois une pile de livres, des lunettes et les cataplasmes destinés à soigner les rhumatismes d'Alvirah. Quant à la décoration, Alvirah n'en démordait pas, le décorateur à la mode qui en était l'auteur avait été nourri à la lessive. Couvre-lit blanc. Rideaux blancs. Moquette blanche.

Le portier avait laissé la valise-penderie d'Alvirah ouverte sur le lit. Elle l'ouvrit et commença à sortir ses tailleurs et ses robes. La baronne von Schreiber la suppliait toujours de ne pas faire ses achats seule. « Alvirah, recommandait Min, vous êtes la proie rêvée pour les vendeuses qui ont été entraînées à fourguer les mauvais choix des acheteurs. Elles vous sentent arriver alors que vous êtes encore dans l'ascenseur. Je viens souvent à New York. Vous faites plusieurs séjours à l'institut. Attendez que nous soyons ensemble. »

Alvirah se demanda si Min aurait approuvé le tailleur écossais orange et rose sur lequel s'était extasiée la vendeuse de chez Harrod's. Sans doute pas.

Les bras chargés de vêtements, elle ouvrit la porte de la penderie, regarda par terre et poussa un hurlement. Etendu sur la moquette entre les rangées de chaussures de luxe extra-larges d'Alvirah, les yeux fixes, un halo blond de cheveux frisés auréolant son visage, la langue pointant légèrement, l'embrasse manquante du rideau autour du cou, gisait le corps d'une mince jeune femme.

« Jésus, Marie, Joseph, gémit Alvirah en lâchant d'un coup tous ses vêtements.

— Que se passe-t-il, chérie ? demanda Willy en se précipitant à son côté. Oh, mon Dieu ! souffla-t-il à son tour. Qui est-ce ?

— C'est... C'est... tu sais bien. L'actrice. Celle qui jouait dans la pièce de Brian. Cette fille dont Brian est amoureux fou. » Alvirah ferma les yeux de toutes ses forces, cherchant à se libérer du regard vitreux du cadavre couché à ses pieds. « Fiona. C'est son nom. Fiona Winters. »

Le bras de Willy passé autour de sa taille, Alvirah alla s'effondrer dans l'un des canapés bas du séjour qui lui donnaient chaque fois l'impression d'avoir les genoux à la hauteur du menton. Tandis que Willy composait le 911 pour prévenir la police, elle s'efforça de reprendre ses esprits. Pas la peine d'être grand clerc pour savoir que cela n'augurait rien de bon pour Brian. Elle devait prendre le temps de réfléchir, se remémorer tout ce qu'elle savait à propos de cette fille. Elle était odieuse avec Brian. S'étaient-ils disputés ?

Willy traversa la pièce, s'assit à côté d'elle et lui prit la main. « Tout ira bien, chérie, dit-il d'un ton apaisant. La police va arriver dans quelques minutes.

— Essaie de rappeler Brian, lui dit Alvirah.

— Bonne idée. » Willy composa rapidement le numéro. « Encore ce maudit répondeur. Je vais laisser un autre message. Tâche de te reposer. »

Alvirah hocha la tête, ferma les yeux et revit en esprit cette soirée d'avril dernier où ils avaient assisté à la première de la pièce de Brian.

Le théâtre était bondé. Brian leur avait réservé deux places au premier rang et Alvirah portait sa robe du soir neuve à paillettes noires et argent. La pièce, *Falling Bridges,* était située dans le Nebraska et décrivait une réunion de famille. Fiona Winters jouait le rôle d'une femme du monde qui s'ennuie au sein de sa belle-famille d'origine modeste, et Alvirah avait dû reconnaître qu'elle était parfaitement crédible. Pourtant Alvirah préférait de beaucoup la comédienne qui tenait le second rôle. Emmy Laker avait des cheveux d'un roux ravissant, des yeux bleus et interprétait admirablement un personnage à la fois drôle et mélancolique.

La salle s'était levée pour applaudir à la fin de la représentation, et le cœur d'Alvirah s'était gonflé d'orgueil lorsque les cris : « L'auteur ! L'auteur ! » avaient appelé Brian à venir sur scène. Quand il avait reçu un bouquet de fleurs et s'était penché par-dessus la rampe pour l'offrir à Alvirah, elle n'avait pu retenir ses larmes.

Ensuite la réception avait eu lieu au dernier étage du Gallagher. Brian avait pris place à table entre Alvirah et Fiona Winters. Willy et Emmy Laker étaient assis en face d'eux. Il n'avait pas fallu longtemps à Alvirah pour comprendre la situation. Tel un amoureux transi, Brian ne quittait pas du regard Fiona Winters, mais elle ne cessait de le rabaisser, de vanter ses propres origines aristocratiques, tenant des propos tels que : « Ma famille a été horrifiée quand, en sortant de Foxcroft, j'ai décidé de faire du théâtre. » Elle avait ensuite entrepris de prédire à Willy et à Brian, qui dévoraient à belles dents leurs steaks accompagnés des frites « spéciales Gallagher », qu'ils étaient mûrs pour l'infarctus. Pour sa part, elle ne mangeait jamais de viande.

Tout le monde y était passé, se rappela Alvirah.

Elle m'a demandé s'il ne m'arrivait pas d'avoir envie de faire le ménage. Elle m'a dit que Brian devrait apprendre à s'habiller et, avec nos revenus, elle s'étonnait que nous ne l'aidions pas. Et elle s'en est prise à cette charmante Emmy Laker qui a déclaré que Brian avait sans doute mieux à faire que de penser à sa garde-robe.

Sur le trajet du retour, Alvirah et Willy s'étaient accordés pour reconnaître que si Brian montrait une grande maturité en tant que dramaturge, il avait beaucoup à apprendre sur le plan personnel puisqu'il n'était même pas capable de s'apercevoir que Fiona était une véritable peau de vache. « Je préférerais le voir avec Emmy Laker, avait dit Willy. S'il avait les yeux en face des trous, il verrait qu'elle est folle de lui. Et que Fiona n'est pas de la première jeunesse. Elle a au moins huit ans de plus que lui. »

Alvirah fut ramenée à la réalité par un coup de sonnette vigoureux à la porte. Sainte Mère, pensa-t-elle. C'est probablement la police. J'aurais aimé parler à Brian au préalable.

Les heures suivantes passèrent comme dans un brouillard. Lorsqu'elle eut l'esprit un peu plus clair, Alvirah fut en mesure de repérer les différents représentants de la loi qui envahissaient l'appartement. Les policiers se présentèrent en premier. Suivirent les enquêteurs, les photographes, le médecin légiste. Willy et elle restèrent assis à les observer, sans mot dire.

Les gérants des Central Park South Towers vinrent également sur place. « Espérons qu'il n'y aura pas de publicité malencontreuse, dit le directeur. Nous ne sommes pas un géant de l'immobilier comme Trump. »

Les déclarations d'Alvirah et de Willy avaient été recueillies par les deux policiers arrivés en premier sur les lieux. À trois heures du matin, la porte de la chambre s'ouvrit. « Ne regarde pas, chérie », dit Willy. Mais Alvirah ne put détacher ses yeux du chariot que deux ambulanciers au visage grave poussaient à l'extérieur. Le corps de Fiona était entièrement recouvert. Que Dieu la garde, pria Alvirah, se remémorant la crinière blonde embroussaillée et les lèvres boudeuses. Ce n'était pas une personne aimable, pensa-t-elle, mais elle ne méritait pas d'être assassinée.

Quelqu'un vint s'asseoir en face d'eux, un homme d'une quarantaine d'années, aux longues jambes. Il se présenta : « Inspecteur Rooney. »

« Je lis souvent vos articles dans le *Globe*, madame Meehan, dit-il à Alvirah, et je les apprécie énormément. »

Willy sourit avec fierté, mais Alvirah ne fut pas dupe. Elle savait que l'inspecteur Rooney la flattait pour la mettre en confiance. Elle réfléchit rapidement, cherchant comment protéger Brian. Machinalement, elle porta la main au revers de sa veste et brancha discrètement le micro de sa broche. Elle voulait pouvoir réentendre plus tard tout ce qui serait dit.

L'inspecteur Rooney consulta ses notes. « D'après

votre déclaration, vous rentriez d'un séjour à l'étranger et vous êtes arrivés vers dix heures du soir, n'est-ce pas ? Vous avez découvert la victime, Fiona Winters, peu après votre retour. Vous avez reconnu Mlle Winters parce qu'elle tenait le rôle principal dans la pièce de votre neveu, Brian McCormack. »

Alvirah hocha la tête. Elle sentit que Willy s'apprêtait à ajouter quelque chose et posa sa main sur son bras. « C'est exact.

— Si j'ai bien compris, vous n'avez rencontré Mlle Winters qu'une seule fois, continua l'inspecteur Rooney. Comment expliquez-vous qu'elle ait atterri dans votre penderie ?

— Je n'en ai pas la moindre idée, répondit Alvirah.

— Qui avait la clé de votre appartement ? »

À nouveau, Willy ouvrit la bouche, prêt à répondre. Cette fois, Alvirah lui pinça discrètement le bras. « Les clés de l'appartement, fit-elle d'un air songeur. Laissez-moi réfléchir. Le service de nettoyage "Vite et Bien Fait" en possède une. Non, ils prennent celle du concierge et la remettent à son bureau une fois leur travail terminé. Mon amie, Maude, a une clé. Elle est venue pendant le week-end de la fête des Mères pour assister à un spectacle à Radio City avec son fils et sa belle-fille. Ils ont un chat et elle est allergique aux chats, si bien qu'elle a dormi sur notre canapé. La sœur de Willy, sœur Patricia, en a également une. Et...

— Est-ce que votre neveu, Brian McCormack,

possède une clé de l'appartement, madame Meehan ? » l'interrompit l'inspecteur Rooney.

Alvirah se mordit la lèvre. « Oui, Brian a une clé. »

L'inspecteur Rooney haussa légèrement la voix. « Selon le concierge, il utilisait fréquemment cet appartement en votre absence. À propos, encore qu'il soit impossible de l'affirmer avec précision avant l'autopsie, le médecin légiste estime que la mort a eu lieu hier, entre onze heures du matin et trois heures de l'après-midi. » Il demeura un instant songeur. « Il serait intéressant de savoir où se trouvait Brian McCormack pendant ce laps de temps. »

On les prévint qu'ils devraient attendre avant d'utiliser les lieux, le temps que les enquêteurs relèvent les empreintes et d'éventuels indices.

« L'appartement est-il dans l'état où vous l'avez trouvé ? demanda l'inspecteur Rooney.

— Oui, nous avons seulement..., commença Willy.

— Nous avons fait du thé », le coupa Alvirah.

Je pourrais toujours leur parler du champagne et des coupes, réfléchit-elle, mais je ne pourrais pas les tromper longtemps. Cet inspecteur va découvrir que Brian était amoureux de Fiona Winters et décider qu'il s'agit d'un crime passionnel. Puis il s'arrangera pour que le reste colle avec sa théorie.

L'inspecteur Rooney referma son calepin. « On m'a dit que la direction avait un appartement meublé que l'on peut mettre à votre disposition cette nuit », dit-il.

Un quart d'heure plus tard, Alvirah était au lit,

serrée en chien de fusil contre Willy déjà à moitié endormi. Malgré sa fatigue, elle avait du mal à se détendre dans ce lit inconnu et passait en revue les événements de la soirée. Toute cette histoire mettait Brian dans une fâcheuse posture, elle le savait. Elle savait aussi qu'il devait y avoir une explication. Brian n'aurait pas eu l'indélicatesse de prendre cette bouteille de champagne à cent dollars, et il était *certainement* incapable d'avoir tué Fiona Winters. Mais comment diable avait-elle fini dans la penderie ?

Bien qu'ils se fussent couchés tard, Alvirah et Willy se réveillèrent le lendemain matin à sept heures. Le choc provoqué par la vision du cadavre s'était atténué et faisait place à présent à de l'inquiétude.

« Inutile de nous tracasser ainsi pour Brian, dit Alvirah avec un entrain forcé. Dès que nous pourrons lui parler, je suis certaine que tout s'éclaircira. Allons voir si nous pouvons regagner nos pénates. »

Ils s'habillèrent rapidement et sortirent sans tarder. Une fois encore, ils trouvèrent Carlton Rumson devant l'ascenseur. Son teint habituellement vif était terreux. Les ombres qui cernaient ses yeux lui donnaient dix ans de plus. D'un geste machinal, Alvirah mit en marche le microphone de sa broche.

« Monsieur Rumson, demanda-t-elle, êtes-vous au courant de l'horrible meurtre qui a été commis dans notre appartement ? »

Rumson pressa vigoureusement le bouton d'appel de l'ascenseur. « Oui, j'ai appris la nouvelle. Des amis dans l'immeuble nous ont téléphoné. C'est affreux pour cette malheureuse jeune femme, affreux pour vous. »

L'ascenseur arriva et ils s'engouffrèrent tous les trois dans la cabine. Rumson dit : « Madame Meehan, mon épouse m'a reparlé de la pièce de votre neveu. Nous partons pour le Mexique demain matin. Je serais très heureux de la lire aujourd'hui même, si c'est possible. »

Alvirah resta un instant bouche bée. « Oh, c'est trop aimable de la part de votre femme d'y avoir pensé. Nous allons vous la faire parvenir dès que possible. »

En sortant à leur étage, elle dit à Willy : « C'est peut-être une chance pour Brian. À condition que... » Elle n'acheva pas sa phrase.

Un policier était en faction devant leur porte. À l'intérieur, tous les meubles étaient maculés de poudre à empreintes. Et, assis face à l'inspecteur Rooney, ils aperçurent Brian, l'air hébété et désespéré. Il se leva d'un bond. « Tante Alvirah, je suis navré. C'est abominable pour vous. »

Aux yeux d'Alvirah, il avait l'air d'un môme de dix ans. Son T-shirt et son pantalon de toile kaki étaient froissés ; on eût dit qu'il débarquait de la lune.

Alvirah repoussa les cheveux blonds qui lui retombaient sur le front pendant que Willy lui saisissait la main. « Tu vas bien ? » demanda Willy.

Brian se força à sourire. « Pas trop mal. »

L'inspecteur Rooney les interrompit. « Brian vient d'arriver, et je m'apprêtais à l'informer qu'il est considéré comme suspect dans la mort de Fiona Winters et peut faire appel à un avocat.

— C'est une blague ? demanda Brian d'un ton incrédule.

— Je vous assure que je ne plaisante pas. » L'inspecteur tira un papier de sa poche de poitrine. Il lut à Brian les habituels avertissements, puis lui tendit le document : « Veuillez me dire si vous en comprenez la signification. »

Rooney regarda tour à tour Alvirah et Willy. « Nos équipes ont fini leur travail. Vous pouvez rentrer chez vous à présent. Je vais recueillir la déposition de Brian au commissariat.

— Brian, ne dis pas un seul mot avant que nous ne t'ayons trouvé un avocat », le prévint Willy.

Brian secoua la tête. « Oncle Willy, je n'ai rien à cacher. Je n'ai pas besoin d'avocat. »

Alvirah l'embrassa. « Reviens directement ici dès que tu en auras terminé », lui dit-elle.

Le désordre qui régnait dans l'appartement lui donna de quoi s'occuper. Elle envoya Willy faire des courses avec une longue liste d'achats, lui conseillant de prendre l'ascenseur de service pour éviter les journalistes.

Pendant qu'elle passait l'aspirateur, frottait, épongeait et époussetait, Alvirah se rappela avec une inquiétude grandissante que la police ne formulait pas de mises en garde sans avoir une bonne raison de croire en votre culpabilité.

Le plus pénible pour elle fut de passer l'aspirateur dans la penderie. Il lui semblait revoir les yeux grands ouverts de Fiona Winters fixés sur elle. Cette pensée en amena une autre : visiblement, la malheureuse n'avait pas été assassinée à l'intérieur de la penderie, mais où se trouvait-elle alors quand elle avait été étranglée ?

Alvirah lâcha le tuyau de l'aspirateur. Elle songea aux traces de doigts qu'elle avait précédemment nettoyées sur la table de cocktail. Si Fiona Winters s'était assise sur le canapé, peut-être un peu penchée en avant, et que son assassin s'était approché d'elle par-derrière, avait passé l'embrasse du rideau autour de son cou et l'avait serrée, n'aurait-elle pas instinctivement ramené sa main en arrière pour se défendre ?

« Sainte Mère, murmura Alvirah, je parie que j'ai fait disparaître une preuve ! »

Le téléphone sonna au moment où elle rattachait la broche soleil à son revers. C'était la baronne Min von Schreiber qui l'appelait du centre de remise en forme de Cypress Point, à Pebble Beach en Californie. Min venait d'entendre les nouvelles.

« À quoi pensait cette petite garce en se faisant assassiner dans votre penderie ? demanda-t-elle.

— Croyez-moi, Min, dit Alvirah, je n'ai aucune idée de ce qu'elle fabriquait là. Je ne l'avais rencontrée qu'une seule fois, à la première de la pièce de Brian. La police interroge Brian en ce moment même. Je suis folle d'inquiétude. Ils le soupçonnent de l'avoir tuée.

— Vous vous trompez, Alvirah, dit Min. Vous aviez déjà rencontré Fiona Winters ; vous l'avez vue ici, à l'institut.

— Certainement pas. C'était le genre de femme qui vous exaspère tellement que vous ne pouvez pas l'oublier. »

Il y eut un silence à l'autre bout du fil.

« Vous avez peut-être raison, finit par admettre Min. Oui, vous avez raison. Elle est venue chez nous à un autre moment, avec quelqu'un, et ils ont passé le week-end dans leur cottage. Ils se faisaient même servir leurs repas sur place. Je m'en souviens à présent. C'était ce producteur très important qu'elle essayait d'embobiner, Carlton Rumson. Vous vous souvenez certainement de lui, Alvirah. Vous l'avez rencontré à une autre occasion à Cypress Point, il était venu seul alors. »

Alvirah alla dans le séjour et sortit sur la terrasse. Willy est mort de peur dès que je pose le pied ici, pensa-t-elle, c'est idiot. Il n'y a aucun risque, il suffit de ne pas s'appuyer contre la balustrade.

L'air était saturé d'humidité. Pas une feuille ne frémissait sur les arbres. Alvirah poussa un soupir de contentement. Comment pouvait-on s'éloigner longtemps de New York quand on y était né ?

Willy apporta les journaux en même temps que les provisions. Les titres lui sautèrent aux yeux : MEURTRE À CENTRAL PARK SOUTH ; un autre : LA GAGNANTE DE LA LOTERIE DÉCOUVRE UN CADAVRE DANS SON PLACARD. Alvirah lut avec attention les récits macabres.

« Je n'ai pas crié et je me suis encore moins évanouie. Où ont-ils pêché ça ?

— D'après le *Post,* tu étais en train de ranger la

somptueuse garde-robe que tu as achetée à Londres, lui dit Willy.

— Ma somptueuse garde-robe ! Le seul vêtement de prix que je me suis offert est ce tailleur écossais orange et rose — et tu peux être sûr que Min va m'obliger à le donner. »

Il y avait des colonnes entières sur le passé de Fiona Winters : sa rupture avec son aristocratique famille le jour où elle était devenue actrice. Les hauts et les bas de sa carrière. (Elle avait remporté un prix de télévision, mais était aussi connue pour son caractère difficile, ce qui lui avait coûté nombre de rôles importants.) Sa querelle avec l'auteur dramatique Brian McCormack quand elle avait accepté un rôle au cinéma et laissé tomber *Falling Bridges*, condamnant la pièce à s'arrêter.

« Voilà le motif tout trouvé, fit Alvirah d'un ton sombre. Dès demain, l'affaire sera jugée par les médias, et Brian reconnu coupable. »

À midi et demi, Brian réapparut. Alvirah jeta un coup d'œil à son visage livide et lui ordonna de s'asseoir. « Je vais te préparer du thé et un hamburger, dit-elle. Tu as une tête de naufragé.

— Je crois qu'un whisky serait plus approprié », fit remarquer Willy.

Brian parvint à sourire. « Tu as raison, oncle Willy. » Tout en mangeant son hamburger et ses frites, il les mit au courant de la situation : « J'ai bien cru qu'ils ne me laisseraient jamais partir. Ils sont convaincus que je l'ai tuée, c'est évident.

— Tu ne vois pas d'inconvénient à ce que je branche mon micro ? » demanda Alvirah. Elle manipula sa broche, actionna la touche de l'enregistreur : « Maintenant, raconte-nous exactement ce que tu leur as dit. »

Brian plissa le front. « Je leur ai parlé essentiellement de mes relations personnelles avec Fiona. J'étais excédé par son mauvais caractère, et j'étais tombé amoureux d'Emmy. Je leur ai dit que Fiona avait lâché la pièce, que cela avait été la goutte d'eau qui avait fait déborder le vase.

— Mais comment est-elle arrivée dans ma penderie ? demanda Alvirah. C'est toi, certainement, qui l'as introduite dans l'appartement.

— Oui, c'est moi. J'avais beaucoup travaillé ici. Je savais que vous aviez prévu de rentrer hier, et j'avais débarrassé mes affaires la veille. Puis, hier matin, Fiona a téléphoné et dit qu'elle était de retour à New York et voulait me voir tout de suite. J'avais oublié dans votre appartement mes notes concernant la version finale de ma nouvelle pièce. Je lui ai dit de ne pas perdre son temps, que je comptais venir ici récupérer mes notes et qu'ensuite je passerais le reste de la journée à écrire et n'ouvrirais pas ma porte. En arrivant, je l'ai trouvée qui m'attendait dans le hall de l'immeuble et plutôt que de faire une scène je l'ai laissée monter.

— Que voulait-elle ? demandèrent Alvirah et Willy en même temps.

— Pas grand-chose ! Rien que le premier rôle dans *Nebraska Nights.*

— Après avoir laissé tomber la pièce précédente !

— Elle m'a joué le plus beau numéro de toute sa carrière. Elle m'a supplié de lui pardonner. M'a dit qu'elle regrettait amèrement d'avoir lâché *Falling Bridges.* Son rôle dans le film était massacré par le montage, et elle avait souffert de la mauvaise publicité que lui avait attirée son abandon de la pièce. Elle voulait savoir si *Nebraska Nights* était terminé. Je suis humain. Je me suis vanté. Je lui ai dit qu'il faudrait peut-être un peu de temps avant de trouver le producteur idoine, mais qu'ensuite ce serait un succès.

— A-t-elle jamais lu la pièce ? » demanda Alvirah.

Brian fixa les feuilles de thé au fond de sa tasse. « Je n'y vois rien de mirifique », fit-il remarquer, puis il revint à la question présente : « Fiona connaissait les grandes lignes de l'histoire et elle savait que le personnage principal est le rêve pour une actrice.

— Tu ne le lui avais pas promis, j'espère ? » s'exclama Alvirah.

Brian secoua la tête. « Tante Alvirah, je sais qu'elle me croyait naïf, mais je n'aurais jamais pensé qu'elle m'imaginait aussi stupide. Elle m'a proposé un marché. Elle m'a dit qu'elle était en contact avec l'un des plus gros producteurs de Broadway. Si elle parvenait à lui montrer la pièce et à le convaincre de la financer, elle voulait jouer Diane — je veux dire Beth.

— Qui est-ce ? demanda Willy.

— Le nom de l'héroïne. Je l'ai changé hier soir, en rédigeant la version finale. J'ai dit à Fiona qu'elle se faisait des illusions, mais que si elle réussissait ce coup-là, je réfléchirais à sa proposition. Puis j'ai rassemblé mes notes et tenté de me débarrasser d'elle. Elle a refusé de partir, elle avait une audition au Lincoln Center en début d'après-midi et, prétextant que c'était tout près d'ici, elle préférait rester dans l'appartement jusqu'à l'heure de son rendez-vous. J'ai cédé, ne voyant aucun mal à la laisser seule et à m'en aller tranquillement travailler chez moi. La dernière fois que je l'ai vue, il était à peu près midi, et elle était assise sur ce canapé.

— Savait-elle que tu avais laissé un exemplaire de ta nouvelle pièce ici ? demanda Alvirah.

— Bien sûr. Je l'avais sorti du tiroir de la table en prenant mes notes. » Il désigna la table de l'entrée. « Il est resté dans ce même tiroir. »

Alvirah se leva, se dirigea rapidement vers la table et ouvrit le tiroir. Comme elle le craignait, il était vide.

Emmy Laker était affalée, immobile, dans le gros fauteuil club de son studio du West Side. Depuis qu'elle avait appris la mort de Fiona Winters par le bulletin de sept heures, elle avait essayé de joindre Brian. Avait-il été arrêté ? Oh, mon Dieu, non, pas lui ! Que puis-je faire ? Désespérée, elle regarda les bagages posés dans un coin de la pièce. Les bagages de Fiona.

La sonnette avait retenti la veille à huit heures et demie du matin. Elle avait à peine eu le temps d'ouvrir la porte que Fiona était entrée en trombe. « Comment peux-tu vivre sans ascenseur ? avait-elle demandé. Heureusement, un gosse faisait une livraison et m'a monté tout mon barda. » Elle avait laissé tomber ses valises et allumé une cigarette. « Je suis arrivée par le vol de nuit. Quelle erreur de ma part d'avoir accepté ce film ! J'ai envoyé le metteur en scène sur les roses et il m'a virée. J'ai téléphoné à Brian mais il est injoignable. Sais-tu où il se trouve ? »

À ce souvenir, la rage bouillonna en Emmy. Il lui semblait encore voir Fiona à l'autre bout de la pièce, son halo de cheveux blonds, son collant moulant à la perfection chaque centimètre de sa ravissante silhouette, ses yeux de chat pleins d'insolence et d'assurance.

Fiona était tellement sûre de son pouvoir sur Brian, même après la façon dont elle l'avait traité, pensa Emmy, se rappelant son désespoir pendant ces longs mois où Brian ne quittait pas Fiona d'une semelle. Fiona serait-elle arrivée à ses fins ? La veille, Emmy avait envisagé cette possibilité.

Fiona n'avait cessé de composer le numéro de Brian jusqu'à ce qu'elle parvienne à le joindre. Après avoir raccroché, elle avait dit à Emmy : « Tu ne vois pas d'inconvénient à ce que je laisse mes bagages ici ? Brian doit passer dans l'appart de luxe où loge sa tante, l'ex-femme de ménage. Je vais l'y rejoindre. » Elle avait haussé les épaules. « Il est terriblement provincial. Mais tu n'imagines pas le nombre de gens qui ont entendu parler de lui sur la côte Ouest. Tout ce qu'on m'a dit à propos de *Nebraska Nights* annonce que la pièce sera un triomphe — et j'ai l'intention d'y tenir la vedette. »

Emmy se leva. Son corps était raide et douloureux. Le vieux climatiseur sous la fenêtre avait beau siffler et vibrer, l'atmosphère de la pièce n'en était pas moins affreusement chaude et humide. Une douche fraîche et une tasse de café lui feraient du bien. Peut-être aurait-elle les idées plus claires ensuite. Elle avait envie de voir Brian. Envie de passer ses bras autour de son cou. Je ne suis pas triste à cause de la mort de Fiona, s'avoua-t-elle, mais, Brian, comment imaginais-tu pouvoir t'en tirer ?

Elle venait de passer un T-shirt et une jupe de coton et tordait ses longs cheveux roux en chignon lorsque l'interphone de l'entrée retentit.

Elle décrocha, entendit l'inspecteur Rooney annoncer qu'il montait.

« La situation commence à prendre un sens, dit Alvirah. Brian, tu es certain de n'avoir rien oublié ? Entre autres, est-ce toi, hier, qui as mis le champagne à rafraîchir dans le seau en argent ? »

Brian eut l'air stupéfait. « Pourquoi aurais-je fait une chose pareille ?

— C'est bien ce que j'ai pensé. »

Oh, mon Dieu, quelle histoire, soupira Alvirah en son for intérieur. Fiona ne s'est pas attardée dans l'appartement, puisqu'elle avait une audition. Je parierais que le producteur dont elle a parlé à Brian est Carlton Rumson, et qu'elle lui a téléphoné et l'a invité à venir la rejoindre ici. C'est pour cette raison que les coupes et le champagne étaient sortis. Elle lui a montré le manuscrit, et alors, Dieu sait pourquoi, ils se sont disputés. Mais comment le prouver ? Alvirah resta pensive un moment. Puis elle se tourna vers Brian. « Rentre chez toi et mets la dernière touche à ta pièce. J'ai parlé à Carlton Rumson ; il voudrait la lire dès aujourd'hui.

— Carlton Rumson ? s'exclama Brian. C'est sans doute le producteur le plus en vue de tout Broadway, et l'un des plus difficiles à contacter. Tu dois être magicienne !

— Je te donnerai davantage de détails plus tard, dit Alvirah. Je sais aussi qu'il part en voyage avec sa femme, battons donc le fer pendant qu'il est chaud. »

Brian regarda rapidement le téléphone. « Il faudrait que j'appelle Emmy. Elle a dû apprendre ce qui est arrivé à Fiona. » Il composa le numéro, attendit, puis laissa un message : « Emmy, j'ai besoin de te parler. Je pars de chez tante Alvirah à l'instant pour rentrer chez moi. » En raccrochant, il ne put cacher sa déception. « Elle est probablement sortie », dit-il.

Bien qu'elle eût reconnu la voix de Brian, Emmy ne fit pas un geste pour décrocher le combiné. Assis en face d'elle, l'inspecteur Rooney lui demandait de décrire en détail ce qu'elle avait fait la veille. Il haussa les sourcils. « Vous auriez pu répondre. Je ne suis pas à une minute près.

— Je rappellerai Brian plus tard », dit-elle. Puis elle resta un instant silencieuse, choisissant ses mots avec soin : « Hier, je suis sortie vers onze heures, et suis allée faire du jogging. Je suis rentrée vers onze heures trente, et j'ai passé le reste de la journée sans bouger d'ici.

— Seule ?

— Oui.

— Avez-vous vu Fiona Winters, hier ? »

Le regard d'Emmy effleura les bagages entassés dans le coin de la pièce. « Je... » Elle s'interrompit. « Emmy, je préfère vous avertir qu'il vaut mieux, dans votre intérêt, dire toute la vérité. » L'inspecteur Rooney consulta ses notes. « Fiona Winters est arrivée par un vol de Los Angeles qui a atterri vers sept heures et demie du matin. Nous savons qu'elle a pris un taxi qui l'a déposée devant chez vous et qu'un livreur l'a aidée à monter ses bagages. Elle lui a dit que vous n'alliez pas l'accueillir à bras ouverts parce que vous couriez après son jules. Quand Mlle Winters est partie, vous l'avez suivie. Un portier de l'immeuble de Central Park South vous a reconnue. Vous vous êtes assise sur un banc de l'autre côté de la rue, surveillant l'immeuble pendant presque deux heures, puis vous êtes entrée par la porte de service, que les peintres avaient laissée ouverte. » L'inspecteur Rooney se pencha en avant. Son ton devint confidentiel. « Vous êtes montée à l'appartement des Meehan, n'est-ce pas ? Mlle Winters était-elle déjà morte ? »

Emmy regarda fixement ses mains. Brian la taquinait toujours à cause de leur petitesse. « Mais elles sont drôlement fortes », avait-il ajouté en riant un jour où ils s'amusaient à lutter. Brian. Tout ce qu'elle dirait le desservirait. Elle leva les yeux vers l'inspecteur. « Je veux consulter un avocat. »

Rooney se leva. « C'est votre droit, naturellement. J'aimerais vous rappeler que si Brian a tué son ex-petite amie, vous pouvez être accusée de complicité pour avoir dissimulé des preuves. Et je vous assure, Emmy, que cela ne lui servira à rien. Nous allons obtenir son inculpation par le grand jury, ça ne fait pas un pli. »

Lorsque Brian arriva chez lui, il y avait un message d'Emmy sur son répondeur. Les doigts de Brian appuyèrent frénétiquement sur les touches en composant le numéro.

Elle chuchota : « Allô.

— Emmy, que se passe-t-il ? J'ai essayé de te joindre, mais tu étais sortie.

— J'étais ici. Avec un inspecteur de police. Brian, je dois absolument te voir.

— Prends un taxi jusqu'à l'appartement de ma tante. J'y retourne.

— Je veux te parler seule à seul. C'est à propos de Fiona. Elle est venue ici hier. Je l'ai suivie jusque chez ta tante. »

Brian sentit sa bouche devenir sèche. « Ne dis pas un mot de plus au téléphone. »

À quatre heures, la sonnerie de la porte retentit avec insistance. Alvirah sursauta. « Brian a oublié sa clé, dit-elle à Willy. Je l'ai remarquée sur la table de l'entrée. »

Mais ce fut Carlton Rumson qu'elle trouva, à la

place de Brian, devant la porte. « Madame Meehan, dit-il, veuillez excuser mon intrusion. » Et sur ce, il entra. « J'ai mentionné à l'un de mes collaborateurs que j'allais jeter un coup d'œil au scénario de votre neveu. Apparemment, il a assisté à une représentation de sa première pièce et l'a trouvée excellente. À vrai dire, il aurait souhaité que je la voie, mais les représentations ont été brusquement interrompues et je n'en ai pas eu l'occasion. »

Rumson s'était avancé dans la pièce de séjour et avait pris place dans un canapé. Il pianota d'un geste nerveux sur la table basse.

« Puis-je vous offrir quelque chose à boire ? demanda Willy. Une bière peut-être ?

— Oh, Willy, dit Alvirah, je suis certaine que M. Rumson ne boit que du meilleur champagne. Il me semble l'avoir lu dans *People.*

— C'est exact, en effet, mais pas maintenant, je vous remercie. »

L'expression de Rumson était plutôt aimable, pourtant Alvirah remarqua une veine qui battait sur sa gorge.

« Où pourrais-je contacter votre neveu ?

— Il devrait arriver d'une minute à l'autre. Vous pouvez l'attendre ici, à moins que vous ne préfériez rentrer chez vous et que je vous prévienne de son arrivée. »

Choisissant la deuxième solution, Rumson se leva et se dirigea vers la porte. « Je lis très vite. Si vous voulez bien me faire porter le manuscrit, je pourrai en discuter avec Brian ensuite. » Sitôt Rumson parti, Alvirah se tourna vers Willy. « Qu'en penses-tu ?

— J'en pense que pour un caïd de la production, il a les nerfs en pelote. J'ai horreur des gens qui pianotent sur les tables. Cela me met mal à l'aise.

— Bon, il était sûrement aussi mal à l'aise que toi, et je n'en suis pas surprise. »

Alvirah adressa à son mari un sourire mystérieux.

Moins d'une minute plus tard, la sonnerie retentit une deuxième fois. Alvirah alla en courant ouvrir la porte et trouva Emmy Laker sur le seuil, des mèches de cheveux roux s'échappant de son chignon, le visage à moitié dissimulé derrière des lunettes noires, sa jolie silhouette moulée dans un T-shirt et une jupe de coton semblable à un tourbillon de couleurs. Elle avait l'air d'avoir seize ans.

« Cet homme qui vient de sortir, balbutia-t-elle, qui est-ce ?

— Carlton Rumson, le producteur, répondit vivement Alvirah. Pourquoi ?

— Parce que... »

Emmy retira ses lunettes, dévoilant ses yeux gonflés.

Alvirah posa deux mains solides sur les épaules de la jeune fille. « Emmy, qu'y a-t-il ?

— Je ne sais pas quoi faire, gémit Emmy. Je ne sais vraiment pas quoi faire. »

Carlton Rumson regagna son appartement. Des gouttes de transpiration perlaient à son front. Alvirah Meehan n'était pas stupide. Cette remarque à propos du champagne n'avait pas été innocente Que soupçonnait-elle réellement ?

Victoria se tenait sur la terrasse, les mains à peine posées sur la balustrade. Il s'approcha d'elle avec précaution. « Pour l'amour du ciel, n'as-tu pas lu les écriteaux ? Une simple poussée et ce truc-là s'effondre. »

Victoria était vêtue d'un pantalon blanc et d'un pull tricoté assorti. Dommage, songea Rumson avec aigreur, qu'un journaliste ait un jour écrit qu'avec sa blondeur exquise Victoria Rumson ne devrait jamais porter autre chose que du blanc. Elle avait suivi ce conseil à la lettre. À elles seules, ses notes de teinturier auraient suffi à mettre un autre homme que lui sur la paille.

Elle se tourna tranquillement vers lui. « J'ai remarqué qu'à la moindre contrariété, tu t'en prends toujours à moi. Savais-tu que Fiona Winters se trouvait dans cet immeuble ? Ou y était-elle venue à ta demande ?

— Vic, je n'ai pas revu Fiona depuis bientôt deux ans. Si tu ne me crois pas, tant pis pour toi.

— L'essentiel est que tu ne l'aies pas vue hier, chéri. J'ai entendu dire que la police pose quantité de questions. On découvrira inévitablement qu'elle et toi alimentiez la chronique — comme le disent les journalistes. Oh, après tout, je suis persuadée que tu vas gérer tout ça avec ton sang-froid habituel. En attendant, t'es-tu occupé de la pièce de Brian McCormack ? J'ai une de mes fameuses intuitions à ce propos, tu sais. »

Rumson s'éclaircit la voix. « Alvirah Meehan doit

m'en faire parvenir un exemplaire cet après-midi. Et après l'avoir lue, je descendrai en discuter avec Brian.

— J'aimerais la lire également. Et je t'accompagnerai peut-être ensuite. Je suis curieuse de voir comment une femme de ménage décore son intérieur. » Victoria Rumson passa son bras sous celui de son mari. « Mon pauvre chéri. Pourquoi es-tu si nerveux ? »

Quand Brian entra précipitamment dans l'appartement, son manuscrit sous le bras, il trouva Emmy allongée sur le divan, recouverte d'un léger plaid. Alvirah referma la porte derrière lui, le regarda s'agenouiller auprès d'Emmy et l'entourer de ses bras. « Je vais à côté, vous pourrez parler tranquillement tous les deux », annonça-t-elle.

Dans la chambre, elle trouva Willy en train de sortir des vêtements de la penderie.

« Laquelle, chérie ? » Il tenait devant lui deux vestes de sport.

Le front d'Alvirah se plissa. « Tu veux avoir l'air élégant, mais pas trop, à la soirée que donne Pete pour son départ à la retraite ? Mets la bleue avec une chemise sport blanche.

— Je n'ai pas envie de te laisser ce soir, protesta Willy.

— Il n'est pas question que tu fasses faux bond à Pete, dit Alvirah d'un ton ferme. Et, Willy, laisse-moi te commander une voiture avec chauffeur.

— Mon chou, nous dépensons une fortune pour

garer notre voiture dans l'immeuble. À quoi bon jeter l'argent par les fenêtres ?

— D'accord, mais si t'amuses un peu trop, promets-moi de ne pas conduire au retour. Dors dans notre ancien appartement. Tu sais ce qui arrive quand tu retrouves ta bande de vieux copains. »

Willy sourit d'un air penaud. « Tu veux dire que si je chante *Danny Boy* plus de deux fois, c'est le signal fatal ?

— Exactement.

— Chérie, je suis tellement vanné après ce voyage et les événements d'hier soir, que je préférerais franchement boire une ou deux bières avec Pete et rentrer.

— Ce ne serait pas gentil. À la réception que nous avons donnée après avoir gagné à la loterie, Pete est resté jusqu'à l'heure où l'autoroute commence à être bloquée le matin. Viens maintenant, il faut que nous parlions à ces enfants. »

Dans le séjour, Brian et Emmy étaient assis côte à côte, main dans la main.

« Avez-vous fini par tirer les choses au clair ? demanda Alvirah.

— Pas vraiment, répondit Brian. Apparemment, Emmy a passé un mauvais quart d'heure avec Rooney lorsqu'elle a refusé de répondre à ses questions. »

Alvirah s'assit. « Il faut que je sache ce qu'il vous a demandé. »

D'un ton saccadé, Emmy lui relata tout par le menu. Puis elle retrouva une voix plus calme et une attitude plus assurée pour annoncer : « Brian, tu vas être inculpé. Il essaie de me faire dire des choses qui pourraient te porter tort.

— Tu veux dire que tu cherches à me protéger ? » Brian semblait stupéfait. « Mais c'est inutile. Je n'ai rien fait. Je pensais...

— Tu pensais que c'était Emmy qui avait des ennuis », dit Alvirah. Elle s'installa avec Willy sur le canapé en face d'eux. Brian et Emmy étaient assis devant la table de verre qu'elle avait époussetée, effaçant les empreintes de doigts. Les rideaux se trouvaient légèrement sur la droite. Quelqu'un ayant pris place au même endroit aurait eu l'embrasse juste sous les yeux.

« Je vais vous dire une chose à tous les deux, annonça-t-elle. Chacun de vous pense que l'autre est peut-être mêlé à cette affaire — et vous vous trompez. Racontez-moi seulement ce que vous savez ou croyez savoir. Brian, aurais-tu caché quelque chose concernant la visite de Fiona hier ?

— Rien. Absolument rien.

— Bien. À vous, Emmy. »

Emmy alla jusqu'à la fenêtre. « J'adore cette vue », fit-elle. Elle se tourna ensuite vers Alvirah et Willy et leur raconta l'apparition soudaine de Fiona chez elle : « Hier, lorsque Fiona a quitté mon appartement pour rejoindre Brian, je crois que j'ai un peu perdu la tête. Brian lui avait été terriblement attaché, je ne pouvais pas supporter l'idée de le voir repartir avec elle. Fiona est — était — le genre de femme capable de séduire un homme d'un seul battement de paupières. J'avais tellement peur qu'elle ne reprenne Brian.

— Je n'ai jamais..., protesta Brian.

— Tais-toi, Brian, ordonna Alvirah.

— Je suis restée assise sur le banc du parc pendant un long moment, continua Emmy. J'ai vu Brian partir. Comme Fiona ne redescendait pas, j'ai pensé qu'il lui avait peut-être demandé de l'attendre. Finalement, j'ai décidé d'avoir une explication avec elle. J'ai emboîté le pas à une femme de ménage qui pénétrait dans l'immeuble par l'entrée des livreurs restée ouverte, et je suis montée par l'ascenseur de service pour éviter qu'on me voie. J'ai sonné à la porte, attendu, sonné encore, puis je suis partie.

— C'est tout ? demanda Brian. Pourquoi as-tu eu peur de le raconter à Rooney ? »

Ce fut Alvirah qui répondit : « Pour la bonne raison qu'en apprenant la mort de Fiona, elle a pensé que si celle-ci n'avait pas répondu à ses coups de sonnette, c'était peut-être parce que tu l'avais déjà tuée. » Elle se pencha en avant. « Emmy, pourquoi avez-vous posé des questions à propos de Carlton Rumson tout à l'heure ? Vous l'avez vu hier, n'est-ce pas ?

— En m'engageant dans le couloir au moment où je sortais de l'ascenseur de service, je l'ai aperçu qui marchait devant moi, vers l'ascenseur principal. Je me suis dit que je l'avais déjà rencontré quelque part, mais je ne l'ai pas reconnu avant de le revoir il y a quelques instants. »

Alvirah se leva. « Je crois que nous devrions téléphoner à M. Rumson et l'inviter à venir nous rejoindre, et je crois aussi que nous devrions demander à l'inspecteur Rooney de participer à notre petite réunion. Mais avant tout, Brian, donne ton manuscrit à Willy. Il ira le porter immédiatement chez les Rumson. Voyons. Il est presque cinq heures. Willy, tu demanderas à Rumson de nous téléphoner dès qu'il sera prêt à nous le rapporter. »

Le bourdonnement de l'interphone se fit entendre. Willy alla répondre. « C'est Rooney, dit-il. Il veut te voir, Brian. »

Il n'y avait aucune chaleur dans l'attitude de l'inspecteur quand il entra dans l'appartement quelques minutes plus tard. « Brian, dit-il sans préambule, je dois vous demander de me suivre au commissariat afin d'y répondre à quelques questions supplémentaires. On vous a signifié vos droits. Je vous rappelle une fois de plus que tout ce vous direz pourra être retenu contre vous. »

Alvirah s'interposa. « Il n'ira nulle part. Et avant que vous ne repartiez, inspecteur, j'ai certaines choses intéressantes à vous communiquer. »

Il était près de sept heures lorsque Carlton Rumson téléphona. Alvirah et Willy avaient parlé à Rooney du champagne et des coupes, ainsi que des empreintes sur la table de verre et du fait qu'Emmy avait surpris Carlton Rumson dans le couloir, mais Alvirah aurait juré qu'aucune de ses informations n'impressionnait vraiment l'inspecteur. Il est fermé à tout ce qui ne confirme pas ses spéculations concernant la culpabilité de Brian, se dit-elle.

Quelques minutes plus tard, Alvirah vit avec stupéfaction le couple Rumson entrer dans l'appartement. Victoria Rumson avait le sourire aux lèvres. Quand on lui présenta Brian, elle lui prit les deux mains et s'exclama : « Vous êtes réellement un jeune Neil Simon ! Je viens de lire votre pièce. Félicitations. »

Constatant la présence de l'inspecteur Rooney, Carlton Rumson pâlit. Il bafouilla à l'adresse de Brian : « Je suis sincèrement désolé de vous interrompre en ce moment. Je serai très bref. Votre pièce est excellente. Je veux prendre une option sur elle. Pouvez-vous demander à votre agent de se mettre en contact avec mon bureau dès demain matin ? »

Victoria Rumson se tenait devant la porte de la terrasse. « Vous avez eu raison de ne pas masquer cette vue, dit-elle à Alvirah. Mon décorateur a installé des stores vénitiens et je pourrais aussi bien donner sur un mur. »

Elle a dû avaler ses pilules du bonheur ce matin, pensa Alvirah.

« Je crois que nous devrions nous asseoir ensemble un moment et discuter », suggéra alors Rooney.

Les Rumson lui obéirent à regret.

« Monsieur Rumson, connaissiez-vous Fiona Winters ? » interrogea Rooney.

Alvirah se dit qu'elle avait peut-être sous-estimé l'inspecteur. Son expression était soudain très intense et il se penchait légèrement en avant.

« Mlle Winters a participé à plusieurs des pièces que j'ai produites il y a quelques années », répondit Rumson.

Il avait pris place sur l'un des canapés, près de sa femme. Alvirah remarqua qu'il coulait vers elle des regards inquiets.

« Peu m'importe ce qui s'est passé il y a plusieurs années, le coupa Rooney. C'est la journée d'hier qui m'intéresse. L'avez-vous vue ?

— Absolument pas. »

Au ton tendu de sa voix, Alvirah eut l'impression qu'il était sur la défensive.

« Vous a-t-elle téléphoné d'ici ? demanda-t-elle.

— Madame Meehan, si vous n'y voyez pas d'inconvénient, c'est moi qui poserai les questions, dit l'inspecteur.

— Un peu de respect quand vous vous adressez à ma femme », le reprit Willy.

Victoria Rumson tapota le bras de son mari. « Chéri, je pense que tu t'efforces de ménager mes sentiments. Si cette diablesse de Winters continuait de te harceler, ne crains pas de rapporter exactement ce qu'elle voulait. »

Rumson sembla vieillir brusquement sous leurs yeux. Lorsqu'il prit la parole, ce fut d'une voix lasse : « Comme je viens de vous le dire, Fiona Winters a joué dans plusieurs des pièces que j'ai produites. Elle...

— Elle a aussi eu des relations très personnelles avec vous, l'interrompit Alvirah. Vous l'emmeniez souvent au centre de remise en forme de Cypress Point. »

Rumson lui jeta un regard noir. « Je n'ai eu aucune relation avec Fiona Winters depuis des années, dit-il. C'est exact, elle m'a téléphoné hier, il était midi passé. Elle m'a dit qu'elle se trouvait dans l'immeuble et qu'elle avait apporté une pièce à mon intention, elle voulait que je la lise, elle était sûre qu'elle ferait un succès et elle voulait y jouer le rôle principal. J'attendais un appel d'Europe et j'ai accepté de la retrouver ici une heure plus tard.

— Ce qui signifie qu'elle a appelé après le départ de Brian, conclut Alvirah d'un ton triomphant. C'est pour cette raison que les coupes et la bouteille de champagne étaient sorties. Elles vous étaient destinées.

— Êtes-vous entré dans l'appartement, monsieur Rumson ? » demanda Rooney.

À nouveau, Rumson hésita.

« Chéri, dis-le », murmura Victoria Rumson.

N'osant regarder l'inspecteur, Alvirah annonça : « Emmy vous a vu dans le couloir quelques minutes avant une heure de l'après-midi. »

Rumson bondit. « Madame Meehan, je ne tolérerai pas davantage vos insinuations. Je craignais que Fiona ne continue à me harceler si je ne mettais pas les choses au point avec elle une bonne fois pour toutes. Je suis descendu et j'ai sonné. Je n'ai pas obtenu de réponse. La porte n'était pas complètement fermée, je l'ai poussée et j'ai appelé. Puisque j'étais venu jusque-là, autant en terminer, me suis-je dit.

— Êtes-vous entré dans l'appartement ? demanda Rooney.

— Oui. J'ai traversé la pièce où nous sommes, passé la tête dans la cuisine, et jeté un coup d'œil dans la chambre. Fiona n'était nulle part. J'en ai conclu qu'elle avait changé d'avis et ne voulait plus me rencontrer, et je puis vous assurer que j'ai été soulagé. Puis, en entendant les nouvelles ce matin, j'ai tout de suite pensé que son corps se trouvait peut-être dans la penderie alors même que j'étais ici et j'ai craint d'être compromis dans cette histoire. » Il se tourna vers sa femme. « Je le suis bel et bien, mais crois-moi, ce que je viens de dire est l'exacte vérité. »

Victoria effleura sa main. « Il n'est pas question qu'on te mêle à ça. Quel toupet avait cette fille d'imaginer qu'elle obtiendrait le rôle principal de *Nebraska Nights* ! » Elle se tourna vers Emmy. « C'est quelqu'un de votre âge qui devrait jouer le rôle de Diane.

— Ce sera le cas, dit Brian. Je ne lui avais pas encore annoncé. »

Rumson se tourna vers sa femme avec impatience. « Tu veux dire que... ? »

Rooney l'interrompit en refermant son calepin. « Monsieur Rumson, je vais vous demander de m'accompagner au poste de police. Emmy, j'aimerais également que vous fassiez une déposition complète. Brian, nous aurons d'autres questions à vous poser et je vous invite fortement à prendre les conseils d'un avocat.

« Une minute, je vous prie, s'indigna Alvirah. Je vois bien que vous faites davantage confiance à M. Rumson qu'à Brian. » Adieu, l'option sur la pièce, mais ce n'est pas le plus important, pensa-t-elle. « Votre hypothèse est que Brian est parti, puis revenu pour dire à Fiona de débarrasser le plancher, et qu'il l'a alors tuée. Je vais vous dire, moi, comment les choses se sont passées. M. Rumson est descendu ici et s'est disputé avec Fiona. Il l'a étranglée mais s'est montré assez malin pour emporter le manuscrit qu'elle était en train de lui faire lire.

— C'est archifaux ! se récria Rumson.

— Je ne veux plus entendre un seul mot ici, ordonna Rooney. Emmy, monsieur Rumson, Brian — une voiture nous attend en bas. En route. »

Sitôt la porte refermée derrière eux, Willy prit Alvirah dans ses bras. « Chérie, il n'est pas question que j'aille à la soirée de Pete. Je ne veux pas te laisser seule. Tu as l'air près de t'écrouler. »

Alvirah le serra à son tour contre elle. « Non, sûrement pas. J'ai tout enregistré. J'ai besoin d'écouter les bandes et je m'en tire mieux quand je suis seule. Amuse-toi bien. »

L'appartement lui parut affreusement calme après le départ de Willy. Alvirah décida qu'un bon bain dans son jacuzzi éliminerait un peu la raideur de ses membres et lui éclaircirait l'esprit.

Ensuite, elle enfila sa chemise de nuit préférée et le confortable peignoir à rayures de Willy. Elle plaça le magnétophone haut de gamme offert par le rédacteur en chef du *Globe* sur la table de la salle à manger, sortit la minuscule cassette de sa broche, l'inséra dans l'appareil et pressa le bouton de lecture. Elle introduisit une cassette vierge dans sa broche qu'elle agrafa au revers du peignoir, au cas où elle voudrait enregistrer ses propres réflexions. Puis elle s'installa pour écouter ses conversations avec Brian, l'inspecteur Rooney, Emmy et les Rumson.

Il y avait quelque chose dans l'attitude de Carlton Rumson qui la tracassait. Quoi ? Méthodiquement, Alvirah écouta leur premier entretien avec les Rumson. Il était plutôt décontracté ce soir-là, mais quand elle l'avait rencontré par hasard le lendemain, il lui avait paru changé. Il lui avait dit qu'il désirait lire la pièce sans plus attendre. Pourtant Brian disait que Carlton Rumson était extrêmement difficile à contacter personnellement.

Voilà, c'était ça ! Il savait déjà que la pièce était bonne. Mais il ne pouvait pas révéler qu'il l'avait déjà lue.

Le téléphone sonna. Surprise, elle se hâta de décrocher. C'était Emmy.

« Madame Meehan, chuchota-t-elle, ils sont toujours en train d'interroger Brian et M. Rumson, mais je sais qu'ils croient Brian coupable.

— Je viens à la minute de tout comprendre, dit Alvirah d'un ton triomphant. Avez-vous bien observé Carlton Rumson lorsque vous l'avez rencontré dans le couloir ?

— Je crois, oui.

— Alors, vous avez certainement remarqué qu'il tenait un manuscrit à la main, n'est-ce pas ? Or, s'il était vrai, comme il le prétend, qu'il était descendu dans le seul but de rompre avec Fiona, il n'aurait jamais pris ce manuscrit. Mais s'ils en avaient parlé ensemble et qu'il en avait lu une partie avant de la tuer, il serait normal qu'il l'ait emporté. Emmy, je crois avoir trouvé la solution de l'énigme. »

La voix d'Emmy était à peine audible : « Madame Meehan, je suis certaine que Carlton Rumson ne tenait rien à la main lorsque je l'ai vu. Et si jamais l'inspecteur me pose cette question, ma réponse fera du tort à Brian, n'est-ce pas ?

— Il faut leur dire la vérité, répondit Alvirah tristement. Mais ne vous inquiétez pas. Je n'ai pas dit mon dernier mot. »

Dès qu'elle eut raccroché, elle remit en marche le magnétophone et écouta à nouveau les enregistrements. Elle repassa plusieurs fois ses conversations avec Brian. Il y avait quelque chose qui lui échappait dans les propos de son neveu. Quoi ?

Elle finit par se lever, un peu d'air frais lui ferait du bien. Non que l'air de New York fût d'une extrême pureté, songea-t-elle en ouvrant la porte-fenêtre qui donnait sur la terrasse. Cette fois-ci, elle marcha jusqu'à la balustrade et y posa légèrement les doigts. Si Willy était là, il aurait une attaque, pensa-t-elle, mais je ne m'appuierai pas. La contemplation du parc était si apaisante. Le parc. Maman se souvenait toujours avec des larmes aux yeux du jour où elle avait fait de la luge dans le parc. Elle avait seize ans alors, et elle en a parlé jusqu'à la fin de sa vie. C'était son amie Beth qui avait demandé cette faveur pour son anniversaire.

Beth !

Beth !

C'était ça ! Elle se rappelait Brian disant que Fiona Winters voulait jouer le personnage de Diane. Puis Brian s'était repris et avait rectifié : « Je veux dire Beth. » Willy avait demandé de qui il s'agissait, et Brian avait répondu que c'était le nom de l'héroïne de sa nouvelle pièce, qu'il l'avait changé dans la version définitive. Alvirah brancha son micro et s'éclaircit la voix. Mieux vaut noter tout ça, se dit-elle. Mes impressions immédiates me seront très utiles lorsqu'il faudra écrire un article pour le *Globe*.

« Ce n'est pas Carlton Rumson qui a tué Fiona Winters, dit-elle à voix haute, d'un ton affirmatif. Ce ne peut être que sa femme, Vicky "Je-n'y-vois-aucun-mal". C'est elle qui a insisté auprès de Rumson pour qu'il lise la pièce. Elle qui a dit qu'Emmy devrait jouer le rôle de Diane — elle ignorait que Brian avait changé le nom. Et Rumson était sur le point de la corriger, parce qu'il ne connaissait que la seconde version de la pièce. Elle a probablement entendu ce que Fiona disait au téléphone. Elle est descendue ici pendant que Rumson attendait son appel d'Europe. Elle ne voulait pas que Fiona renoue avec Rumson, c'est pourquoi elle l'a tuée, puis elle s'est emparée du manuscrit. Mais c'est la copie qu'elle a lue, pas la dernière version.

— Bien vu, madame Meehan. »

La voix s'était élevée dans son dos, et avant d'avoir pu esquisser un geste, Alvirah sentit des mains puissantes se plaquer contre ses reins. Elle tenta de se retourner quand son corps s'appuya contre la balustrade. Comment Victoria Rumson était-elle entrée ? En un éclair, elle se souvint que la clé de Brian était posée sur la table de l'entrée. Victoria s'en était sans doute saisie.

Rassemblant toute son énergie, elle tenta de repousser son agresseur, mais un coup assené sur sa nuque l'étourdit. Elle eut la force de pivoter sur elle-même pour faire face à Victoria. Cependant, le coup avait eu l'effet escompté, et Alvirah s'affaissa contre la balustrade. Elle entendit vaguement un craquement, sentit quelque chose céder sous elle, son corps chanceler au-dessus du vide.

La soirée de Pete fut un triomphe. Les vieux copains de Willy se pressaient dans la salle, parmi les odeurs alléchantes de saucisse, de piment, de corned-beef et de chou. On avait ouvert le premier pack de bière et Pete, tout sourire, allait de l'un à l'autre, invitant chacun à boire.

Pourtant, Willy ne parvenait pas à se mettre dans l'ambiance. Un pressentiment le tourmentait, le rongeait, le pressait de rentrer chez lui. Il but sa bière, grignota un sandwich au corned-beef, félicita Pete, et sans même attendre que le chœur entonne *Danny Boy*, il se faufila parmi les invités et remonta dans sa voiture.

En arrivant à l'appartement, il trouva la porte entrebâillée ; immédiatement, un signal d'alarme intérieur se déclencha.

« Alvirah ! » appela-t-il d'un ton inquiet. Puis il aperçut les deux silhouettes sur la terrasse. « Oh, mon Dieu ! » gémit-il, et il s'élança à travers la pièce, criant le nom d'Alvirah.

« Rentre immédiatement, chérie, implora-t-il. Écarte-toi. Éloigne-toi de cette maudite balustrade. »

Puis il comprit ce qui se passait. L'autre femme

tentait de pousser Alvirah dans le vide. Il s'avança sur la terrasse au moment où une partie des balustres s'effondraient derrière Alvirah.

Willy fit un pas de plus en direction des deux femmes et perdit connaissance.

Au commissariat, le cœur chaviré en songeant à Brian, Emmy attendait que l'on dactylographie sa déposition. L'inspecteur Rooney avait cru Carlton Rumson quand ce dernier avait dit s'être rendu à l'appartement d'Alvirah et en être reparti, pensant qu'il n'y avait personne. Il était évident que la conviction de Rooney était faite, qu'il avait décidé que Brian était l'auteur du meurtre de Fiona.

Comment ne voit-il pas qu'il n'avait aucune raison de la tuer ? Emmy était désespérée. Brian lui avait confié qu'il n'en voulait pas à Fiona d'avoir laissé tomber sa pièce. Au contraire, elle lui avait ainsi révélé quel genre de femme elle était. Oh, je n'aurais pas dû me montrer aussi bouleversée lorsque Fiona a débarqué chez moi hier sans prévenir, se reprocha Emmy. Brian n'aurait jamais renoué avec elle. Mais quand elle avait tenté d'en convaincre l'inspecteur, il lui avait demandé : « Dans ce cas, si vous étiez tellement persuadée que Brian n'éprouvait plus aucun sentiment pour Fiona, pourquoi l'avez-vous suivie jusqu'à l'appartement de sa tante ? »

Emmy se frotta le front. Elle avait si mal à la tête ! Quelques jours plus tôt, Brian lui avait lu sa nouvelle pièce, la consultant sur le nom de l'héroïne. Il pensait changer Diane en Beth.

« Diane est un nom qui a du caractère, avait-il dit. Je vois le personnage comme une femme qui semble d'abord vulnérable, presque mélancolique ; mais à mesure que l'action se déroule, on découvre à quel point elle est forte. Qu'en penserais-tu si je l'appelais Beth au lieu de Diane ?

— Ça me plaît, avait-elle répondu.

— Tant mieux, avait dit Brian, parce que c'est toi qui en es l'inspiratrice, et je veux que son nom te convienne. Je vais le changer dans la version définitive. »

Emmy se redressa et regarda devant elle, oubliant la lumière crue du commissariat, ainsi que le brouhaha et la confusion qui régnaient autour d'elle. *Beth... Diane...*

Bien sûr ! Ce soir, Victoria Rumson m'a dit que je devrais jouer le rôle de Diane. Mais le scénario final, celui qu'elle est censée avoir lu, comportait déjà le nouveau nom. Elle a donc lu la copie de la pièce qui a disparu de l'appartement. Ce qui signifie qu'elle était dans l'appartement avec Fiona. C'est évident, tout concorde. Peut-être la patience de Victoria Rumson à l'égard des incartades de son mari avait-elle fini par s'émousser lorsqu'elle avait failli le perdre, deux ans auparavant — à cause de Fiona Winters !

Emmy se leva d'un bond et s'élança hors du commissariat. Elle devait parler à Alvirah sans perdre une minute. Elle entendit un policier l'interpeller, mais ne répondit pas et héla un taxi.

Arrivée devant l'immeuble, elle passa en trombe devant le portier ébahi et alla droit à l'ascenseur.

Elle entendit le cri de Willy au moment où elle se ruait dans le couloir. La porte de l'appartement était ouverte. Elle vit Willy s'avancer en chancelant sur la terrasse, tomber. Puis elle aperçut les silhouettes des deux femmes et comprit ce qui se passait.

D'un bond, Emmy s'élança. Alvirah lui faisait face, oscillant au-dessus du vide. Sa main droite agrippait la partie de la balustrade qui tenait encore en place, mais elle était sur le point de lâcher prise sous les coups redoublés de son assaillante.

Emmy saisit Victoria par le bras et le lui tordit en arrière. Le craquement que firent le reste des balustres en s'écroulant couvrit à peine le hurlement de rage et de douleur de Victoria. La repoussant sur le côté, Emmy saisit Alvirah par la ceinture de sa robe de chambre. Alvirah chancelait. Ses pantoufles glissaient sur le rebord de la terrasse. Son corps vacillait, près de basculer trente-trois étages plus bas. Dans un dernier sursaut d'énergie, Emmy la tira en avant et elles retombèrent toutes les deux sur la forme étendue et inconsciente de Willy.

Alvirah et Willy dormirent jusqu'à midi. Lorsqu'ils se réveillèrent enfin, Willy insista pour qu'Alvirah reste au lit. Il alla dans la cuisine, revint un quart d'heure plus tard avec une cruche de jus d'orange, du thé et des toasts. À la seconde tasse de thé, Alvirah retrouva son optimisme naturel.

« Eh bien, heureusement que Rooney a foncé ici à la suite d'Emmy et qu'il a rattrapé Victoria au moment où elle tentait de s'enfuir ! Et sais-tu à quoi je pense, Willy ?

— Je ne sais jamais à quoi tu penses, chérie, soupira Willy.

— Écoute, je te parie que Carlton Rumson va continuer à vouloir produire la pièce de Brian. Tu peux être certain qu'il ne pleurera pas en voyant Victoria aller en prison.

— Tu as sans doute raison. Ils n'avaient pas l'air de tourtereaux.

— Willy, conclut Alvirah, je voudrais que tu parles à Brian. Dis-lui qu'il ferait bien d'épouser cette charmante Emmy avant que quelqu'un d'autre ne la lui souffle. » Elle ajouta avec un sourire ravi : « J'ai trouvé un cadeau de mariage qui leur conviendra à merveille, tout un ensemble de meubles laqués blanc. »

Recherche plombier désespérément

Si Alvirah Meehan avait pu regarder dans une boule de cristal et y voir les événements qui allaient survenir dans les dix jours suivants, elle aurait attrapé Willy par la main et quitté les lieux en vitesse. Au lieu de quoi elle resta assise à bavarder avec les autres invités de l'émission de Phil Donahue. Le thème traité ce jour-là ne concernait ni les débauches sexuelles ni les maris battus, mais les ravages que provoquaient les billets gagnants à la loterie dans l'existence de leurs bénéficiaires.

L'équipe de Donahue avait contacté l'Association de soutien aux anciens gagnants de la loterie et fini par sélectionner les cas les plus dramatiques. Alvirah et Willy feraient office de contre-exemple, avait dit la présentatrice. « Quoi qu'elle entende par là », avait conclu Alvirah après leur premier entretien.

Pour l'occasion, Alvirah s'était fait teindre en blond vénitien, une couleur qui adoucissait ses traits anguleux. Ce matin, Willy lui avait déclaré qu'elle ressemblait à la jeune Alvirah qu'il avait rencontrée à un bal des Chevaliers de Colomb, plus de quarante ans auparavant. La baronne Min von Schreiber avait fait le voyage jusqu'à New York depuis son centre de remise en forme de Cypress Point à Pebble Beach, afin de choisir la tenue d'Alvirah pour l'émission. « N'oubliez pas de mentionner que votre première décision après avoir gagné à la loterie fut de venir faire une cure au centre, recommanda-t-elle à Alvirah. Avec cette maudite récession, les affaires ne sont pas fameuses. »

Alvirah portait un tailleur de soie bleu ciel avec un chemisier blanc et pour tout bijou sa broche fétiche en forme de soleil. Elle eût préféré avoir perdu les dix kilos qu'elle avait repris en septembre pendant leurs vacances en Espagne, mais elle se savait malgré tout agréable à regarder. Agréable de son point de vue, naturellement. Elle ne se faisait aucune illusion, avec sa mâchoire un peu trop saillante et sa corpulence, elle n'avait aucune chance de concourir pour le titre de Miss Amérique.

Il y avait deux autres groupes d'invités. Le premier, trois employés dans une usine de lingerie, avait partagé un billet gagnant de dix millions de dollars six ans avant. Persuadés que la chance leur était favorable, ils avaient acheté des chevaux de course et se retrouvaient aujourd'hui ruinés. Les chèques à venir iraient directement aux banques et à l'État. Le second, un couple, avait empoché seize millions de dollars, acheté un hôtel dans le Vermont, et depuis ils s'échinaient sept jours sur sept à couvrir leurs frais. Le peu d'argent qui restait servait à passer des petites annonces pour tenter de refiler l'hôtel à quelqu'un d'autre.

Un assistant les amena tous au studio.

Alvirah avait l'habitude des plateaux de télévision. Elle en savait assez pour se tenir assise légèrement de côté afin de paraître plus mince. Elle évitait de porter des bijoux trop lourds qui pourraient heurter le micro. Elle prononçait des phrases courtes.

Willy, pour sa part, ne s'accoutumait pas à être exposé aux yeux du public. Alvirah avait beau lui assurer qu'il était formidable et que tout le monde lui trouvait un air de ressemblance avec Tip O'Neil, le célèbre parlementaire, il n'était jamais plus heureux qu'avec une clé à molette à la main en train de réparer une fuite d'eau. Willy était un plombier-né.

Comme toujours, Donahue commença l'entretien de son ton désinvolte, avec une pointe de scepticisme. « Comment imaginer qu'après avoir gagné des millions de dollars à la loterie vous ayez besoin d'un groupe de soutien ? N'est-il pas stupéfiant que vous soyez ruinés alors que de gros chèques continuent à vous être versés ? »

« In-cro-yable ! » hurla docilement l'assistance.

Alvirah rentra le ventre et saisit la main de Willy, mêlant ses doigts aux siens. Elle ne voulait pas avoir l'air nerveux à l'écran. Il y avait probablement une foule de parents et d'amis postés devant le petit écran. Sœur Cordelia, la sœur aînée de Willy, avait invité dans son couvent quantité de religieuses à regarder l'émission.

Trois spectateurs au moins n'étaient pas des habitués de l'émission de Donahue. Sammy, Clarence et Tony venaient d'être relâchés d'un quartier de haute surveillance dans une prison près d'Albany où l'État les avait abrités pendant une douzaine d'années après leur attaque à main armée d'un camion de collecteurs de fonds. Malheureusement pour eux, ils n'avaient jamais eu l'occasion de dépenser leur butin de six cent mille dollars. Un pneu de la voiture dans laquelle ils tentaient de s'échapper avait éclaté à une rue de la scène du crime.

Aujourd'hui, libérés de leur dette envers la société, ils cherchaient un nouveau moyen de s'enrichir. L'idée de kidnapper un membre de la famille d'un gagnant avait germé dans le cerveau de Clarence. Voilà pourquoi ils regardaient en ce moment même l'émission de Donahue dans une chambre minable de l'hôtel Lincoln's Arms, au coin de la Neuvième Avenue et de la 40e Rue. Tony, trente-cinq ans, était le plus jeune de la bande. A l'instar de son frère, Sammy, il était bâti comme une armoire à glace, avec des bras de lutteur. Ses petits yeux disparaissaient dans les replis de ses paupières tombantes. Son épaisse chevelure noire était hirsute. Il obéissait aveuglément à son frère et son frère obéissait à Clarence.

Clarence offrait un total contraste avec les deux autres. Petit, sec, la voix douce, il avait quelque chose de glaçant. À juste raison, les gens s'en méfiaient instinctivement. Clarence était venu au monde dépourvu de conscience, et bien des meurtres restés inexpliqués auraient été résolus s'il avait parlé dans son sommeil lorsqu'il était en détention.

Sammy n'avait jamais avoué à Clarence que la veille de l'attaque du camion, Tony avait fait une virée avec la voiture prévue pour leur fuite et roulé sur une chaussée couverte de débris de verre. Tony n'aurait pas vécu assez longtemps pour s'excuser d'avoir négligé de vérifier les pneus.

L'un des invités qui avaient investi dans les chevaux se lamentait. Nourrir ces canassons était un gouffre. Ses associés acquiescèrent énergiquement.

Sammy ricana. « On perd son temps avec ça. Ces crétins ne savent même pas aligner deux sous. » Il tendit le bras, prêt à éteindre le poste.

« Attends une minute », lui ordonna sèchement Clarence.

Alvirah avait pris la parole. « Nous n'avions pas l'habitude d'avoir de l'argent, expliquait-elle. Voyez-vous, nous menions une vie simple et tranquille. Nous habitions un trois pièces dans Flushing que nous avons gardé au cas où l'État ferait banqueroute et nous conseillerait d'aller nous faire voir pour le restant de nos chèques. J'étais femme de ménage et Willy plombier et nous évitions les dépenses inutiles.

— Les plombiers gagnent des fortunes, protesta Donahue.

— Pas Willy, répliqua Alvirah avec un sourire. Il passait la moitié de son temps à travailler gratuitement pour des couvents, des presbytères ou des gens complètement fauchés. Vous savez ce que c'est. Réparer les lavabos, les toilettes et les baignoires coûte cher et c'était la façon de Willy de faire le bien autour de lui. Il n'a pas cessé.

— Bon, mais vous avez tout de même profité de cet argent, non ? demanda Donahue. Vous êtes très élégante. »

Alvirah n'oublia pas de mentionner le centre de Cypress Point tout en expliquant que, bien sûr, ils avaient profité de cet argent. Ils avaient acheté un appartement dans Central Park South, parcouru le monde, fait des dons aux organisations humanitaires. Elle avait écrit des articles pour le *New York Globe* et eu la chance en même temps de résoudre plusieurs énigmes criminelles. Elle avait toujours rêvé d'être détective. « Néanmoins, conclut-elle d'un ton ferme, chaque année nous mettons de côté la moitié des gains que nous percevons depuis le début. Et tout cet argent est placé à la banque. »

Clarence, immédiatement imité par Sammy et Tony, se joignit aux applaudissements vigoureux des spectateurs dans le studio. Clarence arborait un sourire à présent, un sourire mince et sans joie. « Deux millions par an. Mettons qu'ils en refilent presque la moitié aux impôts, ils touchent net plus d'un million par an et en économisent la moitié. Ça leur fait plus de deux millions en banque. De quoi voir venir pendant un certain temps.

— C'est elle qu'on va kidnapper ? » questionna Tony en pointant un doigt vers l'écran.

Clarence le foudroya du regard. « Non, crétin. Observe-les tous les deux. Il est accroché à elle comme à une bouée de sauvetage. Il s'effondrerait et irait immédiatement prévenir les flics. C'est lui qu'on va prendre. Elle mouftera pas et paiera pour le récupérer. » Il regarda autour de lui. « Espérons que Willy appréciera son séjour parmi nous. »

Tony fit la grimace. « Faudra lui bander les yeux. J'ai pas envie qu'il me reconnaisse à la séance d'identification. »

Ce fut au tour de Sammy de soupirer. « T'en fais pas pour ça, Tony. Dès l'instant où nous aurons le fric, Willy Meehan sera en train de chercher s'il y a des fuites dans l'Hudson. »

Deux semaines plus tard, Alvirah était chez son coiffeur Louis Vincent, le salon situé au coin de son appartement de Central Park South. « Depuis l'émission, je reçois une masse incroyable de lettres, dit-elle à Vincent. Même le Président m'a écrit, imaginez-vous ! Il nous a félicités de la bonne gestion de nos finances. Il dit que nous étions un parfait exemple de réussite. J'aimerais qu'il nous invite à la Maison-Blanche. J'en ai toujours rêvé. Qui sait, ça arrivera peut-être un jour...

— N'oubliez pas de venir vous faire coiffer par moi, lui recommanda Vincent en apportant le dernier coup de peigne à la coiffure d'Alvirah. Désirez-vous une manucure ? »

Après coup, Alvirah se dit qu'elle aurait dû céder à l'étrange impulsion qui la poussait à regagner immédiatement l'appartement. Elle aurait retenu Willy avant qu'il ne se précipite dans la voiture avec ces hommes.

Une demi-heure plus tard, le portier l'accueillait

avec un sourire de soulagement. « Madame Meehan, il s'agissait probablement d'une erreur. Votre mari était tellement inquiet. »

Stupéfaite, Alvirah écouta Jose lui raconter que Willy était sorti en trombe de l'ascenseur, l'air affolé. Il avait crié qu'Alvirah avait eu une crise cardiaque sous le séchoir du salon de coiffure et qu'elle avait été emmenée d'urgence à l'hôpital Roosevelt.

« Il y avait un type qui attendait dans une Cadillac noire, expliqua José. Il s'est engagé dans le passage devant l'immeuble au moment où j'ouvrais la porte. Le docteur avait envoyé sa voiture personnelle chercher M. Meehan.

— C'est bizarre, fit Alvirah lentement. Je pars tout de suite à l'hôpital.

— J'appelle un taxi », dit le portier. Son téléphone se mit à sonner. Avec un sourire d'excuse, il prit la communication. « 211 Central Park South. » Il écouta, puis, l'air intrigué, annonça : « C'est pour vous, madame Meehan.

— Moi ? » Alvirah s'empara de l'appareil et, le cœur étreint, entendit une voix rauque chuchoter : « Alvirah, écoutez attentivement. Dites au portier que votre mari se porte bien. C'était un malentendu. Il vous rejoindra plus tard. Puis remontez à votre appartement et attendez les instructions. »

Willy avait été enlevé. Alvirah le comprit immédiatement. Oh, mon Dieu, pensa-t-elle. « Bon, parvint-elle à articuler. Prévenez Willy que je le rejoindrai dans une heure.

— Vous êtes une femme intelligente, madame Meehan », souffla la voix.

Il y eut un déclic. Alvirah se tourna vers José. « C'était une erreur. Pauvre Willy. » Elle s'efforça de rire. « Ah... ah... ah... »

Le visage de José s'éclaira. « À Porto Rico, je n'ai jamais vu un docteur qui envoie sa voiture. »

L'appartement était situé au trente-troisième étage et jouissait d'une terrasse donnant sur Central Park. Alvirah éprouvait toujours le même bonheur dès qu'elle en poussait la porte. Il était extrêmement plaisant, et oui, elle avait un œil infaillible pour la décoration. Ces nombreuses années passées à faire le ménage chez les autres lui avaient plus appris, en matière d'architecture intérieure, que n'importe quelle école. Ils avaient acheté l'appartement meublé — fauteuils blancs, moquette blanche, abat-jour blancs, tables blanches, du blanc partout. Au bout de deux mois Alvirah avait l'impression d'habiter dans un paquet de lessive. Elle avait tout donné au neveu de Willy et était partie faire les magasins.

Mais aujourd'hui, la vue du canapé ivoire et de la chauffeuse assortie ne lui apporta aucun réconfort, pas plus que celle du profond fauteuil de Willy avec son repose-pieds, du tapis d'Orient pourpre et bleu roi ou de la table et des chaises laquées noir du coin-salle à manger ; elle n'apprécia même pas le dernier éclat du soleil couchant qui dansait sur le tapis de feuilles d'automne du parc.

À quoi bon tout ça s'il arrivait quelque chose à Willy ? Du fond de son cœur, Alvirah souhaita n'avoir jamais gagné à la loterie, elle aurait tout donné pour se retrouver avec Willy dans leur trois pièces de Flushing au-dessus de la boutique de tailleur d'Orazio Romano. C'était l'heure où elle rentrait à la maison après avoir fait le ménage chez Mme O'Keefe et où elle racontait à Willy que sa patronne était un vrai moulin à paroles. « Willy, elle ne la ferme jamais. Elle s'égosille même pour couvrir le bruit de l'aspirateur. Heureusement qu'elle n'est pas trop désordonnée. Je craquerais, sinon. »

Le téléphone sonna. Alvirah s'élança vers le salon pour décrocher l'appareil puis changea d'avis et courut précipitamment dans la chambre à coucher. C'était là qu'était installé le répondeur. Elle pressa le bouton d'enregistrement en même temps qu'elle décrochait le récepteur.

La même voix rauque chuchota : « Alvirah ?

— Oui. Où est Willy ? Quelles que soient vos intentions, ne lui faites pas de mal. » Elle entendait un ronflement en arrière-plan comme un vrombissement d'avion au décollage. Willy se trouvait-il dans un aéroport ?

« Nous ne lui ferons aucun mal si nous obtenons l'argent et tant que vous ne préviendrez pas les flics. Vous ne les avez pas appelés, j'espère ?

— Non. Je veux parler à Willy.

— Dans une minute. Combien avez-vous en banque ?

— Un peu plus de deux millions de dollars.

— Vous êtes franche, Alvirah. On s'en doutait. Si vous voulez revoir Willy, vous feriez mieux de commencer à faire quelques retraits.

— Vous pouvez tout avoir. »

Un petit gloussement se fit entendre à l'autre bout du fil. « Vous me plaisez, Alvirah. Deux millions feront l'affaire. Sortez-les en liquide. Ne donnez pas l'impression qu'il se passe quelque chose d'anormal. Pas de billets marqués, mon chou. Et ne vous avisez pas de prévenir les flics. Nous gardons l'œil sur vous. »

Les bruits de l'aéroport étaient devenus assourdissants. « Je ne vous entends pas, s'écria Alvirah avec désespoir. Et je ne vous donnerai pas un centime avant d'avoir la preuve que Willy est en vie.

— Vous pouvez lui parler. »

Un instant plus tard, une voix étouffée lui parvint : « Hello, chérie. »

Un immense soulagement envahit Alvirah. Son esprit, paralysé par la stupeur depuis que José lui avait raconté la disparition de Willy dans la « voiture personnelle du docteur », retrouva soudain sa vivacité habituelle.

« Chéri, hurla-t-elle de manière que ses ravisseurs puissent l'entendre, conseille à ces types de prendre soin de toi. Sinon ils ne verront pas l'ombre d'un dollar. »

Les mains de Willy étaient entravées par des menottes. Tout comme ses pieds. Il regarda le chef, Clarence, appliquer brutalement son pouce sur le combiné, interrompant la communication. « C'est une sacrée bonne femme que vous avez là, Willy », dit Clarence. Puis il éteignit la machine qui simulait le brouhaha d'un aéroport.

Willy se sentait stupide. Si Alvirah avait réellement eu une crise cardiaque, Louis ou Vincent aurait téléphoné depuis le salon de coiffure. Il aurait dû le savoir. Quel crétin il était. Il regarda autour de lui. La planque était minable. Lorsqu'il était monté dans la voiture, le type qui se tenait caché sur le siège arrière lui avait collé un revolver sur la nuque. « Tiens-toi tranquille ou je te flingue. » Il avait ensuite senti le canon de l'arme contre ses côtes, l'obligeant à traverser le hall et à pénétrer dans l'ascenseur poussif du bâtiment miteux. Il n'était qu'à deux blocs du Lincoln Tunnel. Les fenêtres étaient hermétiquement fermées, mais les gaz d'échappement des voitures, des camions et des bus parvenaient jusqu'à lui.

Willy avait rapidement jaugé Tony et Sammy. Pas grand-chose dans le ciboulot. Il réussirait sans doute à leur fausser compagnie. Mais dès que Clarence était venu les rejoindre, annonçant qu'il avait ordonné à Alvirah de faire croire au portier que tout marchait comme sur des roulettes, Willy avait pris peur. Clarence lui rappelait Nutsy, un type qu'il avait connu quand il était gosse. Nutsy aimait tirer avec son fusil à plombs sur les nids d'oiseaux.

Il était clair que Clarence était le chef. C'était lui qui avait appelé Alvirah pour lui parler de la rançon, qui avait pris la décision de passer la communication à Willy. Maintenant il ordonnait : « Renfermez-le dans la penderie.

— Hé là, une minute, protesta Willy. Je crève de faim.

— On va commander des hamburgers et des frites, lui dit Sammy en le bâillonnant. On te laissera manger. »

Danny entortilla les pieds et les jambes de Willy dans plusieurs longueurs de corde solidement nouée et le poussa brutalement dans l'étroite penderie. La porte ne fermait pas hermétiquement et Willy les entendit chuchoter. « Deux millions de dollars, ça veut dire qu'elle doit se pointer dans une vingtaine de banques. Elle est trop maligne pour avoir déposé plus de cent mille dans une seule. C'est le montant de l'assurance. Si on calcule le nombre de formulaires qu'elle devra remplir et le temps pour la banque de compter le fric, il faut lui laisser trois ou quatre jours pour rassembler la somme totale.

— Elle aura besoin de quatre jours, dit Clarence. Nous aurons l'argent vendredi soir. On lui dira qu'elle pourra récupérer Willy quand on aura vérifié la somme. » Il rit. « Et on lui enverra un plan avec une croix pour indiquer où commencer à draguer la rivière. »

Alvirah resta longtemps prostrée dans le fauteuil de Willy, regardant sans les voir les ombres s'allonger sous le soleil du soir dans Central Park. Les derniers rayons disparurent. Elle tendit la main pour allumer la lampe et se leva lentement. Il était inutile de repenser à tous les bons moments que Willy et elle avaient passés ensemble durant ces quarante années, inutile de se rappeler que ce matin même ils compulsaient des brochures touristiques, hésitant entre une expédition à dos de chameau en Inde et un safari en ballon en Afrique.

Je vais le sortir de là, décida-t-elle, levant le menton d'un air combatif. Primo, elle allait se préparer du thé. Deuzio, il lui fallait sortir tous les relevés bancaires et voir comment retirer du liquide dans chaque banque.

Les banques étaient dispersées à travers Manhattan et Queens. Il y avait cent mille dollars déposés dans chacune d'elles plus, bien sûr, les intérêts, qu'ils retiraient en fin d'année et utilisaient pour ouvrir de nouveaux comptes. Pas de placements mirifiques, étaient-ils convenus ensemble. Tout à la banque. Garanti. Point final. Le jour où quelqu'un avait voulu leur faire acheter des obligations dont les intérêts étaient versés dix ou quinze ans après, Alvirah avait dit : « À notre âge on n'achète pas des trucs qui rapportent au bout de dix ans. »

Elle sourit, se rappelant que Willy avait ajouté : « Et nous n'achetons pas de bananes vertes non plus. »

Alvirah avala la boule qui lui serrait la gorge en buvant son thé et décida que, dès le lendemain matin, elle se rendrait d'abord à la Chase Manhattan dans la 57e Rue, puis traverserait la rue pour aller à la First Chemical, remonterait le long de Park Avenue en commençant par la Citibank et continuerait jusqu'à Wall Street.

Elle passa une nuit blanche, se demandant si Willy était sain et sauf. Je vais exiger de pouvoir lui parler tous les soirs jusqu'à ce que j'aie rassemblé l'argent nécessaire, se promit-elle. Ça me laissera le temps de trouver une solution.

À l'aube, la tentation la prit de prévenir la police. Mais une fois debout, vers sept heures, elle en décida autrement. Ces individus pouvaient avoir placé un espion dans l'immeuble chargé de leur indiquer toute agitation inhabituelle dans l'appartement. Impossible de courir ce risque.

Willy passa la nuit dans la penderie. Ils avaient suffisamment relâché ses liens pour qu'il puisse se détendre un peu. Mais ils ne lui donnèrent ni oreiller ni couverture et sa tête reposait sur une chaussure qu'il ne parvenait pas à repousser. Il y avait un incroyable bric-à-brac là-dedans. Il somnola par intermittence, rêva que son cou était pris dans la paroi du mont Rushmore, directement sous la tête du président Roosevelt.

Les banques n'ouvraient qu'à neuf heures. À huit heures et demie, Alvirah, prise d'une énergie frénétique, avait fait le ménage dans l'appartement déjà parfaitement nettoyé. Ses relevés bancaires se trouvaient dans son gros sac à bandoulière. Elle avait exhumé de la penderie un vieux sac banane en plastique, le seul vestige dans l'appartement de Central Park South du temps où Willy et elle passaient leurs vacances à parcourir les Catskills en autocar.

La matinée était fraîche et Alvirah portait un tailleur vert clair qu'elle avait acheté à une époque où elle suivait l'un de ses innombrables régimes. La ceinture de la jupe ne fermait pas, mais une grande épingle résolut le problème. Machinalement elle fixa à son revers sa broche soleil munie du micro dissimulé.

Il était encore trop tôt pour partir. S'efforçant de garder le moral et de se persuader que tout s'arrangerait une fois l'argent versé, Alvirah remit de l'eau à chauffer et alluma la radio pour écouter les informations sur CBS.

Pour une fois les nouvelles étaient anodines. Pas de procès de dirigeant de la Mafia. Pas de crime passionnel. Pas d'arrestation pour délit d'initié.

Elle but son thé à petites gorgées et s'apprêtait à éteindre la radio quand le présentateur annonça qu'à partir de ce jour, les New-Yorkais pourraient utiliser un système qui enregistrait les numéros des appels téléphoniques reçus dans la zone de code 212.

Il ne fallut pas une minute à Alvirah pour comprendre ce que cela signifiait. Elle se leva d'un bond et se rua vers le placard qui servait de débarras. Parmi les gadgets électroniques qu'elle et Willy se plaisaient à rapporter de chez Hammacher Schlemmer se trouvait le répondeur qui enregistrait les numéros des appels. Ils l'avaient acheté sans réaliser qu'il était alors inutilisable à New York.

Dieu du ciel et Sainte Mère de Jésus, supplia-t-elle en déchirant le carton pour en sortir l'appareil qu'elle installa fébrilement à la place du répondeur de sa chambre à coucher. Pourvu qu'ils détiennent Willy à New York. Faites qu'ils appellent de l'endroit où ils le cachent...

Elle eut la présence d'esprit d'enregistrer un message. « Vous êtes chez Alvirah et Willy Meehan. Après le bip sonore, parlez. Nous vous rappellerons dès que possible. » Elle repassa l'enregistrement, l'écouta. Sa voix semblait différente, inquiète, tendue.

Elle se souvint qu'elle avait remporté un prix d'art dramatique en classe de septième à l'école Saint-François-Xavier dans le Bronx. Joue la comédie, s'enjoignit-elle. Elle prit une profonde inspiration et recommença : « Bonjour. Vous êtes chez... »

C'est déjà mieux, approuva-t-elle en écoutant la nouvelle version. Puis, saisissant fermement son sac, Alvirah se dirigea vers la Chase Manhattan pour commencer à rassembler la rançon de Willy.

Je vais devenir fou, pensa Willy en essayant de remuer ses bras engourdis. Ses jambes étaient toujours solidement attachées. Il avait renoncé à tout effort de ce côté. À huit heures et demie il entendit quelqu'un frapper et une porte s'ouvrir. Sans doute le soi-disant service d'étage de cette taule minable. Ils apportaient leur tambouille dans des assiettes en carton. C'était du moins ainsi que les hamburgers avaient été servis la veille. Néanmoins, à la pensée d'avaler une tasse de café et un toast il sentit l'eau lui venir à la bouche.

Un instant plus tard la porte de la penderie s'ouvrit. Sammy et Tony fixaient sur lui un regard inexpressif. Sammy tint le revolver pendant que Tony ôtait le bâillon de Willy. « T'as bien dormi ? » Le sourire grimaçant de Tony découvrit une canine ébréchée. Willy aurait aimé avoir les mains libres, ne fût-ce que deux minutes. Il aurait volontiers arrangé l'autre canine de cet imbécile. « Comme un loir », mentit-il. Il fit un signe en direction des toilettes. « Je peux ?

— Quoi ? » Tony cligna des yeux, son visage mou s'affaissant davantage sous l'effet de l'étonnement.

« Il a envie d'aller aux toilettes », expliqua Clarence. Il traversa la petite pièce et se pencha au-dessus de Willy. « Tu vois ce flingue ? » Il désigna l'arme. « Il a un silencieux. Un geste de trop et c'est terminé pour toi. Sammy est très porté sur la gâchette. On sera alors tous fous furieux que tu nous aies fait faux bond. Et on devra se rattraper sur ta femme. Tu piges ? »

Willy ne doutait pas que Clarence parlât sérieusement. Tony était stupide, Sammy était un malade de la gâchette mais qui ne ferait rien sans l'accord de Clarence. Et Clarence était un tueur. Il s'efforça de paraître calme. « Pigé. »

Il arriva tant bien que mal jusqu'aux toilettes en marchant à cloche-pied. Ensuite, Tony desserra un peu ses liens pour lui permettre de se rafraîchir le visage. Willy jeta un regard de dégoût autour de lui. Le carrelage était cassé et la pièce n'avait visiblement pas été nettoyée depuis des années. Des taches de rouille maculaient le lavabo et la baignoire. Le pire était l'eau qui s'écoulait constamment de la chasse, des robinets et de la douche. « On dirait les chutes du Niagara là-dedans », fit Willy à l'adresse de Tony, qui l'attendait à la porte.

Tony le poussa vers le coin de la pièce où Clarence et Sammy étaient assis à une table de jeu branlante couverte de gobelets de café et de vieux cartons de plats à emporter. Clarence lui désigna la chaise à côté de Sammy. « Pose-toi là. » Puis il se retourna. « Ferme cette foutue porte, ordonna-t-il à Tony. Ce bruit d'eau me rend cinglé. J'ai pas pu fermer l'œil pendant la moitié de la nuit. »

Une idée traversa Willy. Il s'efforça de paraître naturel. « Je suppose que nous sommes là pour au moins deux jours. Si vous m'apportez quelques outils, je peux vous arranger ça. » Il prit un des gobelets. « Je suis le meilleur plombier que vous ayez jamais kidnappé. »

Alvirah découvrit qu'il était beaucoup plus facile de déposer de l'argent dans une banque que d'en retirer. Lorsqu'elle présenta son bordereau de retrait à la Chase Manhattan, les yeux du caissier faillirent lui sortir des orbites. Il la pria de l'accompagner jusqu'au bureau du sous-directeur.

Un quart d'heure plus tard, Alvirah répétait pour la énième fois que non, elle n'était pas mécontente de leurs services. Oui, elle était certaine de vouloir cette somme en liquide. Oui, elle comprenait ce qu'était un chèque certifié. Finalement, elle haussa le ton : « Oui ou non s'agit-il de mon argent ?

— Naturellement. Naturellement. » Ils étaient obligés de lui demander de remplir certains formulaires en raison de la réglementation concernant les retraits de plus de dix mille dollars.

Puis il leur fallut compter l'argent. Leurs yeux

s'ouvrirent démesurément lorsque Alvirah leur déclara qu'elle désirait cinq cents billets de cent dollars et mille de cinquante dollars. Compter une telle somme demandait du temps.

Il était près de midi quand Alvirah héla un taxi pour parcourir les trois blocs qui la séparaient de l'appartement, rangea l'argent dans un tiroir de la commode et repartit pour la Chemical Bank dans la Huitième Avenue.

À la fin de la journée elle n'avait retiré que trois cent mille dollars sur les deux millions dont elle avait besoin. Elle s'assit, le regard rivé sur le téléphone. Il y avait un moyen de procéder plus vite. Le lendemain matin, elle appellerait les banques au téléphone et leur demanderait de préparer les retraits. Mettez-vous tout de suite au boulot, les gars.

À six heures et demie, le téléphone sonna. Alvirah s'en empara et un numéro apparut sur le cadran. Un numéro familier. Alvirah comprit que l'appel provenait de la redoutable sœur Cordelia.

Willy avait sept sœurs. Six étaient dans les ordres. La septième, aujourd'hui décédée, était la mère de Brian qu'Alvirah et Willy aimaient comme un fils. Brian était auteur dramatique et vivait aujourd'hui à Londres. Alvirah l'aurait appelé à l'aide s'il s'était trouvé à New York.

Mais elle n'allait pas raconter à Cordelia l'enlèvement de Willy. Cordelia serait capable d'appeler la Maison-Blanche pour demander au Président d'envoyer l'armée au secours de son frère.

Le ton de Cordelia était un peu pincé. « Alvirah,

Willy était censé passer chez nous cet après-midi. Une de nos vieilles protégées a besoin que l'on répare ses toilettes. Ce n'est pas son genre d'oublier. Veux-tu me le passer ? »

Alvirah émit un rire qui résonna comme ces gloussements enregistrés que l'on entend dans certaines émissions de télévision. « Cordelia, il doit avoir perdu la tête, dit-elle. Willy est... il est... » Elle eut une inspiration subite. « Willy est parti à Washington pour tester les moyens les moins coûteux de réparer les installations sanitaires des logements restaurés par l'administration. Tu sais qu'il fait des miracles en matière de plomberie. Le Président a appris que Willy était un as dans son domaine et l'a fait appeler.

— Le Président ! » En entendant le ton incrédule de Cordelia, Alvirah se dit qu'elle eût mieux fait de citer le sénateur Moynihan ou un député quelconque. Je ne sais pas mentir, se reprocha-t-elle. Rien à faire, je ne sais pas...

« Willy n'irait jamais à Washington sans toi, grommela Cordelia.

— Ils lui ont envoyé une voiture. » Ça, au moins, c'était vrai.

Il y eut un « hum » à l'autre bout de la ligne. Cordelia n'était pas idiote. « Bon, quand il rentrera, dis-lui de venir sans tarder. »

Deux minutes plus tard, le téléphone sonna à nouveau. Cette fois le numéro qui apparut n'était pas familier. Ce sont *eux*, pensa Alvirah. Elle s'aperçut que sa main tremblait. Se forçant à penser à son prix de comédie, elle saisit le récepteur.

Son « allô » fut ferme et confiant.

« Nous espérons que vous avez été à la banque, madame Meehan.

— Bien sûr. Passez-moi Willy.

— Vous lui parlerez dans une minute. Nous voulons avoir l'argent vendredi soir.

— Vendredi soir ! Nous sommes mardi. Cela me laisse seulement trois jours. Rassembler une telle somme prend du temps.

— Débrouillez-vous. Je vous passe Willy.

— Hello, mon chou. » La voix de Willy avait un son étouffé. Puis il dit : « Hé, laissez-moi parler. »

Alvirah entendit le récepteur tomber. « Entendu comme ça, Alvirah, reprit la voix rauque. Nous ne vous appellerons plus jusqu'à vendredi soir sept heures. Vous pourrez alors parler à Willy et nous vous indiquerons où nous retrouver. N'oubliez pas, la moindre entourloupe et à l'avenir vous devrez payer pour faire réparer votre plomberie. Willy ne sera plus là pour s'en charger. »

Un déclic retentit dans son oreille. Willy. Willy. La main toujours crispée sur le téléphone, elle fixa le numéro qui apparaissait sur l'écran : 555-7000. Devait-elle rappeler ? Mais supposons qu'ils répondent : ils sauraient qu'elle était sur leur piste. Elle décida plutôt de téléphoner au *Globe.* Comme elle s'y attendait, le rédacteur en chef, Charley, était encore à son bureau. Elle lui expliqua ce dont elle avait besoin.

« Naturellement, je peux vous trouver ça, Alvirah. Vous semblez bien mystérieuse. Êtes-vous sur une affaire qui peut intéresser le journal ?

— Je n'en suis pas encore certaine. »

Dix minutes plus tard, il rappela. « Dites donc, Alvirah, l'endroit que vous recherchez n'est pas particulièrement recommandable. L'hôtel Lincoln Arms, dans la Neuvième Avenue, près du Lincoln Tunnel. À deux pas d'un hôtel borgne. »

L'hôtel Lincoln Arms. Alvirah prit à peine le temps de remercier Charley avant de raccrocher et de se précipiter vers la porte.

Au cas où elle serait surveillée, elle quitta l'immeuble par le garage et héla un taxi. Elle commença par donner au chauffeur l'adresse de l'hôtel, puis se ravisa. Et si un des ravisseurs de Willy la remarquait ? Elle lui demanda plutôt de la déposer au terminus des autocars. À deux blocs du Lincoln Tunnel.

Son foulard sur la tête, son col relevé, Alvirah passa devant l'hôtel Lincoln Arms. Elle constata avec consternation qu'il s'agissait d'un assez grand bâtiment. Elle leva la tête vers les fenêtres. Willy se cachait-il derrière l'une d'elles ? Le building donnait l'impression d'avoir été construit avant la guerre de Sécession, mais il avait au moins dix à douze étages. Comment trouver Willy dans un pareil endroit ? À nouveau elle se demanda s'il ne valait pas mieux appeler la police, mais elle se souvint de cette femme qui avait fait ce choix. Les policiers avaient été repérés au moment de la remise de rançon et les ravisseurs avaient pris la fuite. On avait retrouvé le corps du mari trois semaines plus tard.

Non. Elle ne pouvait pas courir ce risque. Il fallait qu'elle ramène Willy.

Dissimulée dans l'ombre, sur le côté de l'hôtel, elle pria saint Jude, le patron des causes perdues. C'est alors qu'elle l'aperçut. Une pancarte dans la vitrine : ON DEMANDE SERVEUSE — *service de 16 heures à minuit.* Il fallait qu'elle obtienne cette place, mais pas avec la tenue qu'elle portait.

Sans prêter attention aux camions ni aux autocars qui fonçaient en direction du tunnel, Alvirah s'élança sur la chaussée, attrapa au vol un taxi et lui communiqua l'adresse de l'appartement de Flushing. Son cerveau tournait à plein régime.

Le vieil appartement où ils avaient vécu pendant quarante ans était resté exactement dans l'état où ils l'avaient laissé le jour où ils avaient gagné à la loterie. Le divan rembourré recouvert de velours gris foncé et son fauteuil assorti, le tapis orange et vert que la dame chez qui elle travaillait le mardi avait jeté, la chambre de plaqué acajou qui avait été le mobilier de la mère de Willy.

Dans les placards il y avait encore tous les vêtements qu'elle portait à cette époque. Des robes à motifs criards de chez Alexander's. Des pantalons et des sweat-shirts en synthétique, des chaussures de sport et des escarpins achetés dans les grandes surfaces. Dans la coiffeuse de la salle de bains elle trouva le rinçage au henné qui donnait à ses cheveux la couleur du soleil levant sur le drapeau japonais.

Une heure plus tard, il ne restait rien de l'élégante gagnante de la loterie. Un halo rouge vif encadrait un visage où resplendissait le fard dont elle abusait volontiers avant que la baronne Min ne lui eût appris que moins on en faisait, mieux ça valait. Son ancien rouge à lèvres se mariait parfaitement avec ses cheveux flamboyants. Ses yeux étaient cerclés d'une ombre violette. Un jean trop serré aux hanches, de grosses chaussettes et des tennis usagés, un sweat-shirt molletonné au dos imprimé des gratte-ciel de Manhattan complétèrent la transformation.

Alvirah contempla le résultat final avec satisfaction. J'ai tout à fait la touche de quelqu'un qui chercherait du travail dans un hôtel minable, décréta-t-elle. À regret, elle laissa sa broche soleil dans un tiroir. Elle n'allait décidément pas avec le sweat-shirt, mais il lui restait la broche de rechange que Charley lui avait donnée au cas où elle en aurait besoin. En enfilant son vieux manteau passe-partout, elle pensa à mettre son argent et ses clés dans l'ample cabas vert et noir qu'elle emmenait toujours avec elle pour aller faire ses ménages.

Quarante minutes plus tard, elle était à l'hôtel Lincoln Arms. Le hall crasseux était occupé par un comptoir délabré placé devant une batterie de boîtes aux lettres et par quatre chaises recouvertes de skaï noir qui avaient connu des jours meilleurs. La moquette marron constellée de taches était pleine de trous par où apparaissait l'ancien linoléum.

Ce n'est pas quelqu'un pour le service d'étage qu'il leur faut, pensa Alvirah en s'approchant du comptoir, c'est une femme de ménage.

Le concierge, le teint jaunâtre, l'œil chassieux, leva la tête vers elle.

« Qu'est-ce que vous cherchez ?

— Du travail. Je suis une bonne serveuse. »

Une expression qui ressemblait davantage à du mépris qu'à un sourire étira les lèvres de l'homme. « Pas besoin d'être bonne, juste rapide. Quel âge vous avez ?

— Cinquante ans, mentit Alvirah.

— Et moi j'en ai douze. Rentrez chez vous.

— J'ai besoin de travailler », insista Alvirah, le cœur battant. Elle sentait la présence de Willy. Elle aurait juré qu'il était caché quelque part dans cet hôtel. « Donnez-moi une chance. Je travaillerai bénévolement pendant trois ou quatre jours. Si je ne suis pas la meilleure employée que vous ayez jamais eue, disons que samedi, vous pourrez me renvoyer. »

Le réceptionniste haussa les épaules. « De toute façon, qu'est-ce que j'ai à y perdre ? Soyez là demain à quatre heures pile. C'est comment votre nom, déjà ?

— Tessie, répondit Alvirah d'un ton ferme. Tessie Magink. »

Le mercredi matin, Willy sentit la tension monter chez ses ravisseurs. Clarence refusa carrément de laisser Sammy faire un pas hors de la chambre. En entendant Sammy rouspéter, il dit sèchement : « Après douze ans de taule, tu ne devrais pas avoir de mal à rester enfermé. »

Aucune femme de chambre ne frappa à la porte pour faire le ménage. De toute manière, pensa Willy, la pièce n'avait probablement pas été nettoyée depuis un an. Les trois lits pliants étaient alignés côte à côte, la tête contre la cloison de la salle de bains. Une petite commode recouverte de feuilles de magazine écornées, une télévision en noir et blanc et une table avec quatre chaises complétaient le décor.

Le mardi soir, Willy avait persuadé ses ravisseurs de le laisser dormir sur le sol de la salle de bains. Il y avait plus d'espace que dans la penderie et, comme il le souligna, le fait de pouvoir étendre ses jambes lui permettrait de marcher plus facilement lorsqu'ils l'échangeraient contre la rançon. Les regards qu'ils se lancèrent alors ne lui échappèrent pas. Ils n'avaient aucune intention de le libérer et de le laisser raconter ce qu'il avait vu. Ce qui voulait dire qu'il avait quarante-huit heures pour trouver un moyen de sortir de ce piège à rats.

À trois heures du matin, quand il avait entendu Sammy et Tony ronfler à l'unisson et Clarence respirer régulièrement, Willy était parvenu à s'asseoir, se mettre debout, et sautiller jusqu'aux toilettes. La corde qui le reliait au robinet de la baignoire lui laissait juste assez de longueur pour lui permettre d'atteindre le couvercle du réservoir de la chasse d'eau. Avec ses mains entravées, il le souleva, le posa sur le lavabo, et plongea les bras dans le liquide couleur de rouille. Quelques minutes plus tard, l'eau dégouttait plus fort, avec un bruit plus lancinant.

C'était ce bruit agaçant de fuite d'eau qui avait réveillé Clarence. Willy sourit en son for intérieur en l'entendant s'écrier : « Je vais devenir cinglé. On dirait un chameau en train de pisser. »

Lorsque le petit déjeuner leur fut apporté, Willy était à nouveau attaché et bâillonné dans la penderie, cette fois avec le revolver de Sammy appuyé contre la tempe. Du couloir parvenait le grommellement essoufflé de l'homme, certainement âgé, qui était apparemment le seul employé du service d'étage. Inutile d'espérer attirer son attention.

Dans l'après-midi, Clarence décida de rouler des serviettes autour de la porte de la salle de bains, mais en vain : rien ne pouvait étouffer le bruit de l'eau. « Je sens monter une de mes foutues migraines », se plaignit-il, furieux, et il s'étendit sur le lit défait. Quelques minutes plus tard Tony se mit à siffler. Sammy le fit taire immédiatement. Willy l'entendit murmurer : « Quand Clarence a mal au crâne, fais gaffe. »

Tony en avait visiblement assez. Ses petits yeux prenaient un éclat vitreux tandis qu'il regardait la télévision, dont il avait baissé le son au maximum. Willy était assis à côté de lui, attaché à la chaise, son bâillon suffisamment lâche pour qu'il puisse prononcer un minimum de mots à travers ses lèvres fermées.

À la table, Sammy faisait une interminable réussite. Plus tard dans l'après-midi, Tony se lassa de la télévision et l'éteignit brutalement. « T'as des mômes ? » demanda-t-il à Willy.

Willy savait que s'il voulait sortir vivant de ce trou, il lui fallait miser sur Tony. S'efforçant d'oublier les crampes et les courbatures qui lui engourdissaient les membres, il raconta à Tony qu'Alvirah et lui n'avaient jamais pu avoir d'enfant, mais qu'ils considéraient leur neveu, Brian, comme leur propre fils, spécialement depuis que la mère de Brian, la sœur de Willy, avait été rappelée auprès du Seigneur. « J'ai six autres sœurs, expliqua-t-il. Elles sont toutes religieuses. Cordelia est l'aînée. Elle va avoir soixante-huit ans. »

Tony resta bouche bée. « Sans blague ! Quand j'étais gosse et que je traînais dans les rues, en soulageant les femmes de leur porte-monnaie pour me faire un peu de fric, si tu vois ce que je veux dire, je m'suis jamais attaqué à une nonne, même quand elle se rendait au supermarché avec des billets dans les poches. Et si j'avais fait un bon coup, je laissais un ou deux biftons dans la boîte aux lettres du couvent, en signe de gratitude comme tu dirais. »

Willy fit mine d'être impressionné par la générosité de Tony.

« Vous allez la fermer, oui ? aboya Clarence depuis son lit. J'ai la tête en marmelade. »

Willy pria silencieusement Dieu tout en proposant : « Vous savez, je pourrais arranger cette fuite si j'avais seulement une clé à molette et un tournevis. »

S'il pouvait au moins atteindre la chasse d'eau, il inonderait rapidement cet endroit pourri. Le service de l'hôtel accourrait dans la chambre pour arrêter la montée des flots, et ces types auraient plus difficilement tiré sur lui.

Sœur Cordelia savait qu'il se passait quelque chose d'anormal. Malgré toute son affection pour

Willy, elle n'imaginait pas le Président envoyant une voiture particulière le chercher. Et il y avait autre chose : Alvirah était toujours si franche que vous lisiez en elle comme dans le *New York Post.* Mais lorsque Cordelia avait voulu téléphoner à Alvirah mercredi matin, elle n'avait eu personne. Puis, quand elle l'avait enfin jointe à trois heures et demie, Alvirah lui avait paru essoufflée. Elle s'apprêtait à sortir, avait-elle expliqué ; mais sans dire où. Bien sûr que Willy allait bien. Pourquoi en serait-il autrement ? Il serait de retour pour le week-end.

Le couvent était situé dans un vieil immeuble au coin d'Amsterdam Avenue et de la 110ᵉ Rue. Sœur Cordelia y vivait avec quatre religieuses âgées et une novice de vingt-sept ans, sœur Maeve Marie, qui avait été agent de police pendant trois ans avant de découvrir qu'elle avait la vocation.

Lorsque Cordelia raccrocha le téléphone après sa conversation avec Alvirah, elle se laissa tomber lourdement sur une solide chaise de cuisine. « Maeve, dit-elle, quelque chose ne tourne pas rond avec Willy. Je le sens. »

Le téléphone sonna. C'était Arturo Morales, le directeur de la banque de Flushing située au pied de l'ancien appartement de Willy et d'Alvirah.

« Ma sœur, commença-t-il d'un ton navré, pardonnez-moi de vous déranger mais je suis inquiet. »

Ce fut le cœur serré que Cordelia écouta Arturo expliquer qu'Alvirah avait voulu retirer cent mille dollars de la banque. Ils n'avaient pu lui en donner que vingt mille mais avaient promis de lui procurer le reste vendredi matin ; elle leur avait dit qu'il lui fallait absolument cette somme pour ce jour-là.

Cordelia le remercia de l'information, promit de ne jamais révéler qu'il avait violé le secret bancaire, raccrocha et ordonna à Maeve Marie : « Venez. Nous allons rendre visite à Alvirah. »

Alvirah se présenta au Lincoln Arms à seize heures précises. Elle s'était changée dans le terminus des autocars de Port Authority. À présent, face au concierge de l'hôtel, elle se sentait sûre d'elle dans son déguisement. D'un signe de tête, l'employé lui indiqua de se diriger vers une porte marquée ENTRÉE INTERDITE au bout du corridor.

La porte conduisait à la cuisine. Le chef, un septuagénaire décharné qui ressemblait étonnamment à Gabby Hayes, héros de vieux films de cow-boys, préparait des hamburgers. Des nuages de fumée s'échappaient du gril. « Tu t'appelles Tessie ? »

Alvirah hocha la tête.

« Bon. Moi c'est Hank. Tu peux commencer à apporter les repas. »

Le service d'étage était loin d'être raffiné. Des plateaux en plastique marron comme on en trouvait dans les cafétérias des hôpitaux, de grossières serviettes en papier, des couverts en plastique, des échantillons de pots de moutarde, du ketchup et des cornichons. Hank flanqua des hamburgers sans consistance sur des petits pains. « Verse le café. Sans remplir les tasses. Et sers les frites. »

Alvirah obéit. « Combien y a-t-il de chambres ici ? demanda-t-elle en préparant les plateaux.

— Cent.

— Tant que ça ! »

Hank grimaça un sourire, révélant un dentier jauni par le tabac. « Quarante seulement sont occupées plus d'une nuit. Ceux qui viennent pour une heure ont rien à faire du service d'étage. »

Alvirah réfléchit. Quarante était un chiffre acceptable. À son avis, il avait fallu au moins deux hommes pour participer à l'enlèvement. Un pour conduire la voiture, l'autre pour maîtriser Willy. Il y en avait peut-être eu un troisième pour passer le premier coup de téléphone. Il lui faudrait surtout surveiller les commandes importantes. C'était déjà un début.

Elle commença son service sans oublier l'injonction de Hank : se faire payer immédiatement. Les hamburgers étaient destinés au bar, occupé par une douzaine de gros bras que vous n'aimeriez pas rencontrer la nuit au coin d'une rue. Elle apporta la deuxième commande au concierge et au directeur de l'hôtel, qui présidaient aux opérations depuis une pièce étouffante située derrière la réception. Leurs sandwiches étaient offerts par la maison. Le plateau suivant, qui comportait des corn flakes et un demi arrosé au whisky, était destiné à un type âgé, mal peigné et larmoyant. Alvirah était certaine que les corn flakes servaient de prétexte.

On l'envoya ensuite porter un plateau lourdement chargé à quatre individus qui jouaient aux cartes au dixième étage. Un autre groupe de joueurs au huitième étage commanda des pizzas. Au neuvième étage elle fut accueillie sur le pas de la porte par un grand baraqué. « Tiens, vous êtes nouvelle. Donnez-moi le plateau. Et quand vous frapperez à la porte, ne tapez pas trop fort. Mon frère a la migraine. » Derrière lui, Alvirah distingua un homme étendu sur un lit, un linge sur les yeux. Le ruissellement continu qui parvenait de la salle de bains lui fit irrésistiblement penser à Willy. Il aurait réparé cette fuite en un clin d'œil. Il n'y avait visiblement personne d'autre dans la pièce, et le type à la porte semblait capable de liquider à lui seul le contenu du plateau.

Enfermé dans son réduit, Willy entendit seulement le rythme rapide d'une voix qui aviva douloureusement son envie de se retrouver auprès d'Alvirah.

Les commandes furent assez nombreuses pour l'occuper de six heures à dix heures du soir. Selon ses propres observations et d'après les explications de Hank, qui devenait de plus en plus loquace à mesure qu'il se rendait compte de son efficacité, Alvirah comprit vite la disposition des lieux. Il y avait onze étages. Les six premiers comportaient dix chambres et étaient louées à l'heure. Les chambres des étages supérieurs étaient plus grandes, avec salle d'eau, et elles étaient habituellement louées pour un jour ou davantage.

En avalant un copieux hamburger qu'Alvirah lui avait elle-même préparé à dix heures, Hank lui raconta que tout le monde s'inscrivait sous un nom d'emprunt. Et payait comptant. « Comme ce type qui vient ici pour trier son courrier personnel. Il publie des magazines pornos. Un autre organise des parties de cartes. Un tas de mecs viennent ici avec leur baise-en-ville alors qu'ils sont censés être en voyage d'affaires. Ce genre de trucs. Rien de bien méchant. Une sorte de club privé. »

À la fin de son troisième demi, Hank commença à dodeliner de la tête. Quelques minutes plus tard, il était endormi. Sur la pointe des pieds, Alvirah se dirigea vers la table qui servait à la fois de billot et de bureau. À chaque fois qu'elle rapportait l'argent des commandes, elle le rangeait dans la boîte à cigares qui faisait office de caisse. Le bon de commande et la somme due étaient rangés ensemble dans la boîte. Hank lui avait expliqué qu'à minuit, le service d'étage étant terminé, l'employé de la réception comptait l'argent, vérifiait la somme en comparant avec les reçus, et planquait les billets dans le coffre caché dans le bas du réfrigérateur. Les fiches de commande étaient ensuite mises de côté dans un carton sous la table. Il y en avait tout un tas jetées pêle-mêle.

Personne ne remarquerait la disparition de certaines d'entre elles. Supposant que les fiches du dessus représentaient les commandes les plus récentes, Alvirah en ramassa une pleine brassée et les fourra dans son cabas. Elle apporta trois commandes supplémentaires au bar entre onze heures et minuit. Entre-temps, incapable de supporter plus longtemps la crasse de la cuisine, elle entreprit de la nettoyer, sous le regard stupéfait de Hank.

Après un arrêt rapide au terminus de Port Authority pour se changer, ôter rouge à joues et fard à paupières puis nouer un turban autour de sa chevelure flamboyante, Alvirah descendit d'un taxi à une heure moins le quart. Ramon, le portier de nuit, lui annonça : « Sœur Cordelia est venue. Elle a posé une foule de questions, elle se demandait où vous étiez passée. »

Cordelia n'était pas stupide, dut admettre Alvirah. Un plan se formait dans son esprit et Cordelia en faisait partie. Avant de plonger son corps fourbu dans un bain bouillonnant parfumé aux huiles du centre de Cypress Point, Alvirah tria les bons de commande graisseux. En moins d'une heure elle avait réduit les possibilités. Quatre chambres passaient des commandes importantes. Elle repoussa la crainte lancinante qu'elles soient toutes occupées par des joueurs de cartes ou autres et que Willy se trouve en Alaska ou ailleurs à l'heure présente. À la minute où elle avait mis le pied dans l'hôtel, son instinct lui avait dit qu'il se trouvait à proximité.

Il était presque trois heures du matin quand elle se glissa dans le grand lit. Malgré sa fatigue, elle ne pouvait trouver le sommeil. Finalement elle l'imagina, s'allongeant à côté d'elle. « Bonne nuit, Willy, mon chou », dit-elle à voix haute, et elle crut l'entendre répondre : « Dors bien, chérie. »

Le jeudi matin, sœur Cordelia arriva à sept heures. Alvirah s'était préparée à la rencontre. Elle était debout depuis une demi-heure, vêtue de la robe de chambre de Willy dont les plis conservaient une légère odeur de sa lotion après-rasage. La cafetière attendait sur la cuisinière. « Que se passe-t-il ? » demanda sèchement Cordelia.

Alors qu'elles dégustaient un café accompagné d'une tranche de gâteau, Alvirah expliqua la situation. « Cordelia, conclut-elle, je ne dirai pas que je n'ai pas peur, ce serait mentir. Je crève de peur pour Willy. Si quelqu'un surveille ou fait surveiller l'endroit et raconte qu'il a vu d'étranges allées et venues, ils tueront Willy. Cordelia, je te jure qu'il se trouve dans cet hôtel et j'ai un plan ; Maeve a toujours son permis de port d'arme, n'est-ce pas ?

— Oui. » Les yeux gris au regard pénétrant de sœur Cordelia étaient rivés sur le visage d'Alvirah.

« Et elle est restée en bons termes avec les types qu'elle avait envoyés en prison, n'est-ce pas ?

— Bien sûr. Ils l'adorent tous. Tu sais qu'ils donnent un coup de main à Willy lorsqu'il en a besoin et qu'ils se relaient pour porter des repas à nos invalides.

— C'est ce qu'il me faut. Ils ressemblent aux individus qui logent à l'hôtel. Je voudrais que quatre ou cinq d'entre eux prennent une chambre au Lincoln Arms ce soir. Qu'ils organisent une partie de cartes. C'est chose courante. Demain soir à sept heures, je dois recevoir un appel m'indiquant où déposer l'argent. Ils savent que je ne le remettrai pas avant d'avoir parlé à Willy. Pour les empêcher de l'emmener hors de l'hôtel, je veux que les copains de Maeve surveillent les sorties. C'est notre seule chance. »

Cordelia regarda droit devant elle d'un air concentré. « Alvirah, Willy m'a toujours dit de faire confiance à ton sixième sens. Je pense que je n'ai rien de mieux à faire pour l'instant. »

Dans l'après-midi du jeudi, le regard de Clarence était brouillé par la douleur qui lui vrillait le crâne. Même Tony prenait garde à ne pas le contrarier. Il se retint d'allumer la télévision, se contentant de rester assis près de Willy et de lui raconter à voix basse l'histoire de sa vie. Il en était à ses aventures à l'âge de sept ans, âge auquel il avait découvert que piquer des bonbons à l'étalage était un jeu d'enfant, lorsque Clarence aboya depuis son lit : « Tu dis que tu peux réparer cette foutue fuite ? »

Willy cacha son excitation, mais il sentit tous les muscles de sa gorge se serrer tandis qu'il acquiesçait vigoureusement.

« De quoi t'as besoin ?

— D'une clé à molette, parvint à articuler Willy à travers son bâillon. Un tournevis. Du fil de fer.

— D'accord. Sammy, t'as entendu ? Sors et va chercher ces trucs. »

Sammy s'était remis à sa réussite. « Que Tony y aille. »

Clarence s'emporta. « J'ai dit TOI. Ton débile de frère dirait au premier venu où il va, pourquoi il y va, et pour qui il y va. Maintenant grouille-toi. »

Sammy frissonna, se rappelant que Tony n'avait rien trouvé de mieux que d'aller se balader dans la bagnole de leur évasion. « D'accord, Clarence, d'accord, fit-il d'un ton apaisant. Et dis donc, si je rapportais un peu de bouffe chinoise, hein ? Ça changerait, non ? »

Clarence perdit momentanément son air furieux. « Ouais, OK. Avec plein de sauce soja. »

Alvirah déposa la valise qui contenait son dernier retrait à la banque à quatre heures moins vingt, juste à temps pour se précipiter au terminus de Port Authority, se changer et se présenter à son travail. Tout en traversant d'un pas rapide le hall du Lincoln Arms, elle remarqua une religieuse en habit, l'air souriant, qui faisait circuler tranquillement un panier parmi les occupants du bar. Chacun y déposait quelque chose. À la cuisine, Alvirah demanda à Hank de qui il s'agissait.

« Oh, celle-là ? Ouais. Elle fait la distribution aux gosses du quartier. Tout le monde lui refile un ou deux biftons, et ils ont la conscience tranquille. Elle touche leur fibre spirituelle, si tu vois ce que je veux dire. »

La cuisine chinoise les changea agréablement des hamburgers. Après le dîner, Clarence ordonna à Willy d'aller dans les toilettes et de faire cesser le bruit de la chasse d'eau. Sammy l'accompagna. Willy sentit l'angoisse l'étreindre en entendant Sammy prévenir : « J'sais pas comment on répare ce truc, mais j'sais comment on le répare pas, alors joue pas au plus malin. »

Au temps pour mon plan génial, pensa Willy. Bon, je peux peut-être faire durer les choses en attendant qu'une autre idée me traverse l'esprit. Il se mit à gratter la rouille accumulée à la base de la chasse.

Ce soir-là, les commandes se succédèrent à un rythme moins rapide que la veille. Alvirah proposa à Hank de trier toutes les vieilles fiches entassées dans le carton.

« Pourquoi ? » Hank parut étonné. « Pourquoi diable trier des fiches sans la moindre utilité ? »

Alvirah tira sur le sweat-shirt qu'elle avait mis ce jour-là. Il portait l'inscription : J'AI PASSÉ LA NUIT AVEC BURT REYNOLDS. Willie l'avait acheté pour rire un soir où ils étaient allés au théâtre de Reynolds en Floride. Elle prit un air mystérieux. « On ne sait jamais », murmura-t-elle.

La réponse sembla satisfaire Hank.

Elle dissimula les fiches qu'elle avait déjà triées sous la pile qu'elle renversa sur la table. Elle savait ce qu'elle cherchait. Des commandes consistantes passées depuis lundi.

Elle aboutit aux quatre mêmes chambres qu'elle avait sélectionnées précédemment.

À six heures, le service s'anima. À huit heures et demie, elle avait déjà servi les repas dans trois des quatre chambres suspectes. Deux d'entre elles étaient occupées par des joueurs de cartes. Dans la troisième, on jouait aux dés. Elle dut admettre qu'aucun des joueurs n'avait l'air d'un kidnappeur.

La 802 ne commanda rien par téléphone. Le migraineux et son frère avaient peut-être quitté l'hôtel. À minuit, Alvirah, découragée, s'apprêtait à partir quand Hank grommela : « J'aime bien travailler avec toi. Le gars du service de jour se barre et demain ils amènent celui qui fait les remplacements. C'est un champion pour mélanger les commandes. »

Remerciant le ciel en silence, Alvirah proposa immédiatement d'assurer le service du matin, entre sept heures et midi, en plus de son habituel seize heures/minuit. Elle calcula qu'elle aurait le temps de courir dans les banques qui lui avaient promis de tenir l'argent à sa disposition entre midi et quart et trois heures.

« Je serai là à sept heures, promit-elle à Hank.

— Tout comme moi, grogna-t-il. Le cuisinier de jour aussi est parti. »

En s'en allant, Alvirah remarqua quelques visages familiers au bar. Louie, qui avait fait sept ans de prison à la suite d'un braquage de banque et était ceinture noire de karaté ; Al, un ancien garde du corps d'un prêteur sur gages, incarcéré pendant quatre ans pour voies de fait ; Lefty, dont la spécialité était les voitures trafiquées. Elle sourit intérieurement. Maeve ne lui avait pas fait défaut — c'étaient ses hommes.

Parfaitement entraînés, ni Louie, ni Al, ni Lefty ne manifestèrent par un signe quelconque qu'ils la connaissaient.

Willy avait ramené la fuite à ses proportions initiales quand Clarence lui cria de cesser de donner des coups de marteau. « Laisse ça maintenant. Je peux supporter ce bruit pendant vingt-quatre heures de plus. »

Et après ? se demanda Willy. Il restait un espoir. Sammy était fatigué de le surveiller pendant qu'il s'affairait autour du réservoir d'eau. Demain il serait moins attentif. Dans la nuit, Willy s'assura que ses services seraient à nouveau nécessaires en rampant jusqu'au réservoir et en augmentant le débit de la fuite. Le lendemain matin, Clarence avait les yeux rougis par la fièvre. Tony se mit à parler d'une ancienne petite amie qu'il avait l'intention de retrouver le jour où ils regagneraient leur planque dans le Queens et personne ne lui dit de la fermer. Ce qui signifie, songea Willy, qu'ils se fichent pas mal que je les écoute.

Quand le petit déjeuner arriva, Willy, à l'abri des regards dans sa penderie, sursauta si violemment que le revolver de Sammy faillit partir. Cette fois-ci, il n'entendit pas seulement une voix dont les inflexions lui rappelaient celles d'Alvirah. C'était la voix chantante d'Alvirah qui demandait à Tony si la migraine de son frère s'était dissipée.

Sammy chuchota à l'oreille de Willy : « Tu es devenu fou ou quoi ? »

Alvirah le cherchait. Willy devait l'aider. Pour ça, il devait retourner dans la salle de bains, faire mine de s'occuper de la chasse d'eau, et taper avec la clé à molette sur le rythme de *And the band played on*, leur chanson, celle que l'orchestre jouait quand il avait pour la première fois invité Alvirah à danser, il y avait plus de quarante ans.

L'occasion se présenta à lui quatre heures plus tard quand, clé et tournevis en main, Sammy tremblant à ses côtés, obéissant aux ordres furieux de

Clarence, il se remit à sa tâche qui consistait à réparer et saboter simultanément la chasse d'eau.

Il prit soin de ne pas forcer la note. Sammy lui reprochant de faire trop de bruit, il lui répondit calmement que cette chambre méritait des toilettes convenables. Grattant sa barbe de quatre jours, mal à l'aise dans son costume froissé, Willy entreprit d'envoyer des signaux à trois minutes d'intervalle : *tap-tap tapppp tapppp tapppp*.

Alvirah apportait une pizza au 702 quand elle l'entendit. Ces coups tapés en cadence. Oh, mon Dieu ! Oh, mon Dieu ! Elle déposa le plateau sur le dessus mal raboté de la table. L'occupant de la chambre, un aimable garçon d'une trentaine d'années, se réveillait juste d'une cuite. Il leva le doigt vers le plafond. « C'est tuant, non ? Ils sont en train de réparer ou de rénover quelque chose. Au choix. On dirait les chutes du Niagara ou le réveillon du nouvel an là-haut. »

C'est sans doute au 802, décida Alvirah, se rappelant le type allongé sur le lit, l'autre qui montait la garde, la porte ouverte de la salle de bains. Ils doivent cacher Willy dans la penderie lorsqu'ils appellent le service d'étage. Le cœur battant à tout rompre sous le sweat-shirt portant l'inscription NE JETEZ PAS VOS DÉTRITUS N'IMPORTE OÙ, elle prit malgré tout le temps d'avertir l'ivrogne que la boisson causerait sa ruine.

Il y avait un téléphone dans le hall près du bar. Espérant passer inaperçue, Alvirah passa un rapide coup de fil à Cordelia. Elle termina par : « Ils doivent m'appeler à sept heures. »

À sept heures moins le quart ce soir-là, les clients du bar du Lincoln Arms furent frappés de stupeur à la vue de six religieuses, la plupart d'un certain âge, en habit de nonne, coiffe et guimpe, pénétrant dans le hall. Le concierge bondit de surprise et les chassa d'un geste vers la porte à tambour derrière elles. Alvirah, son plateau en main, vit Maeve, porte-parole de la troupe, toiser l'employé.

« Nous avons l'autorisation du gérant de faire une quête dans les étages, dit-elle.

— Vous n'avez rien du tout. »

Maeve parla plus bas. « Nous avons la permission de M... »

Le visage de l'employé pâlit. « Vous autres, fermez-la et sortez votre pognon, cria-t-il à l'intention des occupants de bar. Les sœurs vont faire la quête.

— Non, nous commençons par les étages », annonça Maeve.

Alvirah ferma la marche derrière les six nonnes qui, menées par Cordelia, entraient dans l'ascenseur.

Elles montèrent directement au neuvième étage et se groupèrent dans le couloir où Lefty, Al et Louie les attendaient. À sept heures précises, Alvirah frappa à la porte. « Service d'étage, annonça-t-elle.

— On n'a rien commandé, grommela une voix.

— Quelqu'un l'a fait et je dois encaisser », cria-t-elle avec assurance. Elle entendit un raclement sur le sol. Une porte claqua. La penderie. Ils cachaient Willy. La porte s'entrebâilla. Tony ordonna d'un ton nerveux : « Laissez le plateau dehors. C'est combien ? »

Alvirah coinça son pied dans la porte tandis que les religieuses apparaissaient derrière elle. « Nous faisons la quête pour Notre-Seigneur », murmura doucement l'une d'elles.

Clarence tenait le téléphone à la main. « Qu'est-ce qui se passe, bordel ?

— Hé, c'est pas une façon de parler à des religieuses », protesta Tony. Il s'effaça respectueusement pour les laisser entrer dans la chambre.

Sœur Maeve fermait la marche, les mains enfouies dans les manches de son habit. En une seconde, elle se plaça derrière Clarence, dégagea sa main droite et appuya un revolver contre sa tempe. Retrouvant le ton cassant qui avait fait sa réputation dans la police, elle lui murmura : « Pas un geste ou tu es mort. »

Tony voulut lancer un cri d'alerte, mais Lefty l'en empêcha d'une prise de karaté qui l'expédia au tapis. Puis le même Lefty réduisit Clarence au silence d'un coup sec à la nuque qui l'envoya rejoindre Tony.

Louie et Al repoussèrent alors sœur Cordelia et sa troupe à l'abri dans le couloir. C'était le moment de porter secours à Willy. Lefty avait la main levée, prêt à frapper. Sœur Maeve brandissait son arme. Alvirah ouvrit d'un coup la porte de la penderie en hurlant : « Service d'étage. »

Sammy se tenait tout près de Willy, le revolver pointé sur sa nuque. « Dehors, vous tous, fit-il avec un rictus. Jetez votre flingue, ma belle. »

Maeve hésita, puis obéit.

Sammy ôta le cran d'arrêt de son arme.

Il est pris au piège et se sent aux abois, pensa Alvirah, folle d'inquiétude. Il va tuer mon Willy. Elle prit son ton le plus pondéré. « J'ai une voiture devant l'hôtel, lui dit-elle. Il y a deux millions de dollars à l'intérieur. Emmenez-moi avec Willy. Vous pourrez compter l'argent, vous enfuir et nous laisser n'importe où. » Puis elle s'adressa à Lefty et à Maeve : « Ne cherchez pas à nous arrêter, sinon il s'attaquera à Willy. Partez tous. » Retenant son souffle, s'efforçant d'avoir l'air assuré, elle fixa l'homme qui tenait Willy en joue tandis que les autres quittaient la pièce.

Sammy hésita un instant. Alvirah le regarda tourner son revolver vers la porte. « J'espère que le fric est bien là, ma jolie, menaça-t-il. Détache-lui les pieds. »

Docilement elle se mit à genoux et tira sur les nœuds qui entravaient les chevilles de Willy. En dénouant le dernier, elle leva furtivement les yeux. L'arme était toujours pointée vers la porte. Alvirah se rappela la façon dont elle calait son épaule sous le piano de Mme O'Keefe pour le soulever afin de tirer le tapis. Un, deux, trois. Elle se jeta en avant et d'un coup d'épaule heurta brutalement la main qui tenait le revolver. Sammy eut le temps de presser la gâchette avant de lâcher son arme. La balle écailla la peinture du plafond.

Malgré ses menottes, Willy parvint à maîtriser Sammy, l'écrasant de tout son poids jusqu'à ce que le reste de la bande se rue à nouveau dans la pièce.

Comme en rêve, Alvirah regarda Lefty, Al et Louie débarrasser Willy de ses menottes et de ses liens et les utiliser pour immobiliser ses agresseurs. Elle entendit Maeve appeler la police : « Agent Maeve O'Reilly à l'appareil, je veux dire sœur Maeve Marie, je désire notifier un enlèvement, une tentative de meurtre, et l'arrestation des criminels. »

Alvirah sentit les bras de Willy l'entourer. « Ma chérie... », murmura-t-il.

Sa joie était si forte qu'elle ne put prononcer un mot. Ils se regardèrent longuement. Elle remarqua ses yeux rougis, sa barbe de plusieurs jours et ses cheveux embroussaillés. Il contempla son visage outrageusement maquillé et son sweat-shirt NE JETEZ PAS VOS DÉTRITUS N'IMPORTE OÙ. « Mon chou, tu es superbe, dit Willy tendrement. Je suis navré de ressembler à un clochard. »

Alvirah frotta sa joue contre la sienne. Les larmes de soulagement qui montaient dans sa gorge se dissipèrent dans un éclat de rire. « Willy chéri, protesta-t-elle, pour moi, tu seras toujours le portrait craché de Tip O'Neil ! »

La réserve à charbon

Il faisait nuit noire lorsqu'ils arrivèrent. Mike quitta la route de terre et emprunta la longue allée qui menait à la maison. La femme de l'agence immobilière avait promis que le chauffage serait mis et les lumières allumées. Visiblement, elle avait préféré économiser l'électricité.

Une ampoule antimoustique au-dessus de la porte émettait une pâle lueur jaunâtre qui tremblotait sous le crachin persistant. Les fenêtres à petits carreaux étaient à peine distinctes, vaguement soulignées par la faible clarté qui passait sous un store à demi relevé.

Mike s'étira. Il avait conduit quatorze heures par jour pendant les trois journées précédentes et son long corps musclé était moulu. Il repoussa sur son front ses cheveux sombres, regrettant de ne pas avoir été chez le coiffeur avant leur départ de New York. Laurie le taquinait lorsqu'il avait les cheveux trop longs. « Tu ressembles à un empereur romain, beau frisé, disait-elle. Il ne te manque qu'une toge et une couronne de laurier. »

Elle s'était endormie voilà une heure, sa tête sur les genoux de Mike. Il baissa les yeux vers elle, hésitant à la réveiller. Bien qu'il distinguât mal son profil, il savait que le sommeil avait effacé les marques de tension autour de sa bouche, que l'expression de panique qui déformait son visage s'était évanouie.

Le cauchemar était survenu quatre mois auparavant, le cauchemar qui la faisait hurler : « Non, je ne partirai pas avec vous. Je ne chanterai pas avec vous. » Il la réveillait. « Tout va bien, chérie. Tout va bien. » Ses cris se transformaient en sanglots terrifiés. « J'ignore qui ils sont, mais ils me poursuivent, Mike. Je ne peux pas voir leurs visages, mais ils sont tous serrés les uns contre les autres et ils m'appellent. »

Il l'avait emmenée consulter un psychiatre, qui lui avait prescrit des médicaments et avait entamé une thérapie intensive. Mais les cauchemars avaient persisté, sans répit. Ils avaient transformé une belle et talentueuse chanteuse de vingt-quatre ans, qui venait de terminer son contrat de soliste dans une comédie musicale à Broadway, en une ombre tremblante, incapable de demeurer seule après la tombée de la nuit.

Le psychiatre avait recommandé des vacances. Mike lui avait parlé des étés qu'il passait dans la maison de sa grand-mère sur le lac Oshbee, à soixante-dix kilomètres de Milwaukee. « Ma grand-mère est morte en septembre dernier, avait-il expliqué, la maison est à vendre. Laurie n'a jamais été là-bas et elle adore le bord de l'eau. »

Le médecin avait approuvé sa suggestion. « Mais

prenez bien soin d'elle, avait-il insisté. Son état dépressif est sérieux. Je suis convaincu que ces cauchemars sont dus à des expériences vécues pendant son enfance. Ils la submergent totalement. »

Laurie avait paru ravie à la perspective de partir en vacances. Mike était associé adjoint dans le cabinet juridique de son père. « Fais tout ce qui peut aider Laurie, lui avait dit ce dernier. Prends le temps qu'il faudra. »

Je me souviens de la lumière particulière de cet endroit, songea Mike en étudiant avec un désarroi soudain la maison envahie par les ombres. Je me souviens de la fraîcheur de l'eau quand je plongeais dans le lac, de la chaleur du soleil sur mon visage, du vent qui gonflait les voiles, du bateau qui filait.

Juin finissait, mais on se serait cru au mois de mars. D'après la radio, une vague de froid avait envahi le Wisconsin pour trois jours. Pourvu qu'il y ait assez de charbon pour alimenter la chaudière, se dit Mike, sinon je résilie le contrat avec l'agence immobilière.

Il devait réveiller Laurie. Pas question de la laisser seule dans la voiture, même pendant une minute. « Nous sommes arrivés, ma chérie », dit-il d'une voix faussement enjouée.

Laurie remua. Il la sentit se raidir, puis se détendre en sentant ses bras autour d'elle. « Il fait si noir, murmura-t-elle.

— Nous allons entrer dans la maison et allumer la lumière. »

Il se souvint que la serrure avait toujours été délicate à manipuler. Il fallait tirer la porte vers soi avant d'insérer la clé dans le barillet. Il y avait une veilleuse branchée sur une prise dans la petite entrée. Il ne faisait pas chaud à l'intérieur mais la température était moins glaciale qu'il ne l'avait redouté.

D'un geste rapide, Mike alluma la lumière dans l'entrée. Le papier mural, avec son motif de lierre grimpant, lui sembla décoloré et sale. La maison avait été louée pendant les cinq étés que sa grand-mère avait passés dans une maison de retraite. Mike se rappela combien elle était propre, claire et accueillante quand elle l'habitait.

Le silence de Laurie l'inquiéta. L'entourant de son bras, il la conduisit dans la salle de séjour. Les sièges confortablement capitonnés dans lesquels il aimait se blottir avec un livre étaient à la même place, mais, comme le papier peint, ils étaient sales et râpés.

Des rides creusèrent le front de Mike. « Chérie, je suis navré. Venir ici n'était pas une bonne idée. Veux-tu que nous allions dormir à l'hôtel ? Nous sommes passés devant un ou deux motels sur la route qui m'ont paru corrects. »

Laurie lui sourit. « Mike, j'ai envie de rester ici. Je veux partager avec toi tous les étés merveilleux que tu as passés dans cette maison. Comme si nous avions eu la même grand-mère. Peut-être alors pourrai-je surmonter ce qui m'arrive. »

Laurie avait été élevée par sa grand-mère. Très névrosée, la vieille dame lui avait inculqué la peur du noir, la peur des étrangers, la peur des avions et des voitures, la peur des animaux. Lorsque Laurie avait rencontré Mike deux ans plus tôt, elle l'avait à la fois bouleversé et amusé en lui racontant une partie des histoires terrifiantes dont sa grand-mère l'avait abreuvée jour après jour. « Comment as-tu fait pour être aussi normale, aussi gaie ? lui demandait-il souvent.

— Je n'allais quand même pas la laisser faire de moi une cinglée. » Mais les quatre derniers mois avaient prouvé que Laurie ne s'en était pas complètement sortie, que les dégâts sur le plan psychologique nécessitaient un traitement sérieux.

Mike lui rendit son sourire, contemplant avec amour ses yeux vert d'eau au regard brillant, les épais cils noirs qui dessinaient des ombres sur ses joues de porcelaine, les boucles châtaines encadrant son visage ovale. « Tu es si jolie, dit-il. Bien sûr, je vais tout te raconter sur ma grand-mère. Tu ne l'as jamais connue qu'invalide. Je te raconterai nos parties de pêche sous l'orage, nos courses à pied autour du lac, où elle me criait de ne pas ralentir l'allure ; et le fait qu'il m'a fallu attendre qu'elle ait soixante ans pour la dépasser à la nage. »

Laurie lui prit le visage dans ses mains. « Aide-moi à lui ressembler. »

Ils apportèrent à l'intérieur leurs valises et les provisions qu'ils avaient achetées en route. Mike descendit dans la cave. Il fit une grimace en apercevant la réserve à charbon. Un mètre vingt sur un mètre quatre-vingts environ, délimitée par de grosses planches, elle était placée à côté de la chaudière, directement sous le soupirail qui permettait au livreur d'installer son toboggan pour décharger le camion. Mike se souvint qu'à l'âge de huit ans, il avait aidé sa grand-mère à remplacer quelques planches. Elles paraissaient toutes pourries aujourd'hui.

« Les nuits sont fraîches même en été, mais nous aurons toujours bien chaud, mon petit Mike », disait-elle de son ton joyeux tandis qu'il l'aidait à enfourner le charbon dans la vieille chaudière noircie.

La réserve contenait alors en permanence un gros tas rond de charbon brillant. Elle était aujourd'hui presque vide. Il y avait à peine de quoi chauffer la maison pendant trois ou quatre jours. Mike saisit la pelle.

La chaudière fonctionnait encore. Son ronflement se répandit rapidement dans les murs de la maison. Les conduits cognèrent et craquèrent sous la pression de l'air chaud.

Dans la cuisine, Laurie avait déballé les provisions et entrepris de préparer une salade. Mike fit griller deux steaks. Ils ouvrirent une bouteille de bordeaux et mangèrent côte à côte sur la vieille table de formica, leurs épaules se frôlant dans un geste plein d'affection.

Ils montaient l'escalier pour aller se coucher lorsque Mike aperçut le mot de l'agent immobilier posé sur la table de l'entrée. « J'espère que tout est en ordre. Désolée pour le temps. Le charbon sera livré vendredi. »

Ils choisirent de s'installer dans la chambre de sa grand-mère. « Elle adorait ce lit en cuivre, dit Mike, elle prétendait y dormir comme un bébé.

— Espérons qu'il en sera de même pour moi », soupira Laurie. Il y avait des draps propres dans l'armoire à linge, mais ils étaient humides et froids. Le sommier et le matelas sentaient le moisi. « Réchauffe-moi, murmura Laurie, frissonnante, se pelotonnant sous les couvertures.

— Volontiers. »

Ils s'endormirent dans les bras l'un de l'autre. À trois heures du matin, Laurie se mit à hurler, un cri perçant, désespéré, qui emplit la maison. « Allez-vous-en ! Allez-vous-en ! Je ne veux pas ! Je ne veux pas ! »

Elle ne cessa de sangloter jusqu'au lever du jour. « Ils se rapprochent, dit-elle à Mike. Ils se rapprochent de plus en plus. »

La pluie tomba sans discontinuer pendant toute la journée. Le thermomètre extérieur indiquait 2°. Ils passèrent la matinée à lire, recroquevillés sur les divans recouverts de velours. Mike vit Laurie se détendre peu à peu. Lorsqu'elle s'endormit d'un sommeil lourd après le déjeuner, il alla dans la cuisine et téléphona au psychiatre.

« Le fait qu'elle les sente se rapprocher est probablement bon signe, lui dit le médecin. Peut-être est-elle à la veille de surmonter ses peurs. Je reste persuadé que ses cauchemars ont pour origine toutes ces histoires de bonne femme que lui débitait sa grand-mère. Si nous découvrons exactement celle qui a provoqué cette terreur, nous pourrons l'exorciser en même temps que les autres. Prenez soin d'elle, mais ne vous inquiétez pas. Elle est forte et elle a la volonté de s'en tirer. C'est la moitié de la bataille de gagnée. »

Lorsque Laurie se réveilla, ils décidèrent de faire l'inventaire de la maison. « Mon père m'a dit que nous pouvions prendre ce que nous désirions, lui rappela Mike. Deux tables sont des pièces d'antiquité et la pendule sur la cheminée est une vraie merveille. » Il y avait un grand placard dans l'entrée. Ils commencèrent à en vider le contenu dans le séjour. Les cheveux rassemblés en un chignon lâche, Laurie avait l'air d'avoir dix-huit ans dans son sweater et son jean. Elle s'anima à la vue de leurs trouvailles. « Les artistes du coin ne sont pas très doués, dit-elle en riant, mais les cadres sont superbes. Est-ce que tu les imagines sur nos murs ? »

L'an dernier, la famille de Mike leur avait acheté un loft dans Greenwich Village en guise de cadeau de mariage. Il y a encore quatre mois, ils passaient leur temps dans les ventes publiques et privées à la recherche de bonnes affaires. Depuis le jour où ses cauchemars avaient commencé à la tourmenter, Laurie ne s'intéressait plus à l'ameublement de l'appartement. Mike croisa les doigts. Peut-être son état s'améliorait-il ?

Sur le dernier rayonnage du placard, caché derrière une pile de patchworks, il découvrit un vieux phonographe. « Oh, mon Dieu, je l'avais complètement oublié ! s'exclama-t-il. Une vraie trouvaille. Et il y a aussi quantité de vieux disques. »

Il ne remarqua pas le silence soudain de Laurie tandis qu'il frottait la poussière accumulée sur le phono et soulevait le couvercle. La marque Edison, le chien posté face au pavillon du gramophone, l'inscription *La Voix de son Maître* apparurent à l'intérieur du couvercle. « Il a même son aiguille », dit Mike. Rapidement, il mit un disque sur le plateau, tourna la manivelle, poussa le levier sur ON et le disque se mit à tourner. Il posa délicatement le bras armé de la fine aiguille sur le premier sillon.

Le disque était éraillé. Les voix étaient masculines mais haut perchées, avec un ton de fausset. La musique exécutée trop rapidement donnait l'impression d'être mal synchronisée. « Je ne comprends pas les paroles, dit Mike. Tu reconnais l'air ?

— C'est *Chinatown*, répondit Laurie. Écoute. » Et elle se mit à chanter en accompagnant l'enregistrement, sa jolie voix de soprano dominant le chœur. *Hearts that know no other world, drifting to and fro.* Les cœurs qui n'ont d'autre monde où aller vont et viennent... Sa voix se brisa. Haletante, elle s'écria : « Arrête le disque, Mike, arrête-le ! »

Elle se couvrit les oreilles de ses mains et tomba à genoux, pâle comme une morte.

Mike ôta brusquement l'aiguille du disque. « Chérie, qu'y a-t-il ?

— Je ne sais pas. Je ne sais pas. »

Cette nuit-là, le cauchemar de Laurie prit une forme différente. Les personnages qui s'approchaient d'elle chantaient *Chinatown* et de leurs voix de fausset lui demandaient de se joindre à eux.

Au petit matin, ils se retrouvèrent assis dans la cuisine devant un café. « Mike, je me souviens, lui dit Laurie. Quand j'étais petite, ma grand-mère avait un phono comme celui-là. Elle avait le même disque. Un jour, je lui ai demandé où se trouvaient les gens qui chantaient. Je croyais qu'ils étaient cachés quelque part dans la maison. Elle m'a emmenée dans la cave et m'a montré la réserve à charbon. Elle m'a dit que les voix venaient de là. Elle jurait que les chanteurs étaient dans la réserve. »

Mike reposa sa tasse. « Grands dieux !

— Je ne suis plus jamais descendue à la cave par la suite. J'étais terrorisée. Puis nous avons déménagé dans un appartement et elle a donné le phono. C'est pour ça que j'avais oublié. » L'espoir brilla soudain dans les yeux de Laurie. « Mike, cette peur ancienne a réapparu pour une raison que j'ignore. J'étais épuisée lorsque les représentations ont pris fin. Et c'est immédiatement après que les cauchemars ont commencé. Mike, cet enregistrement date de très longtemps. Les chanteurs sont probablement morts aujourd'hui. Et depuis, j'ai appris comment l'on enregistre le son. Peut-être que tout ira bien désormais.

— Je te promets que tout ira bien. » Mike se leva et lui prit la main. « As-tu le courage de faire quelque chose ? Il y a une réserve à charbon à la cave. Je voudrais que tu y descendes avec moi. »

Les yeux de Laurie s'emplirent de panique, puis elle se mordit les lèvres. « Allons-y », dit-elle.

Mike surveilla son visage pendant qu'elle parcourait la cave du regard. Voyant son expression, il réalisa à quel point la pièce était décrépite. Une seule ampoule nue pendait au plafond. Les murs de parpaings ruisselaient d'humidité. La poussière de ciment qui couvrait le sol collait à la semelle de leurs pantoufles. Des marches conduisaient à la porte métallique donnant sur l'arrière-cour. La serrure rouillée semblait fermée depuis des années.

La réserve à charbon était placée contre la chaudière du côté de la façade de la maison. Mike sentit les ongles de Laurie s'enfoncer dans ses paumes pendant qu'ils se dirigeaient vers elle.

« Nous allons être à court de charbon, lui dit-il. Heureusement qu'ils viennent livrer aujourd'hui. Dis-moi, chérie, que vois-tu là ?

— Une caisse. Une dizaine de pelletées de charbon au maximum. Une fenêtre. Lorsque le camion venait livrer, je me souviens qu'ils glissaient un toboggan par le soupirail et que le charbon descendait avec un grand fracas. Je me demandais s'il faisait mal aux chanteurs en tombant sur eux ! » Laurie s'efforça de rire. « Pas le moindre signe de vie dans les parages. Plaise à Dieu que les cauchemars cessent. »

Ils remontèrent main dans la main au rez-de-chaussée. Laurie bâilla. « Je suis si fatiguée, Mike. Et toi, pauvre chéri, à cause de moi, tu n'as pas eu de vraie nuit de repos depuis des mois. Pourquoi ne pas se remettre au lit et dormir toute la journée ? Parions qu'aucun rêve ne viendra me réveiller... »

Ils s'endormirent, Laurie blottie dans les bras de Mike, la tête sur sa poitrine. « Fais de beaux rêves, mon amour, murmura-t-il.

— Promis. Je t'aime, Mike. Merci pour tout. »

Le bruit du charbon dégringolant le long du toboggan réveilla Mike. Il cligna des yeux. À travers les stores, la lumière envahissait la pièce. Il regarda machinalement sa montre. Presque trois heures de l'après-midi. Seigneur, il fallait vraiment qu'il soit éreinté pour avoir dormi aussi longtemps. Laurie était déjà levée. Il enfila un pantalon kaki, des tennis, et prêta l'oreille, s'attendant à entendre des bruits dans la salle de bains. Aucun son ne lui parvint. La robe de chambre et les pantoufles de Laurie étaient posées sur la chaise. Elle était sans doute déjà habillée. Saisi d'une angoisse irraisonnée, Mike passa rapidement un sweat-shirt.

Le séjour. La salle à manger. La cuisine. Leurs tasses se trouvaient encore sur la table, les chaises repoussées, telles qu'ils les avaient laissées. Mike sentit sa gorge se contracter. Le bruit du charbon allait en diminuant. *Le charbon.* Qui sait. Il descendit quatre à quatre l'escalier de la cave. Un nuage de poussière de charbon remplissait le sous-sol. Les boulets brillants s'amoncelaient dans la caisse. Il entendit le claquement du soupirail qu'on refermait. Il contempla à ses pieds des traces de pas. Les empreintes de ses propres tennis. Et les doubles empreintes que Laurie et lui avaient laissées ce matin en descendant à la cave en pantoufles.

C'est alors qu'il aperçut les traces des pieds nus de Laurie, les empreintes exquises de son pied fin et cambré. Elles s'arrêtaient devant la réserve à charbon. Il n'y avait aucune trace retournant à l'escalier.

La sonnette retentit, avec le même tintement aigu et insistant qui avait toujours agacé Mike et amusait sa grand-mère. Mike s'élança en haut des escaliers. Laurie. Faites que ce soit Laurie.

Le chauffeur du camion tenait une facture à la

main. « Voulez-vous signer pour la livraison, monsieur ? »

La livraison. Mike saisit l'homme par le bras. « Quand vous avez commencé à déverser le charbon, est-ce que vous avez regardé dans la réserve ? »

Deux yeux bleus étonnés dans un visage plaisant et tanné par le grand air le regardèrent avec franchise. « Ouais, bien sûr. J'ai jeté un coup d'œil pour vérifier la quantité qu'il vous fallait. Vous étiez quasiment arrivé au bout. Il n'en restait pas assez pour la journée. La pluie a cessé, mais il va continuer à faire froid. »

Mike s'efforça de paraître calme. « Auriez-vous remarqué quelqu'un dans la réserve à charbon ? Je veux dire, il fait sombre dans la cave. Auriez-vous remarqué une jeune femme, qui serait tombée évanouie ? » Il pouvait lire dans les pensées du livreur. Il pense que je suis ivre ou drogué. « Bon Dieu, hurla-t-il soudain. Ma femme a disparu. Ma femme a disparu. »

Pendant des jours, ils cherchèrent Laurie. Fou d'angoisse, Mike participa fébrilement aux recherches, parcourant chaque mètre carré des bois épais qui entouraient la maison. Il demeura prostré sur la terrasse, frissonnant, les épaules courbées, pendant qu'on draguait le lac. Il regarda sans conviction des hommes vider le charbon nouvellement livré dont ils firent un nouveau tas sur le sol de la cave.

Entouré de policiers dont il n'enregistrait ni les noms ni les visages, il parla au téléphone avec le médecin de Laurie. D'un ton monotone, incrédule, il lui raconta les peurs de Laurie et les voix qui venaient de la réserve à charbon. Quand il eut terminé, l'inspecteur en chef s'entretint avec le médecin. Puis il raccrocha et prit Mike par l'épaule. « Nous allons poursuivre les recherches. »

Quatre jours plus tard, un plongeur retrouva le corps de Laurie pris dans les herbes au fond du lac. Morte par noyade. Elle portait sa chemise de nuit. Des particules de charbon adhéraient encore à sa peau et à ses cheveux. L'inspecteur de police tenta en vain d'atténuer la sombre tragédie de sa mort. « Voilà pourquoi ses traces de pas s'arrêtaient au tas de charbon. Elle a dû le gravir et sortir par le soupirail. Il est assez large, vous savez, et elle était très mince. Je me suis à nouveau entretenu avec son médecin. Elle se serait probablement suicidée avant ce jour si vous n'aviez pas été auprès d'elle. C'est terrible la façon dont les gens bousillent leurs enfants. Son médecin m'a raconté que sa grand-mère la terrorisait avec des superstitions démentes avant même que la pauvre gosse ne soit en âge de marcher.

— Elle m'en avait parlé. Elle voulait guérir. » Mike protesta machinalement, prit machinalement des dispositions pour que le corps de Laurie soit incinéré.

Le lendemain matin, tandis qu'il faisait ses valises, l'agent immobilier vint le voir : une femme élégante, aux cheveux blancs et au visage mince, dont la vivacité ne cachait pas la compassion de son regard. « Nous avons un acheteur pour la maison, dit-elle. Je peux vous faire expédier toutes les affaires que vous désirez garder. »

La pendule. Les tables anciennes. Les tableaux dont Laurie s'était moquée dans leurs superbes cadres. Mike essaya en vain de s'imaginer seul dans leur loft de Greenwich Village.

« Et le gramophone ? demanda la femme. C'est une rareté. »

Mike l'avait remis à sa place dans le débarras. Il l'en sortit, revoyant la terreur de Laurie, l'entendant chanter les premières mesures de *Chinatown*, se mêlant aux voix nasillardes du vieil enregistrement. « Je ne sais pas si je désire le garder », dit-il.

La femme de l'agence prit un air désapprobateur. « C'est un objet de collection. Je dois vous quitter. Faites-moi savoir ce que vous aurez décidé. »

Mike regarda sa voiture disparaître dans le tournant de l'allée. *Laurie, reviens.* Il souleva le couvercle du vieux phonographe comme il l'avait fait cinq jours plus tôt, des siècles auparavant. Il tourna la manivelle, trouva le disque de *Chinatown*, le posa sur le plateau, mit le levier sur la position ON. Il regarda le disque tourner, de plus en plus vite, puis souleva le bras et plaça l'aiguille sur le premier sillon.

« Chinatown, my chinatown... »

Un frisson glacé le parcourut. *Non ! Non !* Incapable de bouger, incapable de respirer, il fixait le disque qui tournait.

« ... les cœurs qui n'ont d'autre monde où aller vont et viennent... »

Dominant les voix éraillées des chanteurs depuis longtemps disparus, le soprano exquis de Laurie emplissait la pièce de sa grâce plaintive et déchirante.

Le billet gagnant

Si Wilma Bean n'avait pas rendu visite à sa sœur Dorothy à Philadelphie, il ne serait rien arrivé. Sachant que sa femme aurait regardé les résultats du tirage à la télévision, Ernie serait rentré directement chez lui à minuit, en quittant son poste de gardien au centre commercial de Paramus dans le New Jersey, et ils auraient fêté l'événement ensemble. Deux millions de dollars ! C'était leur part de la tranche spéciale de Noël !

Au lieu de quoi, parce que Wilma était partie voir sa sœur avant les fêtes de Noël, Ernie s'était arrêté au Friendly Shamrock, le bar des Irlandais, pour écluser un ou deux verres, puis il avait terminé la soirée à l'Harmony Bar, situé à six rues de leur maison d'Elmwood Park. Là, avec un geste enjoué à l'adresse de Lou, propriétaire et barman de l'endroit, il avait commandé son troisième whisky-soda de la soirée, enroulé ses grosses jambes de sexagénaire autour du tabouret, et s'était mis à imaginer comment Wilma et lui allaient dépenser leur nouvelle fortune.

C'est alors que ses yeux au regard bleu délavé avaient repéré Loretta Fleur d'Artichaut, perchée sur un tabouret à l'extrémité du bar contre le mur, une chope de bière dans une main, une Marlboro dans l'autre. Loretta était particulièrement attirante ce soir-là. Ses cheveux blond vénitien tombaient en cascade sur ses épaules, son rouge à lèvres framboise mettait en valeur ses grands yeux verts soulignés d'une ombre violette, et sa poitrine généreuse s'élevait et s'abaissait avec une régularité toute sensuelle.

Ernie contempla Loretta avec une admiration presque distraite. Il était de notoriété publique que son mari, Jimbo Potters, un camionneur du genre malabar, se montrait très fier du passé de danseuse de sa femme et qu'il était d'une jalousie féroce. On racontait même qu'il lui arrivait de la frapper si elle se montrait trop aimable envers les autres hommes.

Mais Lou, le barman, était son cousin et Jimbo acceptait exceptionnellement que Loretta vienne passer un moment au bar les soirs où il était obligé de s'absenter pour une destination éloignée. Après tout, c'était un endroit respectable, fréquenté par les gens du voisinage. Beaucoup de femmes y venaient avec leur mari, et comme Loretta le soulignait volontiers : « Jimbo ne s'imagine quand même pas que je vais me planter toute seule devant la télé ou assister à des réunions Tupperware chaque fois qu'il transporte ses têtes d'ail ou ses régimes de bananes sur la nationale 1. Je suis une enfant de la balle, née dans une famille d'artistes, et j'ai besoin de compagnie. »

Sa carrière dans le show-business était le sujet de conversation préféré de Loretta, et elle avait tendance à en rajouter au cours des années. C'est aussi pourquoi elle se faisait appeler Fleur d'Artichaut, de son nom de scène, bien que son nom légal fût Mme Jimbo Potters.

Dans le halo de lumière que diffusait la suspension, imitation Tiffany, au-dessus du comptoir éraflé du bar, Ernie admirait donc en silence Loretta, dont il trouvait la silhouette drôlement sexy malgré ses cinquante-cinq ans. Mais ce n'était pas elle qui emplissait ses pensées ce soir. Le billet de loterie qu'il avait épinglé à son maillot de corps lui tenait chaud au cœur. Comme un feu intérieur. Deux millions de dollars. Ce qui signifiait deux cent mille dollars par an moins les impôts pendant vingt ans. Ils verraient arriver le XXIe siècle sans se faire de bile. Et à ce moment-là, peut-être même pourraient-ils s'offrir un voyage sur la lune.

Ernie tenta de se représenter l'expression de Wilma lorsqu'elle apprendrait la bonne nouvelle. La sœur de Wilma, Dorothy, n'avait pas la télévision et écoutait rarement la radio, si bien que Wilma, à Philadelphie, ignorait sûrement en ce moment précis qu'elle était riche. Dès l'instant où il avait appris la nouvelle sur sa radio portative, Ernie avait été tenté de se précipiter au téléphone pour prévenir Wilma, mais il s'était ravisé. Ce serait plus excitant de le lui annoncer de vive voix.

À présent, son visage rond plissé comme une crêpe de la Chandeleur, Ernie souriait aux anges en imaginant le retour de Wilma le lendemain. Il irait la chercher à la gare de Newark. Elle lui demanderait si leur numéro approchait du numéro gagnant. « Est-ce qu'on a deux bons numéros ? Trois ? » Il lui répondrait qu'ils n'en avaient pas un seul dans la combinaison gagnante. Puis, une fois à la maison, elle trouverait ses collants suspendus à la cheminée, comme à l'époque où ils étaient jeunes mariés. Wilma portait des bas et des jarretelles, alors. Aujourd'hui, elle mettait des collants de la taille 48 et il lui faudrait fouiller jusqu'au bout du pied pour en retirer le billet. Il lui dirait : « Continue de chercher, attends d'avoir trouvé la surprise. » Il imaginait la scène, le cri qu'elle pousserait en jetant ses bras autour de son cou.

Wilma était un beau brin de fille lorsqu'ils s'étaient mariés quarante ans auparavant. Elle avait conservé son joli visage et ses cheveux d'un blond platine ondulaient naturellement. Pas le genre danseuse comme Loretta, mais Ernie la trouvait à son goût. Elle se mettait quelquefois en rogne parce qu'il levait un peu trop souvent le coude avec ses copains, mais dans l'ensemble c'était une chic fille. Et, bon sang, ils allaient passer un sacré Noël cette année ! Peut-être l'emmènerait-il chez Fred le Fourreur pour lui acheter un manteau en mouton doré ou un truc de ce genre.

Anticipant le plaisir qu'il éprouverait bientôt à faire des largesses, Ernie commanda son quatrième whisky-soda. C'est alors que son attention fut attirée par l'étrange manège de Loretta. Toutes les deux ou trois minutes, elle posait sa cigarette dans un cendrier, sa chope de bière sur le bar, et elle se grattait vigoureusement la paume, les doigts et le dos de la main droite avec sa main gauche aux ongles effilés. Ernie remarqua que sa main droite était enflammée, gonflée et couverte de marques rouges à l'aspect inquiétant.

Il se faisait tard et les clients quittaient peu à peu le bar. Le couple assis à côté d'Ernie et à la droite de Loretta se leva. Voyant qu'Ernie l'observait, Loretta haussa les épaules. « Sumac vénéneux, expliqua-t-elle. Qui pourrait imaginer qu'on trouve cette saloperie en décembre ? Mon imbécile de belle-sœur, la sœur de Jimbo, a décrété qu'elle avait les doigts verts et demandé à son abruti de mari de lui construire une serre près de la cuisine. Et qu'est-ce qu'elle y fait pousser ? Du sumac vénéneux et des mauvaises herbes. Il faut le faire ! » Loretta haussa les épaules et reprit sa chope et sa cigarette. « Et toi, Ernie, comment va ? Quoi de neuf dans ton existence ? »

Ernie resta prudent. « Pas grand-chose. »

Loretta soupira. « Dans la mienne non plus. Jimbo et moi on fait des économies pour se tirer d'ici l'an prochain, quand il prendra sa retraite. Tout le monde me dit que Fort Lauderdale est un endroit super. Ça fait des années que Jimbo se crève à amasser du fric au volant de son bahut. Je passe mon temps à lui dire que je pourrais mettre du beurre dans les épinards en travaillant comme serveuse, mais il devient fou à l'idée qu'un type pourrait me faire du gringue. » Loretta se frotta vigoureusement la main contre son bras et secoua la tête. « Tu te rends compte, après vingt-cinq ans,

Jimbo est persuadé que tout le monde me court après ! C'est plutôt flatteur, mais ça pose aussi de foutus problèmes. » Elle soupira, comme si tout le poids de l'univers pesait sur ses épaules. « Jimbo est le mec le plus passionné que j'aie jamais rencontré et ça en dit long. Mais comme le disait ma mère, une nuit au lit est encore plus agréable avec un portefeuille bien garni sous le matelas.

— Ta mère parlait comme ça ? » Cette expression frappée au bon sens de la sagesse populaire amusa Ernie. Il entama lentement son quatrième whisky-soda.

Loretta hocha la tête. « Elle prenait la vie du bon côté, mais elle avait son franc-parler. Peu importe. Peut-être qu'un jour je gagnerai à la loterie. »

La tentation fut trop forte. Ernie se glissa pardessus les deux tabourets vides aussi agilement que son corps alourdi le lui permettait. « Dommage que t'aies pas ma chance », chuchota-t-il.

Tandis que Lou s'écriait : « Dernière tournée, les enfants », Ernie se tapota la poitrine à l'endroit du cœur.

« Comme on dit, Loretta, j'ai touché le gros lot. Y avait seize billets gagnants pour la tranche spéciale de Noël et j'en ai un accroché sous ma chemise. » Ernie se rendit compte qu'il avait la bouche passablement pâteuse. D'une voix étouffée, il murmura : « *Deux millions de dollars !* Qu'est-ce que t'en dis ? » Il mit un doigt sur ses lèvres, accompagnant son geste d'un clin d'œil.

Loretta laissa tomber sa cigarette et la laissa brûler sur le comptoir du bar déjà sérieusement abîmé. « Tu te fiches de moi.

— Pas du tout. » Il avait du mal à articuler à présent. « Wilma et moi on joue toujours le même numéro. 1-9-4-7-5-2. 1947 parce que c'est l'année où j'ai eu mon bac. 52, parce que c'est l'année de la naissance de la petite Willie. » Son sourire triomphant témoignait de sa sincérité. « Le plus marrant, c'est que Wilma le sait même pas. Elle est partie chez sa frangine Dorothy et ne reviendra que demain. »

Cherchant son portefeuille, Ernie demanda l'addition. Lou s'approcha et regarda Ernie se lever et vaciller sur le sol qui semblait soudain tanguer sous ses pieds. « Ernie, attends un peu, dit-il. T'es complètement beurré. Je te reconduirai chez toi après la fermeture. T'auras qu'à laisser ta voiture ici. »

L'air offensé, Ernie se dirigea vers ce qu'il prenait pour la sortie. Lou insinuait qu'il était bourré. Quel culot. Il ouvrit la porte des toilettes pour dames et s'installa sur le siège avant d'avoir réalisé son erreur.

Sautant à bas de son tabouret, Loretta dit précipitamment : « Lou, je vais le reconduire. Il habite à deux rues de chez moi. »

Le front décharné de Lou se plissa. « Jimbo verrait pas ça d'un bon œil.

— T'as qu'à pas lui dire. » Ils observèrent Ernie qui sortait en titubant des toilettes. « Bon Dieu, tu ne crois tout de même pas qu'il va essayer de me draguer ! »

Lou finit par accepter. « Tu me rends service, Loretta. Mais pas un mot à Jimbo, hein ? »

Loretta laissa échapper un rire rauque. « J'ai pas l'intention de perdre mes nouvelles dents. J'en ai encore pour un an à les payer. »

Quelque part derrière lui, Ernie entendit vaguement un bruit de voix et de rires. Tout à coup il se sentit vraiment patraque. Les motifs géométriques du sol se mirent à danser, comme un tourbillon de taches qui valsaient devant ses yeux, lui donnant la nausée. « Je vais te déposer, Ernie. » Au milieu du tumulte qui emplissait ses oreilles, Ernie reconnut la voix de Loretta.

« Drôlement sympa de ta part, bafouilla-t-il. J'ai dû un peu trop fêter l'événement. » Il entendit confusément Lou l'inviter à boire un verre quand il reviendrait chercher sa voiture.

Dans la vieille Pontiac de Loretta, Ernie renversa sa tête contre le dossier et ferma les yeux. C'est seulement en sentant Loretta le secouer pour le réveiller qu'il se rendit compte qu'ils étaient arrivés devant chez lui. « File-moi ta clé, Ernie. Je vais t'aider à entrer. »

Passant le bras d'Ernie autour de ses épaules, elle le soutint pendant qu'ils longeaient l'allée. Ernie entendit le bruit de la clé dans la serrure, se rendit vaguement compte qu'il traversait le séjour après avoir franchi l'entrée.

« C'est laquelle ?

— Quelle quoi ? » Il avait du mal à remuer les lèvres.

« Quelle chambre ? » La voix de Loretta avait un

ton impatient. « Allons, Ernie, t'es pas particulièrement léger. Oh, laisse tomber. C'est sûrement l'autre pièce. Celle-ci est remplie des statues d'oiseaux que fabrique ta fille. Même un asile de fous n'en voudrait pas pour sa tombola. Personne est assez cinglé. »

Ernie en voulut instinctivement à Loretta de dénigrer sa fille, Wilma junior, la petite Willie, comme il l'appelait. Elle avait un véritable talent. Un jour elle deviendrait un sculpteur célèbre. Elle s'était installée au Nouveau-Mexique depuis qu'elle avait abandonné ses études, en 1968, et elle gagnait sa vie en travaillant le soir comme serveuse dans un McDonald's. Durant la journée, elle faisait de la poterie et sculptait des oiseaux.

Ernie sentit qu'il pivotait sur lui-même, qu'une main le poussait. Ses genoux fléchirent et il entendit le grincement familier des ressorts du sommier. Avec un soupir de gratitude, il s'allongea de tout son long et perdit conscience.

Wilma Bean et Dorothy avaient passé une journée agréable. Wilma appréciait la compagnie de sa sœur aînée à petites doses. Âgée de soixante-trois ans, Dorothy avait cinq ans de plus qu'elle. Le seul ennui, c'était qu'elle avait des idées très arrêtées et critiquait ouvertement Ernie et Willie, ce qui agaçait prodigieusement Wilma. Mais elle avait pitié de sa sœur. Son mari l'avait plaquée dix ans plus tôt, et il vivait aujourd'hui comme un pacha avec sa deuxième femme, un professeur de karaté. En outre, Dorothy et sa belle-fille s'entendaient mal. Dorothy travaillait encore à mi-temps dans le service des sinistres d'une compagnie d'assurances et elle déclarait souvent à Wilma : « Je suis la reine pour dépister les fausses déclarations. »

On les prenait rarement pour deux sœurs. Comme le faisait remarquer Ernie, Dorothy était longue comme un haricot et plate comme une planche à pain, avec des cheveux gris qu'elle portait serrés en chignon sur la nuque. Ernie disait toujours qu'elle aurait fait une parfaite Carrie Nation, la championne de la ligue antialcoolique ; il l'imaginait très bien avec une hachette à la main. Wilma savait que Dorothy avait toujours été jalouse d'elle parce qu'elle était la plus jolie des deux sœurs, et qu'elle avait peu changé en dépit de son embonpoint, gardant un visage sans rides. Mais les liens du sang comptaient pour Wilma et un week-end à Philadelphie tous les trois ou quatre mois, surtout à l'époque des vacances, était toujours agréable.

L'après-midi du tirage de la loterie, donc, Dorothy alla chercher Wilma à la gare. Elles déjeunèrent tard dans un Burger King puis visitèrent en voiture le quartier qu'avait habité Grace Kelly. Toutes les deux avaient été des fans de l'actrice. Après avoir décrété que le prince Albert devrait se marier, que la princesse Caroline s'était assagie et qu'on devrait boucler la princesse Stéphanie dans un couvent pour lui apprendre les bonnes manières, elles allèrent au cinéma avant de rentrer. Dorothy avait fait cuire un poulet et elles bavardèrent pendant le dîner jusque tard dans la soirée.

Dorothy se plaignit auprès de Wilma que sa belle-fille n'eût aucune idée de la façon dont il faut éduquer les enfants et n'acceptât pas le moindre conseil.

« Au moins as-tu des petits-enfants, soupira Wilma. Pas de bouquet de la mariée en vue pour notre petite Willie. Elle a donné son cœur à sa carrière de sculpteur.

— Quelle carrière de sculpteur ? demanda sèchement Dorothy.

— Si seulement nous avions les moyens de lui payer un bon professeur, continua Wilma, préférant ignorer l'insinuation.

— Ernie ne devrait pas encourager Willie dans cette voie, décréta Dorothy. Tu devrais lui dire de ne pas faire un tel plat de cette camelote qu'elle vous envoie. Votre maison ressemble à une volière d'asile de fous. À propos, comment va Ernie ? J'espère que tu l'empêches d'aller au bistrot. Retiens ce que je te dis. Il a tous les symptômes du futur alcoolique. Avec cette couperose sur le nez. »

Wilma songea aux cartons que leur avait envoyés Willie quelques jours auparavant. Ils portaient l'inscription : « Ne pas ouvrir avant Noël », et étaient accompagnés d'une lettre. « Maman, attends un peu d'avoir vu ça. Je me suis attaquée aux perroquets et aux paons. » Wilma se souvint aussi de la fête de fin d'année donnée pour le personnel du centre commercial, l'autre soir, quand Ernie avait trop bu et pincé les fesses d'une serveuse.

Même si sa sœur avait raison au sujet du penchant d'Ernie pour la bouteille, elle n'en fut pas moins furieuse d'être mise en face de la réalité. « Peut-être qu'Ernie perd un peu les pédales quand il a un verre de trop dans le nez, mais tu as tort en ce qui concerne notre petite Willie. Elle a un réel talent et le jour où j'aurai fait fortune, je l'aiderai à le prouver. »

Dorothy se servit une autre tasse de thé. « Je suppose que tu gaspilles toujours autant d'argent en billets de loterie.

— Et comment ! s'exclama Wilma avec entrain, décidée à garder sa bonne humeur. Ce soir c'est la tranche spéciale de Noël. Si j'étais à la maison, je serais rivée devant la télévision, les doigts croisés.

— Je trouve ridicule cette manie de toujours jouer les mêmes numéros. 1-9-4-7-5-2. Je comprends qu'on prenne la date de naissance d'un enfant, mais choisir l'année où Ernie a eu son bac... c'est ridicule. »

Wilma n'avait jamais avoué à Dorothy qu'Ernie avait mis six ans à terminer ses études secondaires et que sa famille avait invité tout le quartier à célébrer son diplôme. « La plus belle fête à laquelle j'aie jamais assisté, disait-elle souvent à Dorothy, le visage rayonnant à ce souvenir. Même le maire est venu. »

Quoi qu'il en soit, Wilma aimait cette combinaison de chiffres et elle était convaincue qu'elle leur rapporterait une grosse somme d'argent un jour ou l'autre. Après avoir souhaité le bonsoir à Dorothy, essoufflée par l'effort qu'elle avait fourni pour préparer le canapé transformable où elle dormait, Wilma se dit que sa sœur devenait de plus en plus acariâtre en vieillissant. Elle ne cessait de récriminer, et il n'était pas étonnant que sa belle-fille la traitât de vieille emmerdeuse.

Le lendemain à midi, Wilma descendit du train à Newark. Ernie devait venir la chercher. En se dirigeant vers leur point de rendez-vous habituel, près de l'entrée principale, elle s'inquiéta de trouver à sa place Ben Gump, leur voisin.

Elle se précipita vers lui, son ample silhouette tendue par l'inquiétude. « Que se passe-t-il ? Où est Ernie ? »

Le mince visage de Ben s'éclaira d'un sourire rassurant. « Tout va bien, Wilma. Ernie s'est réveillé un peu grippé ou je ne sais quoi. Il m'a demandé d'aller vous chercher. Ça me dérangeait pas, parce que j'avais rien à faire qu'à regarder l'herbe pousser. » Ben s'esclaffa en énonçant cette plaisanterie dont il avait fait son slogan depuis qu'il était à la retraite.

« Grippé, fit Wilma. Tu parles ! »

Ernie était un homme plutôt calme et il tardait à Wilma de se retrouver tranquillement chez elle. Au petit déjeuner, sachant qu'elle allait perdre son auditoire, Dorothy n'avait cessé de parler, débitant un torrent de remarques acerbes à vous donner la migraine.

Excédée par l'allure d'escargot de Ben et ses histoires interminables, Wilma trompa son ennui en songeant au plaisir qu'elle prendrait à chercher dans le journal les résultats de la loterie. 1-9-4-7-5-2,

1-9-4-7-5-2, se répétait-elle en son for intérieur. C'était stupide. Le tirage avait déjà eu lieu et elle n'en continuait pas moins à avoir une sorte d'heureux pressentiment. Ernie lui aurait téléphoné, bien sûr, s'ils avaient gagné, ou s'ils avaient frôlé le numéro gagnant, avec trois ou quatre bons numéros signifiant que la chance était en train de tourner en leur faveur.

Elle remarqua que la voiture n'était pas dans l'allée du garage et en devina la raison. Elle était probablement restée devant l'Harmony Bar. Wilma parvint à se débarrasser de Ben Gump à la porte, le remerciant chaleureusement d'être venu la chercher mais ignorant ses allusions sur les bienfaits d'une bonne tasse de café. Puis elle alla directement à leur chambre. Comme elle s'y attendait, Bernie était au lit, les couvertures remontées jusqu'au menton. Un seul coup d'œil lui suffit pour se rendre compte qu'il avait une gueule de bois carabinée. « Quand le chat est parti, les souris dansent, soupira-t-elle. J'espère que tu as la tête comme un ballon ! »

Dans son irritation, elle renversa le pélican d'un mètre de haut que Willie leur avait envoyé pour Thanksgiving et qui était perché sur la table près de la porte de la chambre. En tombant bruyamment sur le plancher, l'oiseau entraîna avec lui le poinsettia en pot que Wilma avait acheté pour Noël.

À bout de patience, elle ramassa les morceaux du pot, arrangea la plante tant bien que mal et remit en place le pélican auquel manquait désormais une aile.

Mais sa bonne humeur naturelle reprit le dessus à la pensée du moment magique où elle apprendrait peut-être que leur combinaison approchait du numéro gagnant, qu'ils avaient été à deux doigts de gagner. Elle se prépara une tasse de café et un toast avant de s'installer à la table de la cuisine et d'ouvrir le journal.

Seize heureux gagnants se partagent un montant total de trente-deux millions de dollars, titrait le quotidien.

Seize heureux gagnants. Oh, être l'un d'eux ! Wilma posa la paume de sa main sur la combinaison gagnante et la fit glisser lentement. Elle lirait les numéros un chiffre après l'autre. C'était plus amusant.

1-9-4-7-5...

Wilma retint son souffle. Le sang battait à ses tempes. Était-ce possible ? Dans un dernier geste, presque douloureux, elle retira sa main et découvrit le dernier chiffre : 2.

Son hurlement et le fracas de la chaise renversée firent se dresser Ernie dans son lit. Le jour du Jugement dernier était arrivé.

Wilma se rua dans la chambre, le visage pétrifié. « Ernie, pourquoi n'as-tu rien dit ? Donne-moi le billet. »

La tête d'Ernie s'affaissa sur sa poitrine. Sa voix ne fut plus qu'un murmure étouffé. « Je l'ai perdu. »

Loretta savait que c'était inévitable. Pourtant, la vue de Wilma Bean remontant l'allée poudrée de neige et suivie par un Ernie réticent, à l'air accablé, déclencha chez elle un moment de pure panique. Du calme, se dit-elle. Ils n'ont aucun argument. Elle avait complètement brouillé les pistes, se rassura-t-elle en les voyant gravir les marches entre les deux ifs qu'elle avait ornés de décorations de Noël. Son scénario était en béton. Elle avait raccompagné Ernie jusqu'à la porte de sa maison. Tout le monde connaissait la jalousie du grand Jimbo à son égard et savait que jamais Loretta n'aurait franchi le seuil de la maison d'un autre homme hors de la présence de sa femme.

Lorsque Wilma l'interrogerait à propos du billet, Loretta répondrait : « Quel billet ? » Ernie n'avait *jamais* fait allusion au moindre billet devant elle. Il n'était pas en état d'articuler deux mots de suite. Il n'y avait qu'à demander à Lou, Ernie était complètement pété après deux verres. Il s'était probablement arrêté dans un autre bar auparavant.

Loretta avait-elle acheté un billet pour la tranche spéciale de Noël ? Bien sûr. Plusieurs même. Wilma désirait-elle les voir ? Chaque semaine, quand elle y pensait, elle en achetait un ou deux. Jamais au même endroit. Soit chez le marchand de spiritueux, soit à la papeterie. Pour tenter la chance. Toujours des numéros qui lui venaient à l'esprit par hasard.

Loretta se gratta méchamment la main droite. Saloperie de sumac. Elle avait soigneusement caché le billet numéroté 1-9-4-7-5-2 dans le sucrier de son beau service en porcelaine. On avait un délai d'un an pour réclamer son gain. Ce laps de temps écoulé, elle le retrouverait « par hasard ». Wilma et

Ernie pourraient toujours clamer qu'il leur appartenait.

La sonnerie retentit. Loretta tapota ses cheveux blonds bouclés, arrangea les épaulettes rembourrées de son cardigan rehaussé de sequins et se hâta vers la petite entrée. En ouvrant la porte, elle plaqua un sourire sur ses lèvres, oubliant qu'elle s'efforçait de sourire le moins possible depuis quelque temps. Quelques rides apparaissaient déjà sur son visage. Un problème héréditaire. À soixante ans sa mère ressemblait à une vieille pomme ratatinée. « Wilma, Ernie, quelle bonne surprise ! s'exclama-t-elle. Entrez, entrez donc. »

Loretta décida d'ignorer que ni l'un ni l'autre ne la saluèrent, qu'ils ne se soucièrent pas d'essuyer la neige de leurs chaussures sur le paillasson de l'entrée qui portait une inscription à cet effet, qu'ils restèrent de marbre face à son accueil.

Wilma déclina son invitation à s'asseoir, refusa thé et bloody mary. Elle exposa clairement les faits. Ernie avait été en possession d'un billet d'une valeur de deux millions de dollars. Il l'avait raconté à Loretta à l'Harmony Bar. Loretta l'avait raccompagné en voiture, l'avait aidé à monter dans sa chambre. Ernie avait perdu conscience et le billet s'était volatilisé.

En 1945, avant de devenir danseuse professionnelle, Loretta avait suivi des cours de comédie à la Sonny Tufts School. Se fondant sur cette expérience lointaine, elle joua avec application et sincérité le scénario qu'elle avait mis au point à l'intention de Wilma et d'Ernie. Ernie ne lui avait jamais soufflé mot du billet. Elle l'avait simplement raccompagné chez lui pour lui rendre service ainsi qu'à Lou. Lou ne pouvait pas quitter son bar, et de toute manière c'était un minable même pas foutu de demander à Ernie les clés de sa voiture. « En tout cas, t'as pas dit non quand j'ai proposé de te reconduire, dit Loretta à Ernie d'un ton indigné. Je risquais ma vie à te ramener chez toi pendant que tu ronflais dans ma bagnole ! » Elle se tourna vers Wilma et de femme à femme lui rappela : « Tu connais la jalousie de Jimbo, cet imbécile. On dirait que j'ai seize ans pour lui. Pas question que je mette les pieds chez toi quand t'es pas là, Wilma. Quant à toi, Ernie, t'as pas mis longtemps à t'écrouler au bar. Demande à Lou. Peut-être que tu t'es arrêté dans un autre bistrot avant, et peut-être que tu as parlé du billet à quelqu'un d'autre. »

Loretta se félicita secrètement en voyant le doute et la confusion se répandre sur leur visage. Ils partirent quelques minutes plus tard. « J'espère que vous le retrouverez. Je vais dire une prière », promit-elle pieusement. Elle s'excusa de ne pas leur serrer la main, leur racontant l'histoire du sumac vénéneux qui poussait dans la serre de son andouille de belle-sœur. « Venez prendre un verre avec nous pour les fêtes, ajouta-t-elle avec empressement. Jimbo rentrera à quatre heures de l'après-midi, la veille de Noël. »

De retour chez eux, assise l'air abattu devant une tasse de thé, Wilma déclara : « Elle ment. Je sais qu'elle ment mais comment le prouver ? Quinze gagnants se sont déjà présentés. Il en reste un et il a un an pour réclamer son dû. » Des larmes de rage roulaient sur ses joues sans qu'elle s'en aperçoive. « Elle s'arrangera pour faire savoir à la terre entière qu'elle achète un billet de temps en temps, ici ou là. Et ça pendant cinquante et une semaines, et ensuite, bingo, elle retrouvera ce billet qu'elle avait soi-disant complètement oublié. »

Ernie contemplait sa femme d'un air piteux. Voir Wilma en larmes était un spectacle inhabituel. Son visage était boursouflé, son nez coulait. Il voulut lui tendre un mouchoir et heurta maladroitement l'oiseau de paradis en céramique qui était posé sur la commode derrière lui. Le bec de l'oiseau se brisa en mille morceaux sur les carreaux en faux marbre de la cuisine, redoublant les pleurs de Wilma.

« J'espérais tellement que Willie cesse de travailler la nuit dans ce McDo, qu'elle puisse faire des études d'art et devenir un grand sculpteur, sanglota-t-elle. Et mon rêve est à l'eau. »

Pour plus de certitude, ils allèrent au Friendly Shamrock, près du centre commercial de Paramus. Le barman qui travaillait dans la soirée leur confirma qu'Ernie était passé hier soir un peu avant minuit, avait bu deux ou peut-être trois verres, mais sans parler à personne. « Il est resté assis au bar avec un sourire béat, comme le chat qui vient d'avaler un canari. »

Après le dîner auquel ils ne touchèrent ni l'un ni

l'autre, Wilma examina soigneusement le maillot de corps d'Ernie sur lequel l'épingle était encore accrochée. « Elle n'a même pas pris la peine de la défaire, dit Wilma avec amertume. Elle a juste arraché le billet.

— Nous pourrions peut-être lui faire un procès », suggéra Ernie. L'énormité de sa bêtise lui apparaissait à chaque minute plus grande. Comment avait-il pu se soûler à ce point, se confier à Loretta ?

Trop fatiguée pour lui répondre, Wilma ouvrit la valise qu'elle n'avait pas encore défaite et y chercha sa chemise de nuit en pilou. « Bien sûr qu'on pourrait la poursuivre en justice, dit-elle d'un ton sarcastique. Pour l'accuser d'avoir le cerveau qui fonctionne en face d'un pochard comme toi. Maintenant éteins la lumière, dors et cesse de te gratter. Tu me rends folle ! »

Ernie se grattait la poitrine dans la région autour du cœur. « Ça me démange », se plaignit-il.

Ces mots rappelèrent vaguement quelque chose à Wilma au moment où elle fermait les yeux. Mais elle était tellement épuisée qu'elle s'endormit presque sur-le-champ, d'un sommeil peuplé de billets de loterie qui flottaient dans l'air comme des flocons de neige. Les mouvements désordonnés d'Ernie la réveillèrent par intermittence. Il dormait comme un sonneur, d'habitude.

Vint la veille de Noël, grise et sans joie. Wilma se traînait dans la maison, disposant machinalement les cadeaux sous l'arbre, les deux cartons envoyés par Willie. S'ils n'avaient pas perdu ce billet, ils auraient pu lui téléphoner de venir les rejoindre. Sans doute ne serait-elle pas venue. Willlie n'aimait pas le côté petit-bourgeois des banlieues résidentielles. Dans ce cas, Ernie aurait pu quitter son job et c'est eux qui seraient allés la retrouver en Arizona. Et Wilma aurait pu acheter le poste de télévision à écran géant qu'elle avait contemplé avec envie au Trader Horn, la semaine précédente. Pensez donc : JR en un mètre de haut !

Bon. C'était l'histoire de Perrette et du pot au lait. Ou plutôt du pot d'alcool. Ernie lui avait raconté qu'il avait eu l'intention de placer le billet dans son collant suspendu à la fausse cheminée s'il ne l'avait pas perdu. Wilma ne voulut pas imaginer la joie qu'elle aurait éprouvée en le trouvant caché là.

Elle se montra désagréable avec Ernie qui avait encore la gueule de bois et s'était fait porter malade pour le deuxième jour consécutif. Elle lui dit sèchement où il pouvait mettre son mal de tête.

Au milieu de l'après-midi, Ernie alla s'enfermer dans sa chambre. Inquiète, Wilma finit par aller l'y retrouver. Ernie était assis au bord du lit, torse nu, et il se grattait la poitrine en gémissant. « Ne t'inquiète pas, je vais bien, dit-il avec cette expression abattue qui semblait ne plus devoir le quitter. C'est juste que ça me démange horriblement. »

À peine soulagée qu'il n'ait pas tenté de se suicider, Wilma demanda d'un ton irrité : « Qu'est-ce qui te gratte comme ça ? C'est pas le moment de recommencer avec tes allergies. J'en entends assez parler pendant tout l'été. »

Elle examina de plus près sa peau irritée. « Bon sang, on dirait une allergie au sumac vénéneux ! Comment as-tu fait pour attraper ça ? »

Du sumac.

Ils se regardèrent, médusés. Wilma s'empara du maillot de corps d'Ernie posé sur le dessus de la commode. Elle l'avait laissé là, l'épingle de sûreté encore attachée, témoin silencieux et hostile de la stupidité d'Ernie. « Enfile-le, ordonna-t-elle.

— Mais...

— Je te dis de l'enfiler ! »

Il apparut tout de suite que l'inflammation était localisée à l'endroit précis où Ernie avait caché le billet.

« La garce ! » Wilma serra les mâchoires, redressa les épaules. « Elle a dit que le grand Jimbo serait chez lui vers quatre heures, hein ?

— Je crois, oui.

— Bon. Rien ne vaut un bon comité d'accueil. »

À trois heures trente, ils arrêtèrent la voiture devant la maison de Loretta. Comme ils s'y attendaient, le semi-remorque de Jimbo n'était pas encore arrivé. « Nous allons patienter ici pendant quelques minutes avant d'aller fiche les jetons à cette voleuse », décréta Wilma.

Ils virent bouger les stores qui masquaient les fenêtres de la maison de Loretta. À quatre heures moins trois, Ernie pointa un doigt nerveux. « Là, au feu rouge. Voilà le camion de Jimbo.

— Allons-y », lui dit Wilma.

Loretta leur ouvrit la porte, un sourire crispé sur le visage. Avec une satisfaction perfide, Wilma nota qu'un tremblement nerveux agitait ses lèvres.

« Ernie, Wilma. Quel plaisir ! Entrez prendre un verre pour fêter Noël.

— Nous prendrons un verre plus tard. Et ce sera pour la restitution du billet de loterie à ses vrais propriétaires. Comment vont tes piqûres de sumac, Loretta ?

— Oh, ça commence à passer. Wilma, je n'aime pas beaucoup le ton de ta voix.

— Tant pis pour toi. » Wilma passa devant le canapé recouvert d'un tissu à carreaux noirs et rouges, s'approcha de la fenêtre et écarta le store. « Tiens, tiens. Quelle surprise ! Voilà le grand Jimbo en personne. J'imagine que deux tourtereaux comme vous vont avoir envie de se peloter tranquillement. Il va être furieux quand je vais lui dire que je t'attaque en justice parce que tu tournes autour de mon mari.

— Parce que quoi ? » Le rouge à lèvres violet de Loretta parut virer au brun tandis que son visage devenait d'une blancheur livide.

« Tu m'as très bien entendue. Et j'en ai la preuve. Ernie, ôte ta chemise. Montre tes boutons à cette voleuse de maris !

— Des boutons ? gémit Loretta.

— Des piqûres de sumac, exactement comme les tiennes. L'inflammation est contagieuse et tu la lui as refilée en glissant ta main sous sa chemise pour prendre le billet. Vas-y. Nie. Essaie de raconter à Jimbo que tu étais seulement en train de flirter avec Ernie.

— Tu mens. Sors d'ici. Ernie, n'enlève pas ta chemise. » Affolée, Loretta saisit la main d'Ernie.

« Bon Dieu, Jimbo est sacrément baraqué », dit Wilma avec admiration en le regardant descendre de son camion. Elle lui fit un signe de la main. « Une vraie armoire à glace. » Elle se retourna. « Enlève aussi ton pantalon, Ernie. » Wilma lâcha le store et alla vers Loretta. « Il en a aussi plus bas, murmura-t-elle.

— Oh, mon Dieu. Attends. Je vais te le rendre. Je vais te le rendre. N'enlève pas ton pantalon ! » Loretta se précipita vers la petite salle à manger et ouvrit rapidement le buffet qui contenait les dernières pièces du service en porcelaine de sa mère. Les doigts tremblants, elle saisit le sucrier. Il lui échappa des mains et se brisa sur le sol au moment où elle s'emparait du billet de loterie. La clé de Jimbo tournait dans la serrure. Loretta eut juste le temps de glisser le billet dans la main de Wilma. « Va-t'en maintenant. Et pas un mot. »

Wilma s'assit sur le canapé rouge et noir. « Ça ferait bizarre de se sauver comme ça. Ernie et moi on va prendre un verre avec vous deux pour fêter Noël. »

Il y avait des pères Noël sur les toits des maisons, des anges sur les pelouses, des guirlandes et des lampions autour des façades et des fenêtres. À l'approche de chez eux, Wilma fit remarquer avec un sourire radieux que leur quartier était vraiment chouette ainsi décoré. Lorsqu'ils eurent franchi le seuil de la porte, elle tendit le billet à Ernie. « Va le mettre dans mon collant, exactement comme tu avais l'intention de le faire. »

Ernie se rendit docilement dans leur chambre et choisit les collants préférés de Wilma, les blancs ornés d'une baguette en strass. Wilma ouvrit son tiroir et en sortit une paire de chaussettes de laine écossaise grossièrement tricotées. Pendant qu'ils attachaient collants et chaussettes à la fausse cheminée, Ernie avoua : « Wilma, je n'ai pas de boutons. » Il baissa la voix. « Plus bas.

— Je sais, mais ça a marché. Et maintenant fourre le billet dans mes collants et je mettrai ton cadeau dans tes chaussettes.

— Tu m'as acheté un cadeau ? Après tous les ennuis que je t'ai causés ? Oh, Wilma !

— Je ne l'ai pas acheté. Je l'ai trouvé dans l'armoire à pharmacie et j'y ai noué un ruban. »

D'un air ravi, Wilma laissa tomber une bouteille de lotion calmante dans la chaussette écossaise d'Ernie.

Comment rafler la mise

Le téléphone sonna, mais Alvirah fit la sourde oreille. Willy et elle avaient à peine eu le temps de défaire leurs valises depuis leur retour, et le répondeur avait déjà enregistré six messages. Il serait largement temps de reprendre contact avec le monde extérieur le lendemain, décidèrent-ils.

« Qu'on est bien chez soi... », soupira Alvirah avec bonheur en sortant sur la terrasse de leur appartement de Central Park South pour contempler le parc. On était fin octobre et les feuillages prenaient les tons flamboyants de l'automne, de l'orange au pourpre en passant par le jaune et le mordoré.

Elle rentra à l'intérieur de l'appartement et s'installa confortablement dans le canapé. Willy lui tendit son cocktail préféré, un manhattan, en l'honneur de leur retour en ville, et emporta le sien jusqu'à son grand fauteuil. Il leva son verre vers elle. « À nous deux, mon chou. »

Alvirah lui sourit avec tendresse. « Je dois dire que ces voyages m'épuisent littéralement. Je compte rester à fainéanter pendant au moins deux semaines, dit-elle.

— Excellente idée ! » approuva Willy en hochant la tête, puis il ajouta d'un air un peu penaud : « Chérie, je pense que nous en avons trop fait avec cette promenade à dos de mulet en Grèce. Je suis fourbu comme un vieux Lucky Luke.

— Pourtant tu ressemblais à un vrai cow-boy », lui assura Alvirah. Elle resta silencieuse un moment, regardant son mari avec tendresse. « Willy, nous avons eu des moments formidables. Sans ce billet de loterie, je serais toujours en train de faire des ménages, et toi de réparer des tuyaux percés. »

Ils restèrent assis sans rien dire, se rappelant avec le même émerveillement l'incroyable chance qui avait transformé leur existence. Ils avaient toujours joué les numéros correspondant à leurs dates de naissance et de mariage, un dollar par semaine pendant dix ans, jusqu'au jour béni où c'était leur combinaison qui était sortie et où ils s'étaient retrouvés seuls gagnants du gros lot de quarante millions de dollars.

Comme le disait Alvirah : « Willy, pour nous la vie a commencé à soixante ans, enfin, pas tout à fait soixante. » Au cours de leurs nombreux voyages, ils étaient allés trois fois en Europe, une fois en Amérique du Sud, et ils avaient pris le Transsibérien depuis la Chine jusqu'en Russie. Aujourd'hui, ils rentraient d'une croisière dans les îles grecques.

Le téléphone sonna. Alvirah jeta un coup d'œil en direction de l'appareil. « Ne te laisse pas tenter, supplia Willy. Nous avons besoin de souffler un peu.

C'est sans doute Cornelia, et elle va me demander un coup de main, réparer la plomberie du couvent ou une corvée de cet ordre. Cela peut attendre un jour de plus. »

Ils écoutèrent la voix qui sortait du répondeur. C'était Rhonda Alvirez, la secrétaire de l'Association de soutien aux anciens gagnants de la loterie. Rhonda, un des membres fondateurs de l'association, avait gagné six millions de dollars à la loterie, et s'était laissé persuader par un cousin d'investir son premier gros chèque dans une machine censée nettoyer rapidement les canalisations, une invention dudit cousin. En définitive, la seule chose que la machine avait nettoyé illico était l'argent de Rhonda.

C'est alors que Rhonda avait créé son association, et en apprenant la façon dont Alvirah et Willy avaient parfaitement géré leurs gains, elle leur avait demandé de devenir membres honoraires de l'association et de donner régulièrement des conférences.

Rhonda avait déjà laissé un message. Elle abrégea les préliminaires. « Alvirah, je sais que vous êtes rentrée. La limousine vous a déposée il y a une heure. J'ai vérifié auprès de votre portier. Soyez gentille, décrochez. C'est important. »

« Et tu te plains de Cordelia », murmura Alvirah en tendant docilement la main vers le combiné.

Willy vit son expression changer, l'incrédulité et l'inquiétude se peindre sur son visage, puis il l'entendit dire : « Nous lui parlerons, bien sûr. Demain matin à dix heures. Ici. Très bien. »

Quand elle eut raccroché, elle expliqua : « Willy, nous allons rencontrer Nelly Monahan. D'après Rhonda, c'est une personne charmante, mais c'est surtout une pauvre femme qui a gagné à la loterie et s'est fait escroquer par son ex-mari. C'est inadmissible. »

Le lendemain à neuf heures, Nelly Monahan se préparait à quitter son trois pièces de Stuyvesant Town, un quartier de HLM dans l'East Side où elle s'était installée plus de quarante ans auparavant, lorsqu'elle était une jeune mariée de vingt-deux ans. Bien que le loyer fût aujourd'hui au moins dix fois plus élevé que les cinquante-neuf dollars qu'elle payait alors, l'appartement était encore à un prix raisonnable, à condition toutefois de pouvoir dépenser six cents dollars par mois pour se loger.

Mais maintenant qu'elle avait pris sa retraite et vivait d'une maigre pension et de son chèque mensuel de la Sécurité sociale, il était devenu malheureusement évident pour Nelly qu'elle devrait sans doute renoncer à l'appartement pour aller s'installer chez sa cousine Margaret à New Brunswick, dans le New Jersey.

Pour Nelly, new-yorkaise dans l'âme, la perspective de passer ses dernières années loin de la Grosse Pomme était épouvantable. Elle avait déjà mal supporté le départ brutal de son mari, Tim, mais abandonner l'appartement lui brisait carrément le cœur. Et apprendre en plus que la nouvelle femme de Tim s'était présentée au bureau de la loterie avec le billet gagnant ! Non, c'était trop ! C'est alors qu'une voisine lui avait suggéré de contacter l'association. Et maintenant elle avait rendez-vous avec Alvirah Meehan, qui, dixit Rhonda, n'avait pas sa pareille pour débrouiller les situations difficiles.

Nelly était de petite taille, boulotte, sans rien de remarquable, avec des traits plutôt agréables et quelques mèches brunes dans ses cheveux gris dont les ondulations naturelles adoucissaient les rides que le temps et le travail avaient creusées autour de ses yeux et de sa bouche.

Avec sa voix hésitante et son sourire timide, elle avait l'air d'une femme fragile et influençable, mais rien n'était plus éloigné de la vérité. Ceux qui tentaient de la rouler apprenaient vite que Nelly ne s'en laissait pas conter et avait un sens implacable de la justice.

Jusqu'à ce qu'elle prenne sa retraite, à l'âge de soixante ans, elle avait été comptable dans une petite entreprise qui fabriquait des stores d'intérieur. Quelques années plus tôt, elle s'était aperçue que le neveu du propriétaire détournait les fonds de l'entreprise. Elle avait alors persuadé son patron de forcer le neveu à vendre sa maison et à rembourser jusqu'au dernier cent ce qu'il avait volé, à défaut de devenir pensionnaire de l'administration pénitentiaire de l'État de New York.

Et une autre fois, alors qu'un adolescent avait tenté de lui arracher son sac en passant près d'elle en bicyclette, elle avait glissé son parapluie entre les rayons de la roue avant, l'envoyant valdinguer sur la chaussée avec une entorse. Elle avait ensuite alterné appels au secours et leçons de morale à l'adresse de son apprenti agresseur jusqu'à l'arrivée de la police.

Mais ces incidents n'étaient rien comparés au fait de se voir escroquer de presque deux millions de dollars, sa part d'un gain à loterie, par l'homme qui avait été son mari pendant quarante ans et par la femme qu'il avait épousée après elle, Roxie, la nouvelle Mme Tim Monahan.

Sachant qu'Alvirah Meehan et son mari Willy habitaient un de ces luxueux immeubles de Central Park South, Nelly s'était habillée avec soin pour se rendre chez eux, choisissant un tailleur de tweed marron qu'elle avait acheté en solde chez A&S. Elle avait même fait la dépense d'aller chez le coiffeur.

À dix heures tapantes le portier l'annonça.

À dix heures trente, Alvirah servait un deuxième café à son invitée. Pendant une demi-heure elle était délibérément restée au stade des généralités, parlant de leurs expériences communes et des changements intervenus dans la ville. Son activité d'éditorialiste au *New York Globe* avait appris à Alvirah qu'un témoin détendu en disait dix fois plus.

« Passons aux choses sérieuses, se décida-t-elle enfin, branchant le micro de sa broche en forme de soleil au revers de sa veste. Je vais être franche avec vous. J'ai l'intention d'enregistrer notre conversation car il se peut qu'en l'écoutant à nouveau par la suite je remarque quelque chose qui m'avait échappé. »

Les yeux de Nelly Monahan étincelèrent. « Rhonda Alvirez m'a raconté que vous utilisiez ce micro lors de vos enquêtes criminelles. Eh bien, je peux vous annoncer que j'ai une affaire criminelle pour vous, et que le nom du criminel est Tim Monahan. »

Elle poursuivit : « Pendant les quarante ans qu'a duré notre mariage, il n'a jamais pu conserver un seul job, il trouvait toujours le moyen d'intenter un procès à son employeur du moment. Je ne connais personne qui soit passé autant de fois devant les prud'hommes. »

Nelly énuméra alors la longue liste des victimes de l'esprit procédurier de Tim, y compris le teinturier qu'il avait accusé d'avoir brûlé un vieux pantalon, la compagnie des autobus dont un des conducteurs avait failli lui briser les vertèbres cervicales en freinant trop brusquement, le vendeur de voitures d'occasion qui avait refusé de réparer son véhicule après l'expiration de la garantie, sans compter le magasin Macy's, poursuivi à cause d'un ressort cassé qu'il avait découvert dans une chaise longue offerte par Nelly des années auparavant.

De sa voix douce, elle continua à expliquer que Tim s'était toujours considéré comme un séducteur irrésistible, et qu'il se précipitait pour ouvrir les portes aux jolies filles tandis qu'elle, Nelly, marchait derrière lui comme la femme invisible. La situation était devenue franchement insupportable quand il s'était mis à chanter les louanges de Roxie Marsh, la propriétaire du traiteur pour lequel il travaillait occasionnellement. Nelly l'avait rencontrée une seule fois et elle avait immédiatement vu que c'était le genre de personne à flatter ses employés tout en leur payant des salaires de misère.

Elle ajouta que Tim buvait trop, bien sûr, qu'il avait un caractère de chien et l'air ridicule quand il jouait les hommes du monde, néanmoins il lui tenait compagnie et elle s'était habituée à lui au bout de quarante ans. En outre elle adorait faire la cuisine et appréciait le robuste appétit de Tim. Bref, ce n'était pas le rêve, mais ils avaient tenu le coup.

Jusqu'à ce qu'ils gagnent à la loterie.

« Racontez-moi, dit Alvirah.

— Nous jouions à la loterie chaque semaine, et je me suis réveillée un matin avec l'impression que les auspices m'étaient favorables, expliqua Nelly d'un ton animé. C'était la dernière chance de participer à un tirage dont la cagnotte atteignait dix-huit millions de dollars. Tim était au chômage, et je lui ai donné un dollar en lui recommandant de ne pas oublier de prendre un billet quand il irait acheter le journal.

— Et il l'a fait ? demanda Alvirah.

— Bien sûr ! Je l'ai interrogé à son retour et il m'a répondu : Oui, j'ai pris un billet.

— Avez-vous vu ce fameux billet ? » demanda vivement Willy.

Alvirah sourit à son mari. Willy fronçait les sourcils. Il perdait rarement son sang-froid, mais quand cela arrivait, il ressemblait étonnamment à sa sœur Cordelia. Willy ne supportait pas qu'un homme puisse escroquer sa femme.

« Je n'ai pas demandé à le voir, dit Nelly en buvant la dernière goutte de son café. Il conservait toujours les billets dans son portefeuille. Et ce n'était pas nécessaire. Nous jouions invariablement le même numéro.

— Comme nous, dit Alvirah. Nos dates de naissance et de mariage.

— Tim et moi avions choisi les adresses des maisons où nous avions grandi — 1802 et 1913 Tenbroeck Avenue dans le Bronx, et 405 14e Rue Est, notre adresse pendant toute cette période. Cela donnait 18-2-19-13-4-5.

« Tim n'avait pas parlé d'une autre combinaison. C'était un samedi. Le mercredi suivant je regardais la télévision et vous n'imaginerez jamais le choc que j'ai éprouvé quand notre numéro est sorti.

— Je peux très bien l'imaginer, dit Alvirah. Je venais de faire le ménage chez Mme O'Keefe le jour où nous avons gagné, et je peux vous dire qu'elle avait reçu tous ses petits-enfants la veille et que l'appartement était dans une pagaille incroyable. J'étais vannée et en train de prendre un bain de pieds quand notre numéro est sorti.

— Elle en a renversé la cuvette, raconta Willy. Nous avons passé les dix premières minutes de notre existence de millionnaires à éponger le séjour.

— Vous pouvez me comprendre dans ce cas », soupira Nelly. Elle raconta ensuite que Tim était sorti ce soir-là, il travaillait alors comme barman chez Roxie. Nelly était restée à l'attendre et pour célébrer l'occasion avait préparé le dessert favori de son mari, une crème brûlée.

Mais lorsqu'il était rentré à la maison, c'est un Tim larmoyant qui lui avait tendu son billet. Aucun des chiffres qu'ils jouaient habituellement n'y était inscrit. Ils étaient tous différents. « J'ai voulu forcer la chance, lui avait-il avoué.

— J'ai cru avoir une crise cardiaque, dit Nelly. Il avait l'air si bouleversé, cependant, que j'ai fini par lui dire que c'était sans importance, qu'il était écrit que nous ne devions pas gagner.

— Et je parie qu'il a mangé la crème brûlée, dit Alvirah.

— Jusqu'à la dernière cuillerée. Il a dit que tous les hommes devraient avoir une femme telle que moi. Et quelques semaines plus tard, il m'a plaquée pour aller vivre avec Roxie. Il m'a annoncé qu'il était tombé amoureux d'elle. C'était il y a un an. Le divorce a été prononcé le mois dernier et il a épousé Roxie il y a trois semaines.

« On avait annoncé qu'il y avait quatre gagnants de la cagnotte de dix-huit millions de dollars, et je n'avais pas réalisé que l'un d'eux n'était pas venu toucher sa part. Puis la semaine dernière, la veille de la date limite de validité des billets, Roxie, la seconde Mme Tim Monahan, s'est présentée au guichet en prétendant s'être aperçue quelques minutes auparavant qu'elle détenait le quatrième billet, celui qui comportait le numéro que Tim et moi avions toujours joué.

— Tim travaillait pour Roxie la nuit du tirage et il avait le billet dans son portefeuille, n'est-ce pas ? demanda Alvirah, afin de confirmer ses soupçons.

— Oui, c'est là toute l'histoire. Il lui faisait les yeux doux depuis longtemps et lui avait sans doute montré le billet.

— Et l'allumeuse a flairé le gros coup, dit Willy. C'est dégoûtant.

— Si vous voulez savoir ce qui est vraiment dégoûtant, je vais vous montrer la photo où ils posent ensemble dans le *Post* en déclarant qu'ils ont eu une chance extraordinaire que Roxie retrouve le billet. » La voix de Nelly se brisa presque dans un sanglot. Puis son regard se durcit. « C'est injuste, dit-elle. Il y a un avocat à la retraite, Dennis O'Shea, qui habite au fond du couloir à mon étage, et je lui ai raconté toute l'histoire. Il a fait des recherches et découvert une ou deux affaires similaires où l'un des époux s'était rendu coupable de la même escroquerie et où le tribunal avait conclu en faveur du détenteur du billet. Il a ajouté que c'était scandaleux, dégoûtant, une véritable honte, mais que je n'avais pas la moindre chance sur le plan juridique.

— Qu'est-ce qui vous a amenée à assister à une réunion de l'Association de soutien aux anciens gagnants de la loterie ? demanda Alvirah.

— C'est Dennis qui me l'a conseillé. Il avait lu des articles concernant tous ces pauvres gens qui avaient investi leurs gains à la loterie en placements malheureux et il a pensé que ça m'aiderait de les rencontrer, de sentir que je n'étais pas seule dans l'adversité. »

La voix empreinte d'une juste indignation, un pli obstiné marquant ses lèvres, Nelly conclut son récit. « Tim a déménagé illico presto. Et aujourd'hui ils vont tous les deux mener une existence de rêve tandis que je serai forcée d'aller vivre chez ma cousine parce que je n'ai pas les moyens de payer mon loyer. C'est uniquement pour mes talents de cuisinière que Margaret m'a invitée chez elle. Elle est si bavarde que je serai probablement sourde comme un pot dans un an.

— Il y a sûrement une solution, déclara Alvira. Laissez-moi réfléchir un peu. Je vous appellerai demain. »

Le lendemain à neuf heures, Nelly était assise à la table du coin-cuisine de son appartement de Stuyvesant Town, devant une tasse de café accompagnée d'un beignet à la confiture. Ce n'est pas Central Park South, pensa-t-elle, mais je me plais ici. Depuis le départ de Tim, elle avait fait quelques petits changements dans l'appartement. Il avait tenu à emporter son horrible fauteuil à dossier inclinable La-Z-Boy qui encombrait la fenêtre, et elle avait disposé le reste des meubles selon son goût, confectionné de nouvelles housses aux couleurs vives pour le canapé et le fauteuil et acheté un joli tapis au crochet pour un prix dérisoire à des voisins qui déménageaient.

En voyant la lumière d'automne entrer à flots dans la pièce devenue aujourd'hui si gaie et attrayante, Nelly se rendit compte qu'elle avait traîné Tim comme un boulet pendant toute sa vie et qu'elle était en réalité bien plus heureuse sans lui.

Mais ses maigres revenus ne lui permettaient pas de joindre les deux bouts et, quels que soient ses efforts, elle n'arrivait pas à décrocher le moindre boulot. Qui accepterait d'engager une femme de soixante-deux ans ne sachant pas utiliser un ordinateur ? Réponse : personne.

Margaret avait déjà appelé tôt dans la matinée. « Tu ne devrais pas attendre plus longtemps pour quitter ton appartement. Je suis en train de faire repeindre la chambre du fond pour toi. »

Et la cuisine, pensa Nelly. Je parie que c'est là que tu espères me cantonner le plus souvent.

C'était sans espoir. Nelly but une gorgée de son excellent café et poussa un long soupir.

Alvirah téléphona un instant plus tard.

« Nous avons un plan, dit-elle. Je voudrais que vous alliez trouver Tim et Roxie et leur fassiez avouer qu'ils vous ont escroquée.

— Pourquoi l'admettraient-ils ?

— Débrouillez-vous pour les pousser à bout jusqu'à ce que l'un des deux se vante de vous avoir roulée. Croyez-vous en être capable ?

— Oh, je peux faire sortir Roxie de ses gonds, répondit Nelly. Lorsqu'ils se sont mariés le mois dernier, j'ai déniché une photo de Tim à Jones Beach où il ressemble à une baleine échouée sur la plage et je l'ai fait encadrer à l'intention de Roxie. Je la lui ai postée avec la mention : “Félicitations et bon débarras.” »

Alvirah éclata de rire. « Bravo, Nelly. Vous êtes une femme comme je les aime. Voilà le plan que nous avons concocté, Willy et moi. Vous allez vous arranger pour prendre rendez-vous avec eux, et vous porterez une copie exacte de ma broche soleil. Mon éditeur m'en a fait fabriquer un double.

— Alvirah, votre broche a beaucoup trop de valeur.

— Elle a de la valeur à cause du micro qu'elle renferme. Vous le mettrez en marche dès votre arrivée, les forcerez à reconnaître qu'ils vous ont trompée, et ensuite nous irons trouver votre copain avocat, Dennis O'Shea, afin de déposer une plainte auprès du tribunal des affaires matrimoniales pour privation d'une partie du capital familial. »

Un faible espoir frémit dans l'ample poitrine de Nelly. « Alvirah, pensez-vous vraiment que j'aie une chance ?

— C'est à peu près la seule », répondit Alvirah d'une voix calme.

Nelly raccrocha et resta plongée dans ses réflexions pendant plusieurs minutes. Un souvenir lui revint en mémoire : deux ans auparavant, alors qu'elle était mourante, la mère de Tim lui avait demandé d'avouer la vérité : était-ce lui qui avait mis le feu au garage quand il avait huit ans ? Il l'avait toujours nié, mais ce jour-là, la voyant près de rendre son dernier soupir, il s'était effondré et confessé. Je sais comment je vais l'avoir, décida Nelly en décrochant le téléphone.

Tim répondit. En entendant la voix de Nelly, il parut contrarié. « Écoute, Nelly, nous sommes en train de faire nos bagages. Nous partons nous installer en Floride. Qu'est-ce que tu veux ? »

Nelly croisa les doigts pour conjurer le sort. « Tim, j'ai une mauvaise nouvelle à t'apprendre. Je n'en ai plus que pour un mois. » C'est la pure vérité, pensa-t-elle. Concernant ma vie à Stuyvesant Town en tout cas.

L'inquiétude perça dans la voix de Tim. « Nelly, c'est terrible. En es-tu certaine ?

— Certaine.

— Je prierai pour toi.

— C'est justement pour cette raison que je te téléphone. Je t'avoue que je vous ai souvent maudits tous les deux ces derniers temps, depuis que Roxie a encaissé le billet de loterie.

— C'était son billet.

— Je sais.

— Je lui avais raconté que nous choisissions toujours ces mêmes numéros, et elle s'est amusée à les jouer cette semaine-là tandis que j'essayais une autre combinaison.

— Sa combinaison à elle ?

— J'ai oublié, fit Tim. Écoute, Nelly, je suis désolé mais nous partons demain, et les déménageurs viennent à l'aube. J'ai une foule de choses à régler.

— Tim, il faut que je te voie. Je voudrais soulager ma conscience, je vous ai tellement détestés, toi et Roxie, que je dois vous parler. Je ne pourrai pas mourir en paix, sinon. » La pure vérité à nouveau, pensa Nelly.

Elle entendit une voix stridente crier : « Tim, qui est cet emmerdeur qui téléphone ? »

Tim baissa la voix et dit rapidement : « Notre avion part à midi demain. Viens ici à dix heures. Mais, Nelly, que ce soit clair. Je n'aurai qu'un quart d'heure à te consacrer.

— Je n'ai pas besoin de plus, Tim », dit Nelly d'une voix étouffée. Elle raccrocha et composa le numéro d'Alvirah. « Il m'accorde un quart d'heure demain, annonça-t-elle. Alvirah, je pourrais le tuer.

— Ça ne vous avancerait à rien, dit Alvirah. Passez nous voir cet après-midi et je vous montrerai comment fonctionne la broche. »

Le lendemain à neuf heures, Nelly était sur le point d'enfiler son manteau quand la sonnette de l'entrée retentit. C'était Dennis O'Shea. Il était venu s'installer dans l'immeuble six mois auparavant et habitait l'appartement F8, un plus loin dans le couloir. Nelly et lui s'étaient rencontrés à plusieurs reprises devant l'ascenseur. Il était de taille moyenne, un mètre soixante-dix environ, robuste d'apparence, avec des yeux bienveillants derrière des lunettes sans monture et un visage agréable et intelligent.

Il lui avait raconté que sa femme était décédée deux années plus tôt, et qu'après avoir pris sa retraite du Bureau de l'aide judiciaire à l'âge de soixante-cinq ans, il avait décidé de vendre sa maison de Syosset et de revenir habiter en ville. Il partageait désormais son temps entre son appartement et sa maison de Cape Cod.

Nelly comprit que, comme elle, Dennis avait un sens aigu de la justice et n'aimait pas que l'on profite des faibles. C'est pourquoi elle s'était résolue à lui demander conseil le jour où Roxie s'était présentée avec le billet gagnant.

Ce matin, Dennis avait l'air soucieux. « Nelly, dit-il, êtes-vous certaine de savoir mettre en marche cet enregistreur ?

— Oh, bien sûr, il suffit de passer sa main sur le faux diamant qui est au centre.

— Montrez-moi. »

Elle s'exécuta.

« Dites quelque chose.

— Va te faire foutre, Tim.

— À la bonne heure ! Maintenant, écoutez l'enregistrement. »

Elle éjecta la cassette et la plaça dans le magnétophone qu'Alvirah lui avait confié en même temps que la broche. Elle poussa le bouton de lecture. Sans résultat.

« Je crois que vous avez parlé de moi à votre amie Alvirah, dit Dennis. Elle m'a appelé il y a quelques minutes. Elle m'a dit que vous sembliez avoir du mal à vous débrouiller avec le micro. »

Nelly sentit sa main trembler. Elle n'avait pas fermé l'œil de la nuit. Sa part des gains était peut-être à sa portée. Mais si l'appareil ne fonctionnait pas, tout espoir était perdu. Elle ne s'était pas permis de verser une seule larme durant cette année. Mais soudain, à la vue de l'inquiétude sur le visage de Dennis O'Shea, elle crut qu'elle allait éclater en sanglots. « Montrez-moi comment m'y prendre », dit-elle.

Ils passèrent les dix minutes suivantes à s'exercer. Brancher et éteindre le micro, prononcer quelques mots, écouter, recommencer. Il suffisait de manier d'un geste ferme le petit interrupteur. Nelly finit par déclarer : « J'ai compris. Merci, Dennis.

— Il n'y a pas de quoi. Nelly, si vous arrivez à leur faire dire qu'ils vous ont roulée et à les enregistrer, je les ferai citer devant le tribunal des affaires matrimoniales avant même qu'ils aient compris ce qui leur arrive.

— Mais ils vont partir s'installer en Floride.

— Les billets sont émis à New York. Laissez-moi m'occuper de cette question. »

Il attendit avec elle devant l'ascenseur. « Vous savez quel bus prendre ?

— Ce n'est pas très loin de Christopher Street. Je peux y aller à pied. »

Alvirah eut une matinée chargée. À huit heures, elle avait entrepris de faire le ménage dans l'appartement, bien qu'il fût impeccable. À neuf heures moins le quart, elle s'était interrompue pour chercher le numéro de téléphone de Dennis O'Shea et le prévenir que Nelly semblait ne pas maîtriser complètement le fonctionnement de l'enregistreur. Sa mission accomplie, elle se remit à astiquer ce qui l'était déjà. Pour Willy, c'était le signe manifeste qu'elle était préoccupée.

« Qu'est-ce qui te tracasse, ma chérie ? finit-il par demander.

— J'ai un mauvais pressentiment, avoua-t-elle.

— Tu as peur que Nelly ne sache pas faire fonctionner l'enregistreur ?

— Ça m'inquiète en effet, et aussi qu'elle ne parvienne pas à leur tirer un mot ; mais surtout je crains qu'ils lui disent tout et qu'elle ne parvienne pas à les enregistrer. »

Nelly devait rencontrer son ex-mari et Roxie à dix heures. À dix heures trente, Alvirah s'assit et resta le regard rivé sur le téléphone. À dix heures trente-cinq il sonna. C'était Cordelia qui cherchait à joindre Willy. « Une de nos vieilles pensionnaires a une fuite dans le plafond de sa cuisine, dit-elle. Tout l'appartement sent le moisi. Est-ce que tu peux m'envoyer Willy ?

— Plus tard, Cordelia. Nous attendons un coup de fil important. » Alvirah savait qu'elle ne se débarrasserait pas de sa belle-sœur sans plus ample explication.

« Tu aurais pu me le dire plus tôt, dit sèchement Cordelia. Il ne me reste plus qu'à prier le Seigneur. »

À midi, Alvirah était morte d'inquiétude. Elle rappela Dennis O'Shea. « Des nouvelles de Nelly ?

— Aucune. Nelly m'a pourtant dit que Tim Monahan ne pouvait lui accorder qu'un quart d'heure.

— Je sais. »

Enfin, à midi un quart, le téléphone sonna. Alvirah saisit le récepteur. « Allô.

— Alvirah. »

C'était Nelly. Alvirah s'efforça d'analyser le ton de sa voix. Tendue ? Non. Bouleversée. Oui, c'était ça. Bouleversée. Nelly semblait en proie à une violente émotion.

« Qu'est-il arrivé ? demanda Alvirah. Ont-ils avoué ?

— Oui.
— Les avez-vous enregistrés ?
— Non.
— Oh, c'est catastrophique. Je suis vraiment navrée.
— Ce n'est pas le plus grave.
— Que voulez vous dire, Nelly ? »
Un long silence suivit, puis Nelly soupira : « Alvirah, Tim est mort. Je l'ai tué. »

Cinq heures plus tard, Alvirah et Willy payaient la caution requise après que Dennis O'Shea eut plaidé non coupable des charges d'homicide involontaire, d'assassinat et de port d'arme prohibé. Nelly sortit de sa léthargie pour dire d'une voix étonnée : « Mais je l'ai tué. »

Ils l'emmenèrent chez elle. La moitié d'une charlotte au chocolat soigneusement enveloppée de plastique trônait sur le comptoir de la cuisine. « Tim adorait ce gâteau, dit Nelly d'un air abattu. Il avait une mine affreuse aujourd'hui, même avant de mourir. Je ne pense pas que Roxie lui ait jamais préparé de bons petits plats. »

Alvirah était effondrée. Tout ça à cause de sa brillante idée ! Maintenant Nelly risquait de passer des années en prison. À son âge cela pouvait signifier le reste de sa vie. Hier, elle avait avoué son envie de tuer Tim. Et j'ai pris ses paroles à la légère, se souvint Alvirah. Je lui ai dit que cela ne servirait à rien. Comment aurais-je pu imaginer qu'elle parlait sérieusement ? Et comment s'était-elle procuré une arme ?

Elle brancha la bouilloire. « Je crois que nous devrions avoir une petite conversation, dit-elle. Mais laissez-moi vous préparer une bonne tasse de thé auparavant, Nelly. »

Nelly débita son récit d'un ton monocorde, dépourvu d'émotion. « J'avais décidé de me rendre à pied jusqu'à Christopher Street, pour m'éclaircir les idées, voyez-vous. J'ai ôté la broche que vous m'aviez confiée et l'ai rangée dans mon sac. Elle est si jolie que j'avais peur que quelqu'un ne m'agresse pour la voler. Puis, au coin de la 10e Rue et de l'Avenue B, j'ai vu deux gosses. Ils n'avaient pas plus de dix ou onze ans. Vous me croirez si vous le voulez, mais l'un des deux était en train de montrer un pistolet à son copain. »

Elle regardait fixement devant elle. « Mon sang n'a fait qu'un tour. Non seulement ces gamins faisaient l'école buissonnière mais ils s'amusaient avec cette arme comme avec un pistolet à amorces. Je me suis approchée d'eux et je leur ai ordonné de me le remettre.

— Vous leur avez ordonné quoi ? demanda Dennis O'Shea en écarquillant les yeux.

— Celui qui tenait le pistolet a dit : "Descends-la." Mais son copain a sans doute cru que j'étais un flic en civil ou quelque chose de ce genre, continua Nelly. Quoi qu'il en soit, il s'est affolé et m'a tendu son arme. Je leur ai dit qu'à leur âge ils feraient mieux d'être à l'école et de jouer au base-ball, comme le faisaient les garçons de mon temps. »

Alvirah hocha la tête. « Vous aviez donc ce pistolet sur vous quand vous êtes allée chez Tim et Roxie ?

— Je n'avais pas le temps d'aller le déposer dans un commissariat de police. Tim avait dit qu'il ne m'accorderait que quinze minutes. Il se trouve que dix m'ont suffi. »

Alvirah vit que Willy était sur le point de poser une question. Elle l'arrêta d'un signe. Il était manifeste que Nelly revivait la scène dans son esprit. « Bien, Nelly, dit-elle doucement. Que s'est-il passé une fois que vous vous êtes retrouvée chez eux ?

— J'avais deux minutes de retard. On tournait un film dans Christopher Street, et j'avais dû me frayer un chemin à travers les badauds qui regardaient les acteurs. Les déménageurs étaient en train de partir lorsque je suis arrivée. Roxie m'a fait entrer. Tim ne l'avait probablement pas avertie de ma visite. Elle est restée bouche bée à ma vue. Le séjour était vide à l'exception du vieux fauteuil de Tim, et il était affalé dessus, comme à l'accoutumée. Il ne s'est même pas levé comme toute personne bien élevée. C'est alors que sa culottée de bonne femme m'a dit : "Foutez le camp."

« J'étais tellement nerveuse que j'ai regardé Tim droit dans les yeux et lui ai déversé tout ce que j'avais soigneusement répété, que je n'en avais plus que pour un mois à vivre et que je voulais qu'il me pardonne mes accès de colère contre lui, que l'histoire du billet n'avait plus d'importance et que j'étais contente qu'il ait quelqu'un pour s'occuper de lui. Mais avant de mourir, comme sa mère, je voulais connaître la vérité.

— Vous lui avez dit ça ! s'exclama Willy.

— C'était drôlement malin de votre part, souffla Alvirah.

— Quoi qu'il en soit, Tim faisait une drôle de tête, comme s'il se retenait de rire, et il a dit que toute cette histoire l'avait tracassé depuis le début. Oui, il avait acheté le billet gagnant et l'avait échangé contre celui de Roxie. Puis il l'avait gardé dans un coffre à la banque de la 4e Rue Ouest, jusqu'au moment où il l'avait retiré et donné à Roxie pour qu'elle aille l'encaisser le dernier jour. Il était désolé d'apprendre ce qui m'arrivait, il avait toujours su que j'étais une femme épatante et généreuse.

— Il a tout reconnu comme ça ! s'étonna Alvirah.

— Si vite que j'en suis presque tombée à la renverse. Il riait carrément à la fin. Quand j'y repense, je suis certaine qu'il se moquait de moi. Je me suis alors aperçue que je n'avais pas la broche et j'ai ouvert mon sac et me suis mise à fouiller à l'intérieur. Roxie a crié quelque chose à propos du pistolet et je l'ai sorti pour expliquer pourquoi je l'avais sur moi. Le coup est parti tout seul. Tim s'est écroulé comme un gros tas. Tout est vague ensuite. Roxie a voulu s'emparer du pistolet et je me souviens seulement de m'être retrouvée au commissariat de police. »

Elle tendit la main vers sa tasse. « Dans ces conditions je n'ai plus à me soucier de garder l'appartement ou d'aller habiter chez ma cousine à New Brunswick. Croyez-vous qu'ils vont me mettre dans cette prison où ils ont envoyé cette femme qui avait tué son mari parce qu'il voulait garder le chien après leur divorce ? »

Elle reposa la tasse et se leva lentement. Alvirah, Willy et Dennis O'Shea virent son visage pâlir, ses traits se décomposer. « Oh, mon Dieu, dit-elle, comment ai-je pu tirer sur Tim ? »

Et elle s'évanouit.

Le lendemain matin, Alvirah revint de la visite qu'elle avait faite à Nelly à l'hôpital. « Ils vont la garder quelques jours, dit-elle à Willy. C'est aussi bien. Les journaux s'en donnent à cœur joie. Regarde. » Elle lui tendit le *Post.* Sur la première page figurait Roxie en pleurs devant le corps de Tim qu'on emportait hors de l'appartement.

« D'après l'article, Roxie prétend que Nelly est arrivée sans prévenir et a tiré immédiatement.

— Nous pouvons témoigner qu'elle avait pris rendez-vous avec lui, dit Willy. Mais Nelly a effectivement dit que Roxie ne paraissait pas l'attendre. » Son front se plissa sous l'effet de la réflexion. « Dennis O'Shea a téléphoné pendant que tu étais sortie. Il aimerait négocier une réduction de peine en plaidant coupable. »

Alvirah chassa d'une chiquenaude un fil égaré sur la manche de son tailleur-pantalon. Un ensemble d'une élégance discrète qu'elle portait toujours avec plaisir. Il l'amincissait et elle pouvait boutonner le pantalon sans effort. Mais aujourd'hui rien ne pouvait la réconforter. Nelly a peut-être été escroquée de son billet de loterie, mais c'est moi qui lui ai fourni un billet d'entrée pour la prison, se répétait-elle.

« Si j'arrivais à retrouver les deux garçons auxquels Nelly a retiré le pistolet, cela prouverait au moins qu'elle n'avait pas au départ l'intention de se rendre chez son ex-mari avec une arme. Je lui ai demandé de me les décrire. »

La perspective de passer à l'action lui remonta le moral. « Mieux vaut m'habiller autrement pour traîner par là-bas. Ce n'est pas un quartier très chic. »

Une heure plus tard, vêtue d'un vieux jean et d'un T-shirt Mickey qui avait connu des jours meilleurs, sa broche soleil dans sa poche, Alvirah se postait à l'angle de l'Avenue B et de la 10e Rue. Les garçons décrits par Nelly avaient dix ou onze ans. L'un était de petite taille, mince, avec des cheveux frisés et des yeux bruns, l'autre était plus grand et plus costaud. Tous deux étaient coiffés en banane et portaient des chaînes en or et un anneau à l'oreille.

Les chances de tomber sur eux par hasard étaient minces, et au bout d'une demi-heure Alvirah commença à visiter systématiquement tous les magasins du quartier. Elle acheta un journal dans l'un, deux pommes dans l'autre, de l'aspirine dans un drugstore. À chaque fois, elle entama la conversation. Ce fut avec le cordonnier que la chance lui sourit.

« Sûr que je les connais ces deux-là. Le petit a de sérieux ennuis. L'autre n'est pas un mauvais bougre. Ils traînent généralement dans le coin. » Il fit un geste en direction de l'extérieur. « Ce matin les flics ont ramassé tous les gosses qui faisaient l'école buissonnière pour les ramener dans leur établissement, dans ces conditions je ne pense pas qu'on les revoie avant trois heures de l'après-midi. »

Ravie de cette information, Alvirah remercia le cordonnier en lui achetant un assortiment de cirages, dont elle n'avait nul besoin. Comme il lui rendait lentement la monnaie, il expliqua qu'il avait bousillé ses lunettes de lecture en marchant, mais que de loin il pouvait voir une mouche éternuer. Puis, regardant par-dessus l'épaule d'Alvirah, il s'exclama : « Tenez, les voilà, les loustics que vous cherchez. » Il pointa du doigt l'autre côté de la rue. « Ils ont dû s'échapper de l'école une fois de plus. »

Alvirah pivota sur ses talons. « Gardez la monnaie », lui lança-t-elle en s'élançant hors de la boutique.

Une heure plus tard, c'est une Alvirah découragée qui racontait à Willy et Dennis O'Shea ce qui était arrivé. « Quand je les ai abordés, ils venaient de voir la photo de Nelly dans le *Post* et l'avaient reconnue. Les filous étaient en route pour le commissariat de police avec l'intention de déclarer que Nelly leur avait demandé où elle pouvait acquérir un pistolet le plus rapidement possible et qu'elle leur avait offert cent dollars. Bien sûr, ils ont prétendu ne pas avoir la moindre idée de l'endroit où ça s'achetait, mais plus tard un autre gosse s'est vanté d'en avoir vendu un à Nelly.

— C'est un mensonge éhonté, dit Dennis d'un ton sec. Avant de quitter son appartement hier,

Nelly a vérifié le contenu de son portefeuille, et je n'ai pu m'empêcher de remarquer qu'elle n'avait pas plus de trois ou quatre dollars. Pour quelle raison ces gosses mentent-ils ainsi ?

— Parce que Nelly a pris leur pistolet, lui dit Alvirah, et c'est pour eux l'occasion de se venger. » Puis elle se rendit compte qu'elle ignorait pourquoi Dennis était en conversation avec Willy dans le séjour quand elle était rentrée.

Lorsque Dennis lui apprit la raison de sa présence, elle eût préféré ne pas la connaître. Une balle avait éraflé le front de Tim. Les deux autres l'avaient atteint en plein cœur, et l'angle de pénétration indiquait clairement qu'elles avaient été tirées alors qu'il était étendu sur le sol. Le procureur avait téléphoné à Dennis pour lui annoncer que si Nelly plaidait coupable pour obtenir une réduction de peine, elle serait inculpée de meurtre avec préméditation, avec un minimum de quinze ans de prison. À prendre ou à laisser. « Et quand je lui ai parlé, il n'avait pas entendu parler de ces gosses, conclut Dennis.

— Nelly est-elle déjà au courant ? demanda Alvirah.

— Je l'ai vue ce matin après votre départ. Elle a l'intention de quitter l'hôpital dès demain et de mettre ses affaires en ordre. Elle dit qu'elle doit payer pour son crime.

— J'hésite à soulever cette question, avança Willy, mais est-il possible que Nelly ait effectivement acheté le pistolet et que la colère l'ait poussée à tuer Tim ?

— Et elle l'aurait visé au cœur quand il était étendu par terre ! s'exclama Alvirah. Allons donc !

— Je ne crois pas qu'elle l'ait fait délibérément, admit Dennis. Mais elle l'a bel et bien tué. L'arme porte ses empreintes. » Il se leva. « Je ferais mieux de lancer sans tarder la procédure de négociation. Je vais voir si on peut lui laisser un peu de temps avant qu'elle ne commence à purger sa peine. »

« Il semble attaché à Nelly, fit remarquer Willy après avoir raccompagné l'avocat à la porte.

— C'est avec un homme comme lui qu'elle aurait dû vivre », ajouta Alvirah. Elle se sentait vieille et épuisée soudain. Je ne suis qu'une idiote qui fourre son nez partout, pensa-t-elle. Elle se revit à nouveau en train de conseiller à Nelly d'aller trouver Tim. Et entendit Nelly lui disant : « Je pourrais le tuer. »

Willy lui tapota la main. Elle leva vers lui un regard affectueux. Il était son meilleur ami et le meilleur mari qui soit au monde. La pauvre Nelly avait supporté un homme incapable de conserver un boulot quelconque, qui se querellait avec la terre entière, buvait trop, et était gros comme une baleine. Pourquoi donc Roxie l'avait-elle épousé ?

Pour le billet, naturellement.

Alvirah ne put fermer l'œil, cette nuit-là. Elle avait beau revenir sans cesse sur le moindre détail, la conclusion était toujours la même : quinze ans de prison pour Nelly Monahan. Finalement, à deux heures du matin, elle sortit du lit, le plus doucement possible pour ne pas réveiller Willy qui était visiblement dans la deuxième phase de son sommeil. Quelques minutes plus tard, munie d'une théière fumante, elle s'assit à la table de la salle à manger et repassa l'enregistrement de sa première entrevue avec Nelly et celui de sa confession après que Willy et elle eurent payé sa caution.

Quelque chose lui échappait. Quoi ? Elle se leva, alla à son bureau, prit un cahier à spirale et un stylo, et retourna à la table. Elle rembobina la bande et nota soigneusement ses observations pendant qu'elle écoutait à nouveau les deux enregistrements.

Lorsqu'il se leva à sept heures, Willy la trouva plongée dans ses notes. Il n'eut pas besoin de l'interroger pour savoir ce qu'elle faisait. Il brancha la bouilloire et s'installa en face d'elle. « Je ne comprends pas ce qui te turlupine exactement, dit-il. Laisse-moi jeter un coup d'œil. »

Une demi-heure s'écoula. Puis Willy conclut : « Je ne vois rien. Mais ce vieux fauteuil La-Z-Boy me fait penser au vétéran Buster Kelly. Souviens-toi, il avait un fauteuil de ce genre, lui aussi. Il avait même insisté pour l'emporter avec lui dans la maison de retraite.

— Willy, peux-tu répéter ce que tu viens de dire ?

— Buster Kelly avait insisté pour l'emporter...

— Willy, *c'est ça.* Tim était installé dans son fauteuil quand Nelly est entrée dans l'appartement. » Alvirah tendit le bras et s'empara de son carnet. « Écoute. Selon Nelly, les déménageurs étaient en train de quitter l'appartement quand elle est arrivée. Pourquoi n'avaient-ils pas emporté le fauteuil ? » Elle se leva d'un bond. « Willy, tu ne comprends donc pas ? Tim avait une raison pour avouer à Nelly que Roxie l'avait roulée. Je te parie que Roxie venait de lui dire d'aller se faire pendre ailleurs. Elle était restée avec lui jusqu'à ce qu'il lui remette le billet de loterie et qu'elle l'ait encaissé. Ensuite elle n'avait plus besoin de lui. »

Plus elle parlait, plus Alvirah était convaincue d'avoir trouvé la clé du problème. Sa voix monta d'un cran sous l'effet de l'excitation. « Tim voulait empêcher Nelly de toucher sa part mais il n'avait jamais pensé que Roxie s'apprêtait à le doubler. Le fait qu'elle ait dit aux déménageurs de laisser le fauteuil en place fut sans doute pour Tim la preuve que Roxie s'apprêtait à le virer.

— Et en avouant à Nelly qu'il l'avait escroquée, Tim pensait pouvoir reprendre le billet et toucher la moitié de l'argent. Le raisonnement se tient, admit Willy.

— Nelly n'a pas tué Tim. La première balle lui a seulement effleuré le front. Roxie n'a pas saisi la main de Nelly pour lui ôter le pistolet, mais pour le pointer vers Tim. »

Ils échangèrent un regard. Les yeux de Willy brillaient d'admiration. « La rousse la plus intelligente du monde, dit-il. Reste un hic, chérie : comment vas-tu le prouver ? »

Comment allait-elle le prouver ? Alvirah fit une liste des points par lesquels commencer. Elle voulait parler aux déménageurs qui avaient vidé l'appartement de Roxie. Tim avait dit à Nelly qu'il avait conservé le billet de loterie dans le coffre d'une banque au coin de Christopher Street. Elle voulait la retrouver et vérifier la date à laquelle il avait loué le coffre et sous quel nom. Et enfin, elle voulait s'entretenir avec le concierge de l'immeuble où Roxie et Tim avaient installé leur petit nid d'amour.

Mais ses cellules grises avaient beau travailler, Alvirah avait l'impression déprimante que son cerveau tournait dans le vide. Le fait demeurait qu'il lui serait pratiquement impossible de prouver que Roxie avait guidé la main de Nelly.

À neuf heures elle téléphona à Charley Evans au *Globe* et lui décrivit les informations qu'elle recherchait. Il la rappela à dix heures. C'était l'entreprise Stalwart Van qui avait effectué le déménagement de Roxie et Tim. Les trois hommes qui en avaient été chargés travaillaient aujourd'hui dans la 50e Rue Est. La Greenwich Savings Bank dans la 4e Rue Ouest avait bien un coffre au nom de Timothy Monahan. Il l'avait loué l'année précédente et rendu voilà trois semaines. « Ils ne voient pas d'inconvénient à vous rencontrer. »

Alvirah avait tout noté. « Charley, vous êtes un amour », dit-elle. Elle raccrocha et se tourna vers Willy. « Allons-y, chéri. »

Ils s'arrêtèrent d'abord dans la 50e Rue Est, où les déménageurs de chez Stalwart Van étaient en train de vider un appartement. Ils attendirent près du camion de voir réapparaître les trois hommes chancelant sous le poids d'une bibliothèque à trois corps de deux mètres cinquante de long.

Alvirah les laissa charger le meuble au fond du camion avant de se présenter. « Je ne vous retiendrai qu'une minute, dit-elle, mais je dois absolument vous poser quelques questions. » Willy ouvrit son portefeuille et exhiba trois billets de vingt dollars.

Ils ne se firent pas prier pour raconter que Tim n'était pas dans l'appartement à leur arrivée. À dire vrai, quand il était apparu un peu avant dix heures, ils s'étaient vite rendu compte que Roxie ne l'attendait pas si tôt. Elle avait hurlé : « Je t'ai dit d'aller te faire couper les cheveux. Tu as l'air d'un plouc. »

Le plus costaud des déménageurs ricana. « Ensuite il a dit qu'il avait un rendez-vous à dix heures, un rendez-vous qui risquait de lui déplaire. Et elle a répliqué : "Un rendez-vous avec qui, avec un verre de scotch ?"

— Comme on se dirigeait vers la porte, le type nous a crié de revenir chercher son La-Z-Boy, mais la femme nous a dit de laisser tomber » raconta le plus petit des déménageurs, celui qui portait la partie la plus lourde du meuble à trois corps.

« Et devant un tribunal, tout ça ne prouvera rien », conclut Willy une heure plus tard tandis qu'ils quittaient la Greenwich Savings Bank, avec la confirmation que Tim Monahan avait effectivement loué un coffre un an auparavant, le matin qui avait suivi le tirage du billet gagnant, et qu'il l'avait fait ouvrir une seule fois, le jour où il l'avait rendu trois semaines plus tôt. Ce jour-là il était accompagné d'une femme très tape-à-l'œil. L'employé reconnut Roxie sur la photo : « C'est elle. »

« Il est descendu dans la chambre forte et a annulé la location une demi-heure avant de se rendre au bureau de la loterie pour y présenter le billet, dit Alvirah, frémissante de rage et de frustration.

— Je sais, marmonna Willy, mais...

— Mais juridiquement cela ne prouve rien. Oh, Willy, nous n'en tirererons peut-être rien, mais allons quand même jeter un œil à leur appartement. »

Ils tournèrent le coin de la rue et se trouvèrent pris au milieu d'une foule compacte qui se bousculait derrière des barrières pour regarder Tom Cruise en train de rattraper Demi Moore par le bras et de la faire pivoter sur ses talons.

« D'après Nelly, ils étaient déjà en train de filmer cette scène l'autre jour, fit remarquer Alvirah. Bon, nous avons mieux à faire que de jouer les badauds. »

Ils étaient à la porte du 101 Christopher Street quand une voix familière appela : « Tante Alvirah. »

Willy et elle se retournèrent d'un seul mouvement. Un jeune homme se dirigeait vers eux, svelte, le nez chaussé de lunettes demi-lune.

« Brian, qu'est-ce que tu fabriques ici ? »

Brian était le fils de la sœur décédée de Willy, Madaline. Devenu auteur dramatique de renom, il était pour Willy et Alvirah le fils qu'ils n'avaient pas eu.

« Je te croyais à Londres, dit Alvirah en le serrant contre elle.

— Et je pensais que vous étiez en Grèce. Je viens

de rentrer, ils avaient besoin d'un complément de dialogue. C'est moi qui ai écrit le scénario de ce truc-là. » Il désigna d'un geste les caméras plus loin dans la rue. « Bon, il faut que j'y retourne. À plus tard. »

Quelques mètres plus loin, des machinistes installaient une caméra suspendue sur un camion. Alvirah nota inconsciemment la scène tout en sonnant à la porte du concierge du 101.

Dix minutes plus tard, ils visitaient l'appartement avec ses trois chambres à coucher et son grand séjour où le regretté Tim Monahan avait rendu le dernier soupir. « Vous avez de la chance, les informa le concierge. Roxie a téléphoné hier pour prévenir qu'elle ne voulait plus de l'appartement, personne ne sait encore qu'il est disponible. Et vous êtes le genre de locataires qui intéressent la direction, ajouta-t-il d'un air hypocrite en songeant au chèque de mille dollars d'Alvirah serré au fond de sa poche.

— Vous voulez dire qu'elle n'avait pas l'intention de le libérer lorsqu'elle est partie s'installer en Floride ?

— Non. Elle a dit qu'elle en aurait peut-être besoin, mais elle l'avait mis au nom de Tim. »

Le vieux fauteuil prenait le soleil du matin. Le reste de la pièce était vide. On voyait encore les marques de craie tracées sur le sol par la police pour indiquer l'emplacement du corps de Tim.

Une ombre joua sur le fauteuil. Surprise, Alvirah se retourna et vit passer devant la fenêtre la caméra montée sur le camion de Mirage Films. « J'ai trouvé », dit-elle.

Le lendemain matin, assise sur une chaise dans sa chambre du Lennox Hill Hospital, Nelly attendait sa sortie. Sur ses genoux était ouvert un bloc ligné sur lequel elle inscrivait tout ce qu'elle devait faire avant son incarcération. Dennis O'Hara lui avait tristement annoncé que le procureur ne négocierait qu'à la seule condition qu'elle accepte une condamnation de quinze ans sans possibilité de remise de peine.

« C'est pure justice, lui avait-elle dit d'une voix calme. Je dois expier mon crime. » Puis elle avait tressailli quand il lui avait pris la main. Son poignet était douloureux, probablement parce que Rosie l'avait serré trop fort en tentant de lui arracher le pistolet. Et elle avait une écorchure à l'index, à l'endroit où elle s'était égratignée en essayant de mettre en marche le micro de la broche.

Dennis lui avait conseillé d'accepter de comparaître devant le tribunal, lui proposant de s'occuper de sa défense. Mais elle avait répondu qu'elle ne méritait pas d'être acquittée. Elle avait supprimé une vie.

« Abandonner l'appartement, nota-t-elle. Résilier l'abonnement du téléphone. »

Elle leva les yeux. Plus élégante que jamais, Alvirah se tenait sur le seuil de la porte. « Vous êtes superbe, Alvirah, dit-elle d'un ton admiratif. Savez-vous de quelle couleur sont les uniformes de la prison ? C'est drôle. La nuit dernière, je suis restée éveillée à penser à ce genre de détails.

— Ne pensez pas aux uniformes de la prison, lui dit Alvirah. Rien n'est perdu tant qu'il reste un espoir. Je vais maintenant vous emmener chez nous en taxi. J'ai appelé Dennis, je lui ai dit qu'il n'était pas question, absolument pas question, que vous alliez chez le procureur ou signiez quoi que ce soit tant que je n'aurai pas mis mon plan à exécution, à commencer par une entrevue avec la veuve éplorée de feu Tim Monahan. »

Roxie Marsh Monahan hésitait depuis plus d'une heure à choisir quoi porter pour sa rencontre avec Alvirah Meehan. Elle était folle d'excitation à la pensée qu'on allait écrire un article entier à son sujet dans le *Globe*. Elle avait adoré celui du *Post*, mais elle se désolait d'avoir dû annuler son rendez-vous du lundi chez le coiffeur. Elle était complètement échevelée sur la photo qu'ils avaient prise d'elle pendant qu'on emportait le corps de Tim. Mais à la réflexion, elle avait tellement pleuré qu'il valait mieux avoir l'air ébouriffé. Ça faisait plus d'effet.

Elle regarda autour d'elle. La suite de l'hôtel Omni Park était très élégante. Elle l'avait retenue le jour du meurtre. Le bureau du procureur lui avait demandé de rester à New York pendant quelques jours, en attendant que toutes les circonstances soient établies. Ils lui avaient dit que Nelly allait sans aucun doute plaider coupable pour obtenir une réduction de peine et qu'il n'y aurait pas de procès.

New York lui manquerait sans doute, songea-t-elle, mais le golf était son sport favori et elle pourrait y jouer tous les jours en Floride sans avoir à s'occuper de compter la vaisselle pour des réceptions sans intérêt. La restauration était un enfer. Dieu merci, elle ne ferait plus cuire un seul haricot vert de toute sa vie.

Elle sourit. Elle avait vécu sur son petit nuage depuis que ce débile de Tim lui avait remis le billet au moment où ils entraient dans le bureau de la loterie. En réalité, Tim n'était pas aussi débile que ça. Le soir où il lui avait montré le billet gagnant, elle avait proposé de le garder en lieu sûr pour lui. Pas question, avait-il rétorqué. Auparavant, il voulait s'assurer qu'ils étaient faits pour s'entendre.

Elle avait dû regarder ce visage d'abruti tous les matins, entendre ses ronflements la nuit, le voir affalé dans son foutu fauteuil avec une bière à la main, feindre d'être au septième ciel quand il la couvrait de baisers. Oui, elle avait bien mérité chaque *cent* des deux cent mille dollars, moins les taxes, qu'elle toucherait tous les ans pendant les deux décennies à venir.

Elle plaça devant elle les deux tailleurs noirs qu'elle avait achetés la veille chez Annie Sez. L'un avait des boutons dorés, l'autre des revers pailletés. L'ensemble à boutons dorés l'emporta. Les paillettes étaient trop voyantes. Roxie s'habilla, enfila ses bracelets habituels et ses bagues en turquoise. Elle savait qu'elle ne paraissait pas ses cinquante-trois ans. Avec ses cheveux blonds et sa silhouette de rêve, elle était toujours très séduisante. Et désormais elle pourrait se permettre de le rester un bon bout de temps.

Suffit de mettre le grappin sur un type intéressant.

Merci, Tim Monahan. Merci, Nelly Monahan. Incroyable, la façon dont j'ai arraché la victoire au dernier moment ! Sa seule erreur avait été de dire la vérité à Tim quand il avait vu les déménageurs partir sans son bien-aimé fauteuil, encore planté au milieu du séjour. Elle aurait dû lui raconter n'importe quoi. Elle se serait tue si elle avait su que Nelly Monahan allait sonner à la porte une minute après qu'elle eut dit à Tim d'aller se faire voir ailleurs, qu'elle partait sans lui. Roxie passait son bâton de rouge sur ses lèvres lorsque l'interphone sonna. Alvirah Meehan était à la réception.

« Notre intention est d'expliquer comment ce billet a provoqué une telle tragédie dans votre vie », dit Alvirah d'un ton compatissant en s'asseyant en face de Roxie.

Roxie se tamponna les yeux. « Je regretterai toujours de l'avoir trouvé par hasard dans le tiroir où je range mes produits de maquillage. Il était caché sous une boîte de Q-tips. Je venais de lire un article expliquant que quantité de gens ignorent détenir un billet gagnant et ne sauront jamais qu'ils auraient pu être millionnaires. Le journal indiquait un numéro d'appel. J'ai dit à Tom en riant : "Ce serait génial si c'était un billet gagnant, non ?" »

Alvirah se tourna légèrement afin que le micro

de sa broche soleil ne manque pas un seul mot. « Et qu'a-t-il répondu ?

— Oh, le pauvre chéri a dit : "Ne perds pas ton temps ni ton fric à téléphoner." » Roxie ravala les larmes qui lui montaient aux yeux. « Je regrette tellement de lui avoir désobéi.

— Vous préféreriez sans doute travailler comme avant dans la restauration, n'est-ce pas ?

— Oui, sanglota Roxie. Oh oui. »

Alvirah n'utilisait jamais de langage trivial, mais elle faillit laisser échapper un gros mot. Se contenant, elle parvint à dire calmement : « J'ai encore une ou deux questions à vous poser avant que notre photographe ne prenne quelques photos. »

Les sanglots de Roxie cessèrent comme par miracle. « Permettez-moi de rectifier mon maquillage. »

Mel Levine, le photographe-vedette du *Globe*, avait reçu des instructions : « *Prenez des gros plans de ses mains.* »

La plus âgée des sœurs de Willy, sœur Cordelia, n'aimait pas être tenue à l'écart des événements. Sachant qu'Alvirah était en contact avec Nelly Monahan, la femme qui avait assassiné son ex-mari en présence de sa deuxième épouse, Cordelia décida de faire une visite à l'improviste à Central Park South.

En compagnie de sœur Maeve Marie, une jeune policière devenue novice, Cordelia était donc confortablement installée dans la salle de séjour lorsque Alvirah rentra chez elle. En la voyant assise dans le fauteuil recouvert d'un superbe velours rouge, avec son habit de religieuse et son voile court, Alvirah eut l'impression que si une femme pape devait un jour être élue, elle ressemblerait à Cordelia.

« Cordelia nous a fait une petite visite, expliqua Willy en haussant le sourcil droit, signalant ainsi qu'il n'avait pas entretenu Cordelia de leurs plans.

— J'espère que nous ne vous dérangeons pas, Alvirah, s'excusa sœur Maeve Marie. La sœur supérieure a pensé que vous pourriez avoir besoin de nous. » Maeve avait la silhouette élancée et le corps discipliné d'une athlète. Son visage dominé par deux grands yeux gris était d'une réelle beauté. Comme Willy, elle semblait dire : « Désolée, Alvirah, mais vous connaissez Cordelia. »

« Alors, que se passe-t-il ? » demanda Cordelia, sans s'embarrasser de préliminaires.

Alvirah n'avait pas d'autre choix que de lui dire la vérité, toute la vérité et rien que la vérité. Elle se laissa tomber sur le canapé avec un soupir. Elle aurait aimé avoir le temps de prendre tranquillement une tasse de thé avec Willy avant cette visite. « Nous devons trouver un moyen d'innocenter Nelly. C'est moi qui lui ai conseillé d'aller voir Tim, je ne peux pas la laisser passer le reste de sa vie en prison. »

Cordelia hocha la tête. « Et que comptes-tu faire ?

— Quelque chose que tu risques de ne pas approuver. Brian a écrit un scénario pour les films Mirage.

— Je sais. J'espère qu'il les empêchera d'y mettre

trop d'obscénités. Quel rapport avec Nelly Monahan, la pauvre âme ?

— Le jour du meurtre, Mirage filmait une scène juste devant l'immeuble où habitaient Tim et Roxie. Nous allons tenter de faire croire à Roxie que la caméra l'a prise en train de tordre le poignet de Nelly et de pointer l'arme vers Tim.

— Vous allez truquer la scène ? s'indigna Cordelia.

— Exactement. Brian a obtenu l'accord du producteur. Mel, le photographe du *Globe*, a pris un bon nombre de photos de Roxie aujourd'hui. Nous avons également des photos d'elle au moment où on est venu enlever le corps de Tim. Reste à trouver une figurante qui, prise de loin, ressemble à Roxie. Nous l'habillerons d'un tailleur-pantalon à rayures similaire à celui qu'elle portait et nous ferons un gros plan d'elle en train de saisir la main de Nelly. Il me faudra convaincre Nelly d'accepter, mais j'y arriverai. »

Willy acquiesça d'un signe de tête encourageant et poursuivit à sa place : « Cordelia, nous avons déjà versé un acompte pour l'appartement. Le seul meuble restant était le fauteuil de Tim, et il s'y trouve encore. Les marques de craie indiquant l'emplacement du corps sont visibles. Je jouerai le rôle de Tim. Je m'allongerai sur le sol près du fauteuil. D'après Nelly, Tim portait un survêtement gris et des mocassins. »

Les yeux de sœur Maeve Marie brillaient d'excitation. « Quand j'étais flic, on appelait ça "maquiller le témoin". C'est génial. »

Willy regarda Cordelia. Il savait qu'Alvirah était déterminée à passer à l'exécution de son plan. Néanmoins il serait utile que Cordelia ne leur mette pas de bâtons dans les roues. Alvirah était déjà assez bouleversée d'avoir entraîné Nelly dans ce drame. Lorsque Cordelia n'approuvait pas une décision, elle avait une manière diabolique de vous convaincre que vous couriez à l'échec.

Cordelia se rembrunit un instant, puis son front s'éclaira. « Dieu prend parfois des voies détournées, dit-elle. Quand commencez-vous à filmer ? »

Une vague de soulagement submergea Alvirah. « Dès que possible. Il nous faut trouver quelqu'un capable de jouer le rôle de Roxie. » Tout en parlant elle regardait sœur Maeve Marie. Comme Roxie, Maeve était grande et avait une silhouette parfaite. Comme Roxie, elle possédait de jolies mains avec de longs doigts.

« Je suis contente que vous soyez venues toutes les deux », dit-elle avec chaleur.

Deux jours plus tard ils étaient prêts à refermer le piège. Dans l'appartement de Christopher Street où Tim Monahan avait rejoint son Créateur, Brian dirigeait la prise de vues.

« Oncle Willy, allonge-toi simplement par terre. Nous avons été obligés d'effacer les marques de craie, mais nous avons relevé les contours. »

Willy s'étendit docilement au pied du fauteuil.

Brian et l'opérateur sortirent, et Brian regarda dans le viseur de la caméra, puis consulta la photo du corps de Tim dont l'éditeur du *Globe* avait obtenu une copie en soudoyant un fonctionnaire du bureau du médecin légiste.

« Tu n'es pas assez gros, décréta Brian.

— Bonne nouvelle », marmonna Willy.

Brian résolut le problème en retirant son pull qu'il glissa sous le survêtement de Willy.

Nelly se tenait dans un angle de la pièce. Elle portait le tailleur bleu et la blouse imprimée dont elle était vêtue le jour de sa visite à Tim et Roxie. Elle avait un pistolet dans son sac, semblable à celui dont elle avait délesté les deux garçons quelques jours auparavant.

Il y a seulement quatre jours, songea-t-elle. Cela paraît impossible. Elle jeta un regard furtif à Dennis O'Shea qui lui adressa un sourire encourageant. Puis elle se tourna vers sœur Maeve. Le jeune religieuse offrait une ressemblance déconcertante avec Roxie. Elle était coiffée d'une perruque blonde et vêtue du même tailleur à rayures que portait Roxie le jour où elle était devenue la veuve Monahan. Une énorme turquoise ornait la bague qui couvrait la dernière phalange de son index. De faux ongles rouge sang accentuaient la longueur de ses doigts, et des taches de vieillesse avaient été peintes sur le dos de ses mains. Semblables à celles de Roxie, pensa Nelly avec un brin de satisfaction en abaissant les yeux sur sa peau claire.

Les bras croisés, sœur Cordelia surveillait la scène. Elle rappela à Nelly les sœurs de l'école paroissiale.

Brian lui demanda si elle était prête, attendit de

la voir acquiescer d'un signe de tête et ordonna : « Bien, dirigez-vous vers la porte, Nelly. Essayez de vous comporter exactement comme vous l'avez fait l'autre jour. »

Elle regarda Willy. « Dans ce cas, vous n'êtes pas encore mort. »

Comme il se remettait péniblement debout, elle se dirigea vers la porte. « Roxie m'a fait entrer, expliqua-t-elle. Tim était affalé dans son fauteuil. J'ai tout de suite vu qu'il était bouleversé, mais j'ai cru que c'était à cause de moi, parce que je lui avais dit qu'il me restait peu de temps à vivre. Quoi qu'il en soit, je suis passée devant Roxie et me suis dirigée vers lui, et je lui ai dit de but en blanc que je devais connaître la vérité avant de mourir...

— Jouez la scène, ordonna Brian. Maeve, allez vous poster à la porte. »

Nelly avait tellement répété la tirade qu'elle avait débitée à Tim qu'elle n'eut aucun mal à se pencher sur le fauteuil et à la réciter. Superposer le visage de Tim à celui de Willy n'était pas difficile. Mais Willy paraissait soucieux.

« Vous devriez commencer à sourire », suggéra Nelly qui continua : « C'était très cruel de ta part, tu n'aurais pas dû sourire quand je t'ai dit que j'allais bientôt mourir. »

Mon Dieu, s'inquiéta Alvirah. Peut-être suis-je complètement à côté de la plaque.

« Mais je t'ai pardonné parce que tu as tout de suite avoué avoir fait l'échange des billets. » Nelly ouvrit son sac. « Puis j'ai failli perdre tous mes moyens en m'apercevant que je ne portais pas la broche et j'ai ouvert mon sac et fouillé à l'intérieur pour la chercher. C'est alors que Roxie a vu le pistolet. » Elle s'interrompit. « Attendez. Roxie criait à Tim de se taire, mais au moment où elle m'a ouvert la porte, elle venait de lui dire autre chose.

— Peu importe, dit rapidement Brian. Nous n'avons pas de prise de son. »

Nelly eut soudain l'impression de regarder une cassette qu'elle avait déjà vue. Tout lui revenait brusquement en mémoire. Elle s'empara de la broche au fond de son sac, et comme un écho, entendit Roxie hurler à la vue du pistolet.

« J'ai lâché la broche et sorti le pistolet du sac pour le lui montrer. Tim s'est levé d'un bond. Le coup est parti. Tim a crié... Qu'a-t-il crié... "Nelly, arrête. Ne fais pas l'andouille. Nous partagerons l'argent." Puis il a plongé vers le sol. »

Il a plongé vers le sol, réfléchit Alvirah. Il n'est pas tombé. Il a *plongé*.

Tout s'éclaira pour Nelly. Pensant l'avoir tué, elle avait eu un éblouissement, puis avant de tourner de l'œil elle avait senti une main s'approcher de la sienne, lui tordre le poignet. Voilà pourquoi j'avais mal. C'est ainsi que la scène s'est déroulée. J'en suis certaine maintenant.

Mais Tim avait dit autre chose. Quoi ?... Roxie, il avait dit quelque chose à Roxie.

Elle sentit sœur Maeve lui tordre la main et pointer le pistolet vers Willy qui jouait son rôle d'homme mort. *C'est à ce moment précis que je me suis évanouie.*

Elle plia les genoux et tomba sur le sol.

« Excellent, Nelly, conclut Brian. C'est incroyable mais je pense que nous avons réussi notre coup dès la première prise. Nous allons la repasser pour plus de sûreté, et il ne restera plus qu'à espérer que Roxie n'y verra que du feu. »

Nelly se redressa. Elle prit son sac et y chercha la broche qu'elle n'avait pas rendue à Alvirah. « Je me demande... », commença-t-elle.

Alvirah eut soudain cette impression merveilleuse qu'elle connaissait bien, l'intuition que quelque chose d'important allait se produire. « Oui, Nelly ?

— En fouillant dans mon sac j'ai cru entendre Dennis m'expliquer comment mettre en marche le micro de la broche. Il m'a dit qu'il fallait lui donner un coup sec avec ce doigt-là. » Elle montra l'index de sa main droite. « Or, ce doigt me fait souffrir depuis que je suis venue ici l'autre jour. Croyez-vous que j'aie pu actionner le micro juste avant de montrer le pistolet à Roxie ? Je n'ai jamais vérifié. Pensez-vous qu'il aurait pu enregistrer la voix de Tim suppliant qu'on l'épargne ?

— Que les saints du ciel soient avec nous », murmura Cordelia.

Le micro de la broche qu'Alvirah avait confiée à Nelly était encore sur la position « Marche ». La batterie était morte, naturellement, mais Alvirah sortit habilement la minuscule cassette, la plaça dans son magnétophone de poche, la rembobina et poussa le bouton de lecture.

Les lèvres de Cordelia remuaient en silence. Le

son leur parvint immédiatement. Un coup de feu, la voix de Tim disant à Nelly de ne pas faire l'andouille. Nelly s'écriant : « Oh, mon Dieu ! Oh, mon Dieu ! » Puis une voix dure, la voix de Roxie : « Tim, espèce de salaud ! »

Et pour finir, Tim qui implorait : « Roxie, non. Roxie, pitié, ne tire pas ! »

Alvirah sentit le bras de Willy lui entourer les épaules. « Une fois de plus, tu as réussi, chérie. »

Le surlendemain, Nelly les invita tous les six à dîner pour fêter l'événement : Alvirah et Willy, les sœurs Cordelia et Maeve Marie, Dennis et elle.

Se souvenant de son passage dans la police, Maeve les avait convaincus de mettre le procureur au courant de la supercherie, et l'un des meilleurs inspecteurs de sa brigade avait alors contacté Roxie en prétendant être l'opérateur qui avait filmé la scène du meurtre.

Lorsqu'elle vit la vidéo et entendit la voix de Tim la suppliant de ne pas tirer, Roxie offrit immédiatement à l'inspecteur de lui acheter la bande à n'importe quel prix. Lorsqu'il la questionna, elle confessa tout. Aujourd'hui Roxie était inculpée de meurtre et Nelly innocentée et propriétaire légitime du billet de loterie.

Dennis avait apporté du champagne. Les yeux humides, Nelly les remercia tous et leva sa coupe. « À vous tous et à Brian. Je suis désolée qu'il ait dû partir pour Hollywood ce soir. »

« Toute cette histoire est incroyable », dit-elle

quelques minutes plus tard en regardant Dennis découper la succulente selle d'agneau qu'elle avait préparée suivant une de ses fameuses recettes. Suivirent une salade de tomates et d'oignons, une purée de pommes de terre, des haricots verts, un feuilleté au fromage, de la gelée de menthe, une tarte aux pommes tiède et du café.

Elle accueillit leurs compliments avec un sourire ravi.

À neuf heures, Cordelia et Maeve donnèrent le signal du départ. « Willy, je compte sur toi demain matin à l'aube, ordonna Cordelia. N'oublie pas ta boîte à outils. J'ai deux ou trois trucs à te faire réparer.

— Nous allons partir nous aussi. Veux-tu que nous vous déposions ? proposa Willy.

— Je ne mettrai pas un pied hors de cette pièce avant d'avoir aidé Nelly à ranger », déclara Alvirah avant de sentir Willy lui donner un coup de pied discret sous la table.

Elle suivit son regard. Nelly et Dennis se souriaient d'un air béat.

« Je crois qu'il est temps de rentrer à la maison, ma chérie », dit fermement Willy en posant ses mains sur le dossier de la chaise d'Alvirah.

Les bijoux volés

« ALVIRAH. Venez tout de suite. J'ai besoin de vous. »

Alvirah ouvrit brusquement les yeux. En l'espace d'une seconde elle passa d'un rêve agréable où elle assistait à un dîner officiel à la Maison-Blanche à la réalité de la sonnerie du téléphone qui la réveillait à trois heures du matin, suivie par la voix affolée de la baronne Min von Schreiber.

« Qu'y a-t-il, Min ? »

Réveillé à son tour, Willy grommela. « Chérie, que se passe-t-il ? »

Alvirah posa doucement un doigt sur les lèvres de son mari. « Chuuut ! » Puis elle répéta : « Qu'y a-t-il, Min ? »

Le gémissement tragique de Min franchit le continent depuis Cypress Point, à Pebble Beach, en Californie, jusqu'au luxueux appartement de Central Park South à Manhattan. « Nous allons tous être ruinés. Un voleur de bijoux sévit parmi nos hôtes. Les diamants de Mme Hayward ont disparu du coffre-fort de son bungalow.

— Que tous les saints nous viennent en aide ! s'exclama Alvirah. Scott a-t-il pris des dispositions ? » Scott Alshorne était le shérif de Monterey County, qui s'était lié d'amitié avec Alvirah quelques années auparavant, à l'époque où elle l'avait aidé à résoudre une affaire de meurtre à l'institut de remise en forme de Cypress Point.

« Oh là là ! tout est tellement compliqué. Nous ne pouvons pas prévenir Scott, dit Min d'un ton hésitant. Nadine Hayward est hystérique. Elle n'ose pas avouer à son mari que les diamants n'étaient plus assurés. Elle l'a persuadé de confier la gestion de leurs polices d'assurance personnelles au fils qu'elle a eu d'un premier mariage, afin qu'il touche les commissions, et il a perdu le montant des primes au jeu. Étant donné qu'il travaillait pour elle, la compagnie d'assurances devrait normalement être tenue pour responsable, mais il risque alors d'être poursuivi, et Nadine ne peut se résoudre à porter plainte et à l'envoyer en prison. Aussi s'est-elle mis dans la tête de faire copier les diamants pour tromper son mari. »

Alvirah était à présent complètement réveillée. « Des copies, c'est la solution employée dans "La parure", de Maupassant. Je me demande si elle l'a lu.

— Maupassant, pas Môpassant », la corrigea Min. Puis elle poussa un profond soupir. « Alvirah, il serait ridicule de laisser quelqu'un subtiliser impunément quatre millions de dollars de bijoux. Nous ne pouvons pas rester sans rien faire. Un autre vol pourrait être commis. Venez au plus vite. J'ai besoin de vous. Vous vous chargerez d'identifier le coupable. Vous serez notre invitée, naturellement. Et faites-vous accompagner par Willy. Il pourra profiter des séances de remise en forme. Je le confierai à un moniteur personnel. »

Quinze heures plus tard la limousine qui transportait Willy et Alvirah passa devant le Pebble Beach Club et les somptueuses propriétés en bordure de Shore Drive. Elle ralentit à un tournant, dépassa l'arbre qui avait donné son nom à Cypress Point. Franchissant les grilles en fer forgé ouvragé de l'institut, la voiture s'engagea alors dans la grande allée sinueuse qui menait à la résidence principale, une longue demeure de deux étages aux murs recouverts de stuc couleur ivoire et aux volets bleu pâle.

« J'adore cet endroit, dit Alvirah à Willy. J'espère que Min nous a réservé le pavillon Tranquillité. C'est mon favori. Je me souviens de notre premier séjour ici. Nous venions de gagner à la loterie, et à la pensée de passer une semaine à côtoyer toutes ces célébrités j'avais l'impression d'être au paradis.

— Je sais, chérie, dit Willy.

— C'est ainsi que j'ai commencé à comprendre comment vit l'autre moitié de l'humanité. Quelle leçon ! Mais... » Alvirah s'interrompit brusquement. Elle préférait ne pas rappeler à Willy qu'elle avait failli être assassinée en essayant d'élucider une affaire de meurtre.

Willy, lui, ne l'avait pas oublié. Il posa sa main sur la sienne. « Chérie, dit-il, je ne veux pas que tu t'attires encore des ennuis à t'occuper des bijoux disparus d'une inconnue.

— Je serai prudente. Mais ce sera amusant de leur donner un coup de main. Tout a été trop calme récemment. Oh, regarde, voilà Min. »

La voiture s'était arrêtée devant la porte d'entrée. Min se précipita en bas de l'escalier pour les accueillir, bras grands ouverts. Elle portait une robe de lin bleu qui moulait sa silhouette parfaite malgré quelques rondeurs. Ses cheveux, dont la teinte n'avait pas varié en vingt ans, étaient ramassés en un chignon torsadé. Elle portait des pendants d'oreilles en or et perles, et un collier assorti ; comme toujours, elle avait l'air de sortir d'une page de *Vogue*.

« Et dire qu'elle a cinq ans de plus que moi », murmura Alvirah, admirative. Derrière Min, le baron von Schreiber descendait dignement les marches du perron, son port martial rehaussant son petit mètre soixante-cinq. Sa barbiche impeccablement taillée ondulait légèrement au vent tandis que son sourire de bienvenue dévoilait des dents éblouissantes. Seules les rides au coin de ses yeux bleu-gris témoignaient qu'il avait dépassé la cinquantaine.

Le chauffeur se précipita hors de son siège pour leur ouvrir la porte, mais Min l'avait devancé. « Vous êtes des amours », s'écria-t-elle, s'apprêtant à les serrer dans ses bras. Mais elle s'arrêta brusquement, les yeux écarquillés. « Alvirah, où avez-vous acheté ce tailleur ? La coupe est irréprochable, mais le beige ne vous va pas. Il vous donne l'air fade. »

Elle s'interrompit à nouveau, secoua la tête. « Oh, tout ça peut attendre. »

Le chauffeur reçut pour instructions d'emmener les bagages au bungalow Tranquillité. « Une femme de chambre va défaire vos valises, les informa Min. Auparavant, il faut que nous parlions. »

Ils la suivirent docilement jusqu'à son somptueux bureau du premier étage de la résidence. Helmut referma la porte et se dirigea vers le meuble d'appui. « Thé glacé, bière, quelque chose de plus fort ? » demanda-t-il.

Alvirah s'amusait toujours du fait qu'aucune boisson alcoolisée n'était autorisée à l'institut de remise en forme, excepté dans les appartements privés de Min et de Helmut. Elle choisit le thé glacé. Willy eut l'air éperdument reconnaissant à la pensée de boire une bière. Alvirah savait qu'il n'avait pas apprécié d'être tiré du lit au milieu de la nuit, mais c'était le seul moyen d'attraper le vol de neuf heures.

Par-dessus le marché, il n'y avait plus de place en première classe, et ils s'étaient retrouvés séparés, coincés au milieu d'autres voyageurs. En sortant de l'avion, Willy s'était écrié : « Je n'aurais jamais cru m'être à ce point habitué à une vie de luxe. »

Savourant son thé glacé, Alvirah coupa court aux préliminaires. « Min, que s'est-il passé exactement ? Quand le vol a-t-il été découvert ?

— Hier, tard dans la soirée. Nadine Hayward est arrivée samedi, elle est ici depuis trois jours. Son mari habite leur appartement du Pebble Beach Club. Il participe à un tournoi de golf. Ils doivent ensuite aller à San Francisco pour un bal de bienfaisance, c'est pourquoi Nadine a apporté quelques-uns de ses plus beaux bijoux qu'elle a rangés dans le coffre de leur bungalow.

— Est-elle déjà venue ici ?

— Elle vient régulièrement. Depuis qu'elle est mariée à Cotter Hayward, elle fait un séjour à Cypress Point chaque fois qu'il participe à un tournoi. C'est un joueur amateur de haut niveau. »

Alvirah fronça les sourcils. « Quelque chose me tracasse. Il y avait une autre femme du nom de Hayward lors d'un de mes séjours ici — voilà deux ans. Elle s'appelait aussi Mme Cotter Hayward.

— C'était sa première femme, Elyse. Elle vient toujours à l'institut, mais en général pas aux mêmes dates que Nadine. Bien qu'elle ait le plus grand mépris pour Cotter, elle n'a pas apprécié d'être remplacée, surtout si l'on songe que c'est elle qui lui a présenté sa nouvelle épouse.

— Ils sont tombés amoureux sous ce toit, ajouta Helmut avec un soupir. Ce sont des choses qui arrivent. Mais pour compliquer la situation, Elyse est également notre hôte cette semaine.

— Attendez, fit Alvirah. Vous voulez dire qu'Elyse et Nadine se trouvent toutes les deux ici ?

— Exactement. Bien entendu, nous les avons placées à des tables éloignées l'une de l'autre dans la salle à manger, et nous avons organisé leur emploi du temps de manière qu'elles ne participent pas aux mêmes cours de gymnastique.

— Alvirah, mon chou, je crois que tu t'éloignes du sujet, l'interrompit Willy. Mieux vaut se concentrer sur cette affaire de vol et ensuite nous pourrons peut-être aller nous reposer dans notre bungalow.

— Oh, Willy, excuse-moi. » Alvirah secoua la tête. « Je ne suis qu'une égoïste. Willy a besoin de plus de sommeil que moi, et il n'a pas fermé l'œil dans l'avion. Il était assis entre deux gamins qui jouaient aux échecs sur sa tablette. Les parents n'avaient pas voulu les placer côte à côte sous prétexte qu'ils se disputaient trop.

— Pourquoi les parents n'étaient-ils pas assis près d'eux ? demanda Min.

— Ils avaient deux jumeaux de trois ans à surveiller, et vous connaissez la gentillesse de Willy.

— Venons-en au vol, les pressa Willy.

— Voilà ce qui s'est passé, commença Min. À cinq heures de l'après-midi, Nadine avait rendez-vous chez le coiffeur pour un brushing. Elle a regagné le bungalow Sérénité à six heures moins dix et l'a trouvé sens dessus dessous. Les tiroirs renversés, les valises vidées. Un individu, voire plusieurs, avaient fouillé chaque centimètre carré du bungalow.

— Que cherchaient-ils ? demanda Alvirah.

— Les bijoux, naturellement. Les dîners sont très habillés à Cypress Point, comme vous le savez. Les femmes aiment exhiber leurs bijoux. Nadine portait la veille un collier et un bracelet de diamants. Quelqu'un a sans doute voulu les lui dérober mais il ne pouvait pas savoir qu'elle avait aussi emporté le diadème Hayward, quelques bagues, et deux autres bracelets. » Min soupira avant de s'écrier : « Pourquoi fallait-il que cette idiote trimbale avec elle la collection complète ? Elle n'avait quand même pas l'intention de tous les mettre au bal de bienfaisance ! »

Helmut lui tapota la main. « Minna, Minna, ne te rends pas malade. Calme-toi. » Il reprit lui-même le récit. « Le plus bizarre dans cette histoire, c'est que l'intrus n'a découvert le coffre qu'après avoir tout mis à sac. Il est caché derrière un portrait de Minna et de moi dans le petit salon du bungalow.

— Un instant, l'interrompit Alvirah. D'après vous, il s'agirait de quelqu'un ayant vu Nadine porter ses bijoux la veille. A-t-elle quitté l'institut ce soir-là ?

— Non. Elle était là à l'heure du cocktail, je veux dire à l'heure où nous servons des boissons non alcoolisées, puis elle a dîné et assisté au récital Mozart dans le salon de musique.

— Par conséquent, les seules personnes qui ont pu la voir sont les autres clients et le personnel, qui auraient tous immédiatement trouvé le coffre. Tous les bungalows en possèdent un. » Alvirah aspira une bouffée d'air et lissa la jupe de son tailleur beige qui n'avait pas l'heur de plaire à Min. J'ai oublié que le beige ne m'allait pas, pensa-t-elle, penaude. Oh, et puis zut !

Elle reprit le fil de ses réflexions. « Autre chose. Le coffre a-t-il été forcé ?

— Non. L'intrus connaissait la combinaison choisie par Nadine elle-même.

— À moins qu'il ne s'agisse d'un professionnel capable de la trouver, dit Willy. Qu'est-ce qui vous fait penser que le voleur n'est pas à des milliers de kilomètres en ce moment ? »

Min soupira. « Notre seul espoir est que le vol ait été commis par quelqu'un d'ici et qu'Alvirah retrouve le coupable afin que nous puissions le forcer à rendre les bijoux. Nous connaissons tous les hôtes séjournant à l'institut en ce moment. Des personnes parfaitement honorables. Il n'y a que trois nouveaux employés, et nous savons exactement quel a été leur emploi du temps. » Min paraissait soudain vieillie de dix ans. « Alvirah, c'est le genre d'affaire qui peut nous ruiner. Cotter Hayward n'est pas un homme facile. Non seulement il va poursuivre le fils de Nadine, mais je ne serais pas surprise qu'il cherche à nous faire endosser la responsabilité de ce vol.

— Quand Nadine est-elle censée partir pour San Francisco et son bal de bienfaisance ? demanda Alvirah.

— Samedi. Vous avez trois jours pour accomplir un miracle. »

Un somme de deux heures et une douche parfumée remirent Alvirah sur pied. Désireuse d'avoir l'approbation de Min, elle s'installa devant sa coiffeuse et se maquilla avec le plus grand soin. Un fond de teint léger, sans dépasser le contour des lèvres, un soupçon d'eye-liner, un nuage de poudre foncée pour atténuer le nez et la mâchoire. Elle se réjouit d'entendre Willy chanter sous sa douche. Preuve qu'il se sentait revivre, lui aussi.

Elle avait disposé sur le lit un luxueux cafetan conseillé par Min lors de sa dernière visite au centre. Après l'avoir enfilé elle y fixa sa broche soleil et sortit son calepin. Pendant que Willy s'habillait, elle nota les informations que Min lui avait fournies, les classant en plusieurs catégories.

Intéressant, murmura-t-elle en elle-même.

Les trois nouveaux employés travaillaient aux thermes romains, la dernière attraction du centre. Leur construction avait nécessité deux ans de travaux, mais ils étaient superbes, une réplique exacte de ceux de Baden-Baden. Deux des employés étaient des masseuses, le troisième un préposé au vestiaire. Mais Min avait déclaré que leur emploi du temps avait été vérifié. Je vais quand même aller faire un tour aux thermes, décréta Alvirah. Voir à quoi ressemblent ces trois-là.

Willy apparut à la porte du petit salon. « Le jury d'inspection me juge-t-il digne de me joindre aux gens de la haute ? »

Son épaisse crinière ondulée couronnait des traits agréables éclairés par de beaux yeux bleus. Un impeccable blazer bleu marine dissimulait un ventre qui avait tendance à pointer chaque fois qu'ils profitaient de bons dîners durant une croisière. « Tu es magnifique, dit Alvirah avec un sourire.

— Toi aussi. Dépêche-toi, chérie. Je suis impatient de déguster un des fameux cocktails de Min. »

Les hôtes de Cypress Point se pressaient déjà dans la véranda. Le son de violons leur parvenait de l'intérieur de la résidence par les fenêtres ouvertes. Tandis qu'ils remontaient l'allée, Alvirah dit : « N'oublie pas, Min va nous présenter à Nadine Hayward. Nadine sait que nous sommes là pour leur apporter notre aide et que nous lui rendrons visite ensuite dans son bungalow afin d'avoir une conversation sérieuse avec elle. »

Depuis qu'ils avaient gagné à la loterie, Alvirah séjournait une semaine par an à Cypress Point. Willy passait parfois la chercher à la fin de son séjour et ils partaient en voyage. Il n'avait jamais passé la nuit à l'institut.

« Chérie, qu'aurai-je à raconter à ces gens ? s'était-il inquiété lorsqu'elle l'avait pressé de l'accompagner. Ces types ne parlent que de leur handicap au golf, de leur réputation de boute-en-train dans leurs universités prestigieuses, ou des investissements de leurs sociétés en Asie. Vais-je leur raconter que je suis né à Brooklyn, que je suis allé à l'école publique et que j'ai ensuite été plombier jusqu'au jour où nous avons touché le gros lot à la loterie ? Crois-tu qu'ils se soucient de savoir que mon passe-temps favori est de courir le monde en ta compagnie et, lorsque nous sommes à New York, de réparer la plomberie de gens qui sont dans le besoin ?

— Il n'y en a pas un qui ne serait heureux de gagner deux millions de dollars par an avant impôt », fut la réponse d'Alvirah. Elle s'avouait cependant qu'elle était un peu soucieuse à la pensée de voir Willy désarçonné par une de ces remarques acérées qui vous pénètrent comme une lame.

Le premier qui s'y risquerait avec elle s'en mordrait les doigts sur-le-champ, mais Willy était trop gentil pour dézinguer qui que ce fût.

Cinq minutes plus tard, elle se rendit compte qu'elle s'était inquiétée à tort. Willy était plongé dans une conversation avec le P-DG d'American Plumbing, et lui expliquait pourquoi le nouveau modèle de chasse d'eau automatique de son concurrent le plus sérieux était mal adapté à un foyer moyen. Son interlocuteur semblait boire du petit-lait.

Hâlés, teints, vêtus avec élégance, hommes et femmes étaient rassemblés par petits groupes. Alvirah pouffa en entendant une femme susurrer à sa voisine : « Chérie, vous ne me connaissez pas encore assez bien pour me détester. »

Min la tira par la manche. « Alvirah, j'aimerais vous présenter Nadine Hayward. »

Alvirah pivota sur ses talons. Elle ne s'attendait certes pas à voir cette ravissante blonde au teint de pêche. Nadine Hayward paraissait à peine trente ans, bien qu'elle approchât probablement de la quarantaine, calcula Alvirah. Mais, bon sang, qu'elle était nerveuse ! Elle a l'air de s'être habillée pendant une alerte. Elle portait un ensemble de shantung vert citron à pantalon large et veste courte. Il avait visiblement coûté une fortune, mais tout clochait. Le bouton du milieu de la veste n'était pas boutonné. Les escarpins noirs juraient avec le vert brillant du tailleur. Les cheveux blond foncé étaient ramassés en chignon à la va-vite. Un unique rang de perles disparaissait sous l'encolure de son corsage vert pâle.

Alvirah la vit soudain se décomposer. « Oh, mon Dieu, voilà mon mari ! murmura-t-elle.

— Vous aviez dit qu'il dînait ce soir au club de golf, dit sèchement Min.

— C'était ce qu'il avait prévu, mais... » La voix de Nadine s'étrangla, et elle saisit le bras de Min.

Alvirah tourna la tête. Un homme de haute taille s'avançait le long de l'allée sinueuse en direction de la véranda. « Quand il a appris la présence d'Elyse, il m'a prévenue que je ne le verrais pas avant samedi », souffla Nadine, les lèvres exsangues.

Les gens bavardaient et riaient autour d'elles. Mais Alvirah remarqua plusieurs paires d'yeux fixées sur leur petit groupe. La tension qui émanait de Nadine Hayward était palpable.

« Souriez, lui intima-t-elle. Boutonnez votre veste... arrangez vos perles... Voilà qui est mieux.

— Mais il ignore que les bijoux ont disparu. Il va s'étonner que je ne les porte pas », gémit Nadine.

Cotter Hayward était au bas des marches. À voix basse, Alvirah la pressa : « Pour l'amour de votre fils, vous devez jouer la comédie jusqu'à ce que je trouve le moyen de vous tirer d'affaire. »

À la mention de son fils, une expression de douleur traversa fugitivement le regard de Nadine. « J'ai fait un peu de théâtre autrefois », dit-elle. Elle sourit avec naturel, et lorsque son mari gravit les marches et lui effleura le bras, son visage affecta la joie et l'étonnement.

Ce type ne me plaît pas, se dit Alvirah au moment où Hayward lui était présenté et lui adressait un bref signe de tête, avant de se tourner vers sa femme. « J'espère qu'on m'acceptera à dîner, dit-il. Je dois retourner au club pour les discours, mais j'avais envie de te voir.

— Vous êtes le bienvenu, dit Min. Désirez-vous une petite table à l'écart avec Nadine ou préférez-vous lui tenir compagnie parmi son groupe ?

— Pas de groupe, s'il vous plaît », dit sèchement Hayward.

Il se teint les cheveux, décréta Alvirah en son for intérieur. Du travail bien fait, mais ça ne trompe personne. Passé la cinquantaine, personne n'est aussi blond. Mais Cotter Hayward était un bel homme, c'était indiscutable.

Min et Helmut avaient pour règle que leurs hôtes partagent des tables de huit. Excepté lorsque l'un d'eux avait un invité avec lequel il désirait s'entretenir en privé. Dans ce cas, et jamais plus d'une fois par semaine, il était possible d'avoir une table pour deux.

Ce soir-là, Alvirah se félicita que Min les ait placés à la table du groupe dont faisait partie Elyse, la première Mme Cotter Hayward. La quarantaine passée, c'était une véritable gravure de mode avec ses cheveux auburn, sa silhouette mince et son air froid. Il y avait avec eux un couple élégant et plus âgé originaire de Chicago, les Jennings ; une ravissante jeune femme, Barra Snow, un mannequin qu'Alvirah reconnut immédiatement pour l'avoir vue sur les annonces d'Adrian Cosmetics ; Michael Fields, un ancien parlementaire new-yorkais ; et Herbert Green, le P-DG de l'entreprise de plomberie. Ils composaient l'assistance de cette table de huit.

Alvirah s'arrangea pour qu'un seul siège la séparât d'Elyse Cotter. Il lui apparut rapidement qu'Elyse ne demandait qu'à parler de son ex-mari et de son ancienne amie. « Nadine n'a pas l'air de tenir la grande forme ce soir, fit-elle observer d'un ton caustique. Je me demande si c'est un choix délibéré ou si Cotter a repris sa vieille habitude de mettre les bijoux au coffre, de peur d'un cambriolage. Dans ce dernier cas, c'est la preuve qu'il a rencontré quelqu'un d'autre et que les jours de Nadine sont comptés. » Elle eut un sourire ironique. « J'en sais quelque chose.

— Nadine portait une partie des bijoux Hayward l'autre soir, fit remarquer Barra Snow. Vous avez préféré dîner dans votre bungalow ce jour-là, Elyse. »

Alvirah dressa l'oreille et mit en marche le micro de sa broche soleil. La première femme de Cotter Hayward avait-elle parlé de cambriolage par hasard ? Elle allait appeler Charley Evans, le rédacteur du *Globe*, et lui demander d'aller fouiller dans les archives du journal pour y trouver des renseignements sur la famille Hayward.

Réfléchissons, pensa-t-elle en choisissant une minuscule côtelette d'agneau dans le plat d'argent que lui présentait la serveuse. Lorsque je me trouvais ici il y a quatre ans, Elyse était encore mariée à Cotter ; Nadine n'occupe donc la scène que depuis peu. Il est clair qu'Elyse est née avec une cuillère d'argent dans la bouche ; en revanche, l'accent de Nadine prouve qu'elle n'a pas fréquenté les institutions de jeunes filles du monde. Comment se fait-il qu'elle soit devenue si proche des Hayward ?

« Chérie, tu as conservé la fourchette du plat », lui rappela Willy.

À une table placée près de la grande baie vitrée qui donnait sur l'étang et le parc, Nadine et Cotter Hayward mangeaient dans un silence quasi total. Lorsque Cotter ouvrait la bouche c'était surtout pour se plaindre.

Vint la question que Nadine redoutait tant. « Comment se fait-il que tu ne portes aucun bijou convenable ? Toutes les autres femmes exhibent leurs trophées ; les tiens sont sans conteste parmi les plus beaux. »

Nadine parvint à répondre d'une voix naturelle : « J'ai pensé qu'il n'était pas du meilleur goût de les exposer sous les yeux d'Elyse. Après tout, c'est elle qui les portait quand elle venait ici voilà quelques années. »

Les mains moites de transpiration, elle guetta la réaction de son mari et faillit défaillir quand il fit un signe d'approbation. « Je présume que tu as raison. Je dois retourner au club à présent. Les discours vont commencer. »

En se levant, il se pencha et lui effleura la joue d'un baiser rapide. Comme il aurait embrassé Elyse vers la fin de leur mariage, songea Nadine. Oh, mon Dieu, que vais-je devenir ?

Elle le regarda traverser la vaste salle et vit avec stupéfaction Elyse s'élancer vers lui. Même vue de dos, l'attitude de Cotter était sans équivoque. Il s'arrêta brusquement, se raidit, attendit qu'Elyse eût fini de parler et la repoussa, se hâtant vers la sortie.

Nadine paria qu'Elyse lui avait rappelé que le dernier versement des indemnités de divorce lui était dû la semaine suivante. Trois millions de dollars. Cotter était hors de lui à la pensée de payer cette somme. Et j'en suis victime moi aussi, se rappela Nadine. Après tout ce que lui a coûté Elyse, le contrat prénuptial que j'ai signé me laissera sans le sou si la disparition des bijoux l'amène à se séparer de moi...

Qu'est-ce qu'Elyse avait à dire à son ex ? se demanda Alvirah en grignotant le minuscule biscuit qui accompagnait son sorbet arc-en-ciel. De sa place elle voyait l'expression de farouche satisfaction peinte sur le visage de la divorcée et la fureur qui colorait les traits de Cotter Hayward.

« Ça alors, murmura Barra Snow avec un petit sourire. J'ignorais qu'il y avait un feu d'artifice au programme.

— Connaissez-vous les Hayward intimement ? demanda négligemment Alvirah.

— Nous avons des amis communs et nous nous retrouvons parfois aux mêmes endroits. »

Willy se leva pour tenir la chaise d'Elyse au moment où elle regagnait sa place à table, un sourire méchant aux lèvres. « Bon, je lui ai gâché sa journée, fit-elle, manifestement enchantée. Cotter ne déteste rien tant que de se séparer de son argent. » Elle s'esclaffa. « Ses avocats ont tenté de négocier un arrangement. Au lieu du versement final des trois millions de dollars la semaine prochaine, ils voulaient que j'accepte des paiements échelonnés sur vingt ans. Je leur ai répondu que je n'avais pas gagné à la loterie, mais que j'avais divorcé d'un homme riche. »

Et vlan pour Willy et moi, pensa Alvirah. « Tout dépend du montant annuel », murmura-t-elle.

Herbert Green gloussa. « Votre femme me plaît beaucoup, dit-il à Willy.

— À moi aussi. » Willy savourait la dernière cuillerée de son sorbet. « Délicieux dîner, mais je dois dire que je le terminerais volontiers par un Big Mac. »

Barra Snow éclata de rire. « Je suis contente de vous l'entendre dire. Ma sœur a obtenu une franchise McDonald's dans son jugement de divorce. Je n'ai pas eu cette veine.

— Nadine ne l'aura pas non plus le jour où Cotter sera fatigué d'elle, déclara Elyse. Voilà ce qu'elle touchera. » Elle forma un cercle avec son pouce et son index. Elle n'eut pas besoin d'en dire davantage. « C'est la preuve que nous devons obéir au neuvième commandement.

— Tu ne convoiteras pas la femme de ton voisin, dit Willy.

— Ni son mari. » Elyse rit. « Le problème de Nadine c'est qu'elle a eu la malchance de tomber sur le mien. »

Nadine Hayward n'attendit pas le début du concert dans le salon de musique. Elle s'éclipsa de la salle à manger avec les convives qui quittaient leur table en premier et regagna son bungalow, situé à l'opposé de la résidence principale.

Nous sommes mercredi soir, réfléchit-elle. Cotter viendra me chercher samedi matin. Je devrai alors lui révéler le vol des bijoux. Il voudra savoir pourquoi je n'ai pas appelé la police immédiatement. Il faudra que je lui avoue que Bobby n'a pas payé la prime d'assurance. Et Bobby sera poursuivi.

C'est impossible. Je dois trouver une solution.

Si seulement je n'étais pas venue ici il y a quatre ans, je n'aurais pas rencontré Cotter.

Elle essaya en vain de refouler cette pensée.

Comme elle prenait machinalement l'embranchement qui menait à son bungalow, Nadine se sentit accablée par le regret d'avoir cédé à Cotter. Ma seule folie, pensa-t-elle, c'est d'être venue ici après la mort de Robert, et il a fallu que je le rencontre.

Son premier mari, Robert Crandell, était un cousin éloigné d'Elyse. Il était beau, intelligent, plein d'esprit et affectueux. Et joueur. Elle l'avait épousé à l'âge de vingt ans, avait divorcé quand Bobby en avait dix. Le seul moyen pour elle d'échapper aux dettes. Mais ils étaient restés amis. Plus qu'amis. Je l'ai toujours aimé, pensa-t-elle.

Il s'était tué cinq ans plus tôt ; il roulait trop vite sur une route mouillée, toujours aussi joueur, toujours aussi peu fiable. Mais il lui avait laissé une assurance-vie suffisante pour payer les études de Bobby. C'était le soulagement d'être à l'abri du besoin, joint au chagrin qu'elle avait éprouvé à la nouvelle de sa mort, qui avait incité Nadine à s'offrir une semaine de cure de beauté à Cypress Point.

À l'époque où elle était mariée avec Robert, elle avait rencontré épisodiquement Cotter et Elyse à des réunions de famille. Quand elle les avait revus, il était clair qu'ils ne s'adressaient pratiquement plus la parole. Trois mois plus tard, Cotter lui avait téléphoné. « Je suis en train de divorcer, lui avait-il annoncé, parce que je ne cesse de penser à vous. »

Attentionné. Charmant. Oh, Cotter pouvait être la séduction même. « Vous n'avez jamais eu l'existence facile, Nadine, disait-il. Il est temps que quelqu'un prenne soin de vous. Je sais ce qu'a été votre vie avec Robert. C'est un miracle qu'il n'ait pas été assassiné. Les bookmakers ne reculent devant rien lorsque vous êtes couvert de dettes. Il m'est arrivé de le tirer d'affaire. Je pense que vous êtes au courant. »

Il n'avait jamais tiré Robert d'affaire, pensa Nadine en introduisant la clé dans la serrure de la porte. Cotter ne tirait jamais personne d'affaire.

Avant qu'elle ait tourné la clé, la porte s'ouvrit et le visage affolé de son fils de vingt-deux ans lui apparut. Bobby jeta ses bras autour d'elle. « Maman, aide-moi. Que vais-je devenir ? »

Alvirah et Willy s'attardèrent en buvant un espresso décaféiné avec les autres convives de leur table, espérant recueillir d'autres potins, mais à la grande déception d'Alvirah, Elyse ne fit plus aucune allusion à son ex-mari.

« Avez-vous l'intention d'écouter le récital, madame Meehan ?

— Nous sommes encore à l'heure de New York », répondit Alvirah. Après la pique d'Elyse concernant la loterie, la langue lui démangeait de dire qu'ils allaient se mettre au pieu, mais elle se retint. « Je pense que nous allons plutôt nous retirer », dit-elle.

À pas mesurés, Willy précéda Alvirah à travers la salle ; dès qu'ils furent dehors, cependant, elle accéléra l'allure. « Vite, dit-elle. J'ai hâte de parler à Nadine. D'après ce que j'ai appris du comportement de Cotter Hayward en matière d'argent, personne ne pourra l'empêcher de déclarer le vol à la compagnie d'assurances. »

En arrivant au bungalow de Nadine, ils s'étonnèrent d'entendre un murmure de voix par la fenêtre ouverte. « Crois-tu que le mari soit revenu ? » souffla Alvirah en frappant à la porte que lui ouvrit un beau jeune homme dont elle put constater malgré la pénombre la ressemblance frappante avec Nadine.

Assis en face d'eux sur le canapé bleu pâle et blanc du petit salon au décor harmonieux, Willy et Alvirah attendirent que Nadine eût fini d'expliquer à Bobby que les Meehan étaient au courant du vol et se trouvaient là pour les aider.

Alvirah vit rapidement que Bobby était affreusement inquiet, mais elle prisa peu de l'entendre justifier sa malhonnêteté. « Maman, je te jure que c'est la première fois que j'encaisse un chèque de l'assurance, dit-il d'une voix aiguë. J'avais fait un pari. J'étais sûr de mon coup.

— Sûr de ton coup. » La voix de Nadine se brisa. « Ce sont les mots qu'employait ton père. J'avais dix-neuf ans lorsque je les ai entendus pour la première fois. Je ne veux plus jamais les entendre.

— Maman, j'allais renouveler la police, je te le jure.

— Vous n'aviez donc pas reçu un avis de résiliation ? » demanda Alvirah.

Bobby détourna les yeux. « Je savais qu'il allait arriver.

— Et vous l'avez détruit ?

— Oui.

— C'est un délit. » Le ton d'Alvirah était sévère.

« Bobby, s'écria Nadine, j'ai convaincu Cotter de te confier l'assurance des bijoux parce que tu travaillais chez Haskill. Ensuite je l'ai persuadé de te laisser l'appartement de New York. »

Si semblable à son père, se dit-elle. L'air contrit, les épaules affaissées.

On eût dit que Bobby devinait ses pensées. « Maman, je ne suis pas comme papa, pas de cette façon. Chaque fois que j'ai parié de l'argent auparavant, c'était avec mon argent.

— Pas toujours. J'ai épongé certaines de tes pertes.

— Oui, mais jamais de grosses sommes. Maman, si je pouvais persuader Cotter de ne pas porter plainte, je jure de ne jamais, jamais plus recommencer. Je ne veux pas aller en prison. »

Il enfouit son visage dans ses mains.

Nadine lui entoura les épaules de ses bras.

« Bobby, dit-elle, tu ne comprends donc pas ? Je n'ai aucun moyen de l'en empêcher. »

Elle resta silencieuse. « À moins que... »

Une heure plus tard Willy et Alvirah regagnèrent enfin leur bungalow. Une fois qu'ils furent couchés, Alvirah se mit à réfléchir tout haut. « Le fils de Nadine, Bobby, est ce que j'appellerais un jeune égoïste sans cervelle. Cédant aux prières de sa mère, Cotter Hayward l'a chargé d'assurer les bijoux afin qu'il touche une commission, et il ne trouve rien de mieux à faire que de jouer le montant de la prime. Si tu veux mon avis, il est plus inquiet à la pensée d'aller en prison que des retombées que cette histoire pourrait avoir sur le mariage de Nadine.

— Heu..., fit Willy d'un ton endormi.

— Non pas que je trouve toutes les qualités à Cotter Hayward, poursuivit Alvirah. Il me rappelle M. Parker. Tu te souviens, je faisais le ménage chez les Parker le mercredi, jusqu'à ce qu'ils partent s'installer en Floride. Je crois que Mme Parker est morte. Ce sont toujours les bons qui disparaissent, les vieux grigous durent des éternités. Bref — une vraie peste, voilà ce qu'il était ! Et *pingre* avec ça ! Un jour il s'est mis à hurler contre la pauvre femme parce qu'elle voulait donner un de ses vieux costumes. Il avait une penderie pleine de vêtements mais ne supportait pas de se séparer de la moindre vieille chaussette. »

Seule lui répondit la respiration régulière de Willy.

« L'unique moyen d'empêcher Bobby Crandell d'aller en prison est de découvrir l'auteur du vol, continua Alvirah. Le soir du cambriolage, Nadine avait fermé à clé la porte d'entrée du bungalow, mais puisque Bobby a dit qu'il était passé aujourd'hui par la porte vitrée coulissante de la véranda, on peut imaginer que quelqu'un d'autre en a fait autant. Personne ne se soucie vraiment de verrouiller les accès par ici. » Puis une idée lui traversa l'esprit. Bobby était-il du genre à jouer gros ? Il savait que sa mère avait emporté ses bijoux. Nadine leur avait dit que la combinaison qu'elle utilisait toujours était sa date de naissance, 1-9-5-3. Bobby le savait sans doute.

Se pourrait-il que Bobby ait eu des ennuis sérieux à la suite de dettes de jeu ? Supposons qu'il ait été menacé de mort s'il ne les remboursait pas ? Supposons que la somme ait été très importante ? Et qu'il ait décidé de voler les bijoux en plus de la prime ? Peut-être ne lui restait-il qu'un espoir : que sa mère persuade Cotter Hayward de ne pas porter plainte pour la disparition des bijoux.

Alvirah se posa une autre question avant de s'endormir. Pourquoi Cotter Hayward avait-il soudain décidé de dîner avec Nadine ce soir ?

Le téléphone sonna à onze heures, peu de temps après qu'il se fut couché. Cotter Hayward ne dormait pas encore. Il tendit la main vers l'appareil et aboya littéralement dans le récepteur.

Il sortit du lit, enfila un pantalon de toile et un

sweater. Puis, comme saisi d'une arrière-pensée, il se servit un Martini. Je ne devrais pas boire, se dit-il amèrement. Mais étant donné les événements de cette nuit, il en avait besoin.

À minuit moins le quart il quitta son appartement en bordure du terrain de golf du Pebble Beach Club et, se dirigeant dans l'obscurité, atteignit le seizième trou. Immobile dans le petit bois à la limite du green, il attendit.

Le claquement sec d'une branche lui indiqua que quelqu'un approchait. Il se retourna, hésitant. Les nuages se dissipèrent. Durant l'instant qui précéda sa mort, Cotter Hayward vit se dérouler toute sa vie. Il reconnut son agresseur, comprit que c'était un club de golf qui allait lui fracasser le crâne et eut le temps d'admettre à quel point il avait été stupide.

À six heures moins le quart Alvirah rêvait qu'ils quittaient Southampton à bord du *Queen Elizabeth II.* Puis elle se rendit compte que le son qu'elle entendait n'était pas le tintement de la cloche de bord mais la sonnerie du téléphone. C'était Min.

« Alvirah, je vous en prie, venez tout de suite à la résidence. Il y a un problème. »

Alvirah enfilait tant bien que mal un survêtement jaune pâle et des chaussures de tennis assorties quand Willy ouvrit un œil. « Que se passe-t-il encore ? demanda-t-il d'une voix ensommeillée.

— Je n'en sais rien. Oh zut, j'ai enfilé le haut devant derrière. »

Willy s'efforça de distinguer les chiffres sur le cadran du réveil. « Je croyais que les gens venaient ici se reposer.

— C'est vrai pour certains. Habille-toi en vitesse si tu veux m'accompagner. J'ai un mauvais pressentiment. »

Quelques minutes plus tard, le pressentiment d'Alvirah fut renforcé par la présence d'une voiture portant l'emblème du shérif du comté de Monterey. « Scott est là », dit-elle laconiquement.

Scott Alshorne se trouvait dans le bureau de Min. Helmut et elle étaient encore en vêtements d'intérieur, l'air complètement bouleversé. Malgré tout, Alvirah ne put s'empêcher d'admirer leur élégance bien qu'on les eût tirés du lit avant l'aube. Min était enveloppée dans un déshabillé de satin rose agrémenté d'un col de dentelle et d'une ceinture délicatement tressée ; Helmut impeccable dans un court peignoir de soie bordeaux sur un pyjama assorti.

Heureusement le shérif Alshorne n'avait pas changé. Sa silhouette d'ours en peluche, son visage tanné et buriné, l'abondante chevelure blanche et les yeux au regard perçant étaient restés les mêmes. Aussi chaleureux quand il pressait un ami contre son cœur qu'implacable quand il poursuivait un criminel.

Il embrassa Alvirah et serra la main de Willy. Puis, sans préambule, les mit au courant : « Le corps de Cotter Hayward a été découvert sur le terrain de golf du Pebble Beach Club il y a une heure par un des employés chargés de l'entretien.

— Par tous les saints du ciel ! » s'exclama Alvirah, stupéfaite, en même temps qu'elle pensait : Qui a fait le coup, Nadine ou Bobby ?

« On lui a assené plusieurs coups avec un objet

très lourd. Le meurtrier voulait être sûr de le tuer. » Scott se tourna aimablement vers Alvirah. « D'après ce que m'a dit Min, vous n'êtes pas venue ici uniquement pour être dorlotée.

— Pas vraiment. » Alvirah réfléchit à toute vitesse. « Nadine est-elle au courant de ce qui est arrivé à son mari ?

— Scott est d'abord venu ici, répondit Min. Nous l'accompagnerons lorsqu'il ira lui annoncer la nouvelle. Elle aura peut-être besoin de l'assistance médicale de Helmut. Je voudrais seulement savoir comment joindre le fils de Nadine pour qu'il vienne la rejoindre le plus vite possible.

— Bobby est... » Un coup d'œil d'Alvirah fit taire Willy. Mais il n'avait pas échappé à Scott Alshorne. « Vous connaissez Bobby ? demanda-t-il.

— Nous l'avons rencontré », répondit évasivement Alvirah. Puis elle se rendit compte qu'il ne servait à rien de cacher à Scott que Bobby Crandell se trouvait dans le bungalow de Nadine la veille à dix heures du soir.

« Séjourne-t-il ici avec sa mère ? demanda Scott.

— Il en avait l'intention hier soir, reconnut Alvirah. Nadine occupe l'un des bungalows qui comportent deux chambres. »

Scott se leva, dominant tout à coup l'assistance. « Alvirah, ma chère amie, dit-il, ne tournons pas autour du pot. Un vol important a été commis ici même voilà trois jours. J'aurais dû être prévenu *immédiatement.* Min m'a donné de vagues explications qui ne justifient pas sa décision d'apporter son soutien à Nadine Hayward et de dissimuler le délit.

Ce que vous semblez tous oublier, c'est que nous aurions pu prélever des échantillons d'ADN sur le coffre-fort. Et il est trop tard désormais. » Il s'approcha d'Alvirah. « Elle a préféré faire appel à vous au lieu de m'avertir. Et maintenant, nous voilà en présence d'un cambriolage doublé d'un meurtre. Je veux que vous me communiquiez toutes les informations que vous avez pu recueillir depuis votre arrivée ici. Est-ce clair ?

— Je veux qu'une chose soit tout aussi claire, dit Willy d'un ton glacial. Je vous interdis de malmener ma femme.

— Oh, chéri, Scott ne me malmène pas, le rassura Alvirah. Ce n'est que sa version des traditionnelles mises en garde. » Elle regarda Scott droit dans les yeux. « Je sais ce que vous pensez — que Nadine et Bobby sont les suspects les plus probables. Mais je sais aussi que vous êtes un homme sérieux et sans opinions préconçues. J'ai rencontré Cotter Hayward il y a quelques années alors qu'il séjournait ici avec son ex-femme, Elyse. On ne peut pas dire qu'ils filaient le parfait amour à l'époque, et, croyez-moi, d'après ce que j'ai vu hier soir, cette même dame le haïssait cordialement. Mais elle n'avait aucun intérêt à le tuer, autant que je le sache. Et je parie que Cotter Hayward possédait pas mal d'ennemis. Bref, avant de conclure prématurément, il faudrait regarder du côté de certains des participants de ce tournoi de golf. Qui sait, l'un d'eux avait peut-être de bonnes raisons de le haïr. »

Min fit un geste vers l'horloge. « Il va être six heures et demie, dit-elle nerveusement. La promenade hygiénique matinale débute dans un quart d'heure. Il faut aller avertir Nadine.

— Et je pense qu'Elyse aussi devrait être mise au courant avant que la rumeur ne commence à se répandre, suggéra Alvirah. Si vous le voulez, je vais aller à son bungalow lui parler.

— Pas sans moi », déclara sèchement Scott. Il ajouta avec un sourire forcé : « D'accord, Alvirah. Vous m'accompagnerez lorsque nous irons rendre visite à la veuve Hayward. »

Min et Helmut s'éclipsèrent un instant pour enfiler leur survêtement, puis le cortège quitta la résidence. Willy préféra regagner le bungalow. « Je vous gênerais plutôt qu'autre chose », dit-il.

Des femmes de chambre chargées des plateaux du petit déjeuner les croisèrent alors qu'ils empruntaient l'allée sinueuse qui menait au bungalow de Nadine. Leurs regards étonnés n'échappèrent pas à Alvirah.

En effet, Nadine eut besoin de l'assistance médicale de Helmut. Elle était dans le petit salon quand ils arrivèrent. Elle semblait ne pas avoir fermé l'œil de la nuit. Alvirah remarqua qu'elle avait mis sa robe de chambre à l'envers. Elle a dû l'enfiler à toute vitesse, pensa-t-elle. Pour quelle raison ?

Son teint de pêche devint littéralement gris lorsqu'elle les vit. « Que se passe-t-il ? Quelque chose est arrivé à Bobby ? »

C'est donc ça, pensa Alvirah. Bobby est parti et elle ne sait pas où. Elle regarda Min et Helmut l'entourer avec une attention protectrice tandis que

Scott lui annonçait que son mari avait été victime d'une agression.

Nadine resta muette. Puis elle poussa un soupir et tomba dans les pommes.

« Si Nadine était totalement anéantie, tu aurais dû voir Bobby, raconta Alvirah à Willy une heure plus tard. Il est arrivé pendant que Helmut essayait de ranimer sa mère, et il a sans doute cru qu'elle était morte. Il avait pleuré, c'était visible. Il a repoussé Helmut et s'est écrié : "Maman, c'est de ma faute, pardon, pardon."

— Est-ce qu'il lui demandait pardon d'avoir volé le montant de la prime, ou de s'être disputé avec elle ? demanda Willy.

— C'est ce que j'aimerais bien savoir. Lorsque Nadine est revenue à elle, Helmut lui a donné un calmant et l'a mise au lit. Scott a alors voulu interroger Bobby. Mais Bobby a simplement dit qu'il n'arrivait pas à dormir et qu'il était sorti faire du jogging. Il a ajouté qu'il ne dirait pas un mot de plus hors de la présence d'un avocat. »

Willy siffla doucement. « Cela ne ressemble pas au langage d'un innocent. »

Alvirah approuva à regret. « On voit bien que ce n'est pas un mauvais garçon, Willy, et qu'il aime sa mère, mais c'est quelqu'un qui ne réfléchit pas sérieusement aux conséquences de ses actes. Je suis au regret de le dire, mais je l'imagine très bien décidant que sans Cotter Hayward dans les parages, sa mère n'aurait plus à déclarer le vol de ses bijoux. »

Willy lui tendit une tasse de café. « Tu n'as rien mangé. La femme de chambre a laissé une bouteille Thermos et un semblant de muffin. Il faut une loupe pour le distinguer sur une assiette.

— Neuf cents calories par jour, chéri. C'est pour cette raison que les gens sont si beaux quand ils quittent ces lieux. » Alvirah avala le muffin d'une seule bouchée. « Mais sais-tu le plus intéressant ? Lorsque nous sommes allés avertir Elyse de la mort de son ex-mari, elle a failli avoir une crise de nerfs.

— Je croyais qu'elle ne pouvait pas le souffrir.

— Moi aussi. Et c'est peut-être vrai. Mais elle savait que Cotter Hayward avait tellement peur de la mort qu'il n'avait jamais voulu faire son testament. Il n'a pas d'enfant, ce qui signifie que...

— ...que Nadine est peut-être une veuve richissime aujourd'hui, termina Willy. Et je suppose que son fils peut s'offrir un bon avocat. »

À midi, Scott revint à l'institut avec un mandat de perquisition du bungalow de Nadine. Les médias étaient déjà sur place et la police avait dressé des barrières pour les maintenir à distance.

Tout le monde attendait la déclaration du shérif Alshorne. Il sortit de sa voiture et se planta devant les caméras et les micros. « L'enquête se poursuit, dit-il laconiquement. L'autopsie est en cours. Vous serez informés au fur et à mesure des nouveaux développements. »

Les questions fusèrent : « Shérif, est-il vrai que le fils de Mme Hayward a engagé un avocat ? » « Est-il vrai que les bijoux de Mme Hayward ont été volés il y a quelques jours et que vous n'en avez pas été informé ? » « Est-il vrai que M. Hayward s'est disputé avec son ex-femme pendant le dîner d'hier soir ?

« Pas de commentaire », fit Scott d'un ton sec en réponse à chaque question. Il regagna sa voiture et ordonna à son adjoint : « Mets les gaz. » Les vigiles leur firent signe de passer aux barrières et ils disparurent dans les jardins de l'institut. « Je me demande combien d'employés vont vendre leurs petites histoires à la presse à scandale », dit-il d'un air furieux tandis qu'ils se dirigeaient vers le bungalow de la récente veuve.

Nadine s'était habillée et, bien qu'elle fût d'une pâleur mortelle, elle était en pleine possession de ses moyens. « Je comprends, dit-elle d'une voix sans timbre lorsque Scott lui présenta le mandat de perquisition. J'ignore ce que vous cherchez et suis certaine que vous ne trouverez rien de suspect, mais faites ce que vous avez à faire.

— Où est votre fils ?

— Je l'ai envoyé aux thermes romains. Les séances de massage et de piscine lui feront du bien.

— Il sait qu'il ne doit pas quitter l'établissement, n'est-ce pas ?

— Je crois que vous le lui avez clairement signifié. Maintenant, si vous voulez bien m'excuser, j'ai rendez-vous avec la baronne von Schreiber dans son bureau. Elle m'aide à régler les formalités en vue de la crémation de mon mari lorsque nous pourrons disposer de son corps. »

La perquisition du bungalow fut très minutieuse et les résultats nuls. Exaspéré, Scott examina le coffre-fort mural. « C'est du matériel plutôt sérieux, fit-il remarquer à son adjoint. Il n'a pas été forcé, ce qui signifie que le voleur des bijoux connaissait la combinaison.

— Le fils ?

— Il était à son bureau de New York le mercredi matin. Les bijoux ont disparu dans l'après-midi du mardi. Nous faisons vérifier les passagers des vols de nuit, mais il peut très bien avoir utilisé un faux nom s'il était à bord d'un de ces avions. »

Ce fut dans la deuxième chambre à coucher, où Bobby avait dormi, que Scott fit une découverte qui lui parut intéressante — le petit agenda où Nadine notait les numéros de téléphone, ouvert à la lettre H à côté du combiné. Les cinq premiers numéros concernaient Cotter Hayward : son bureau, son yacht, son appartement de New York, son ranch du Nouveau-Mexique, l'appartement de Pebble Beach.

« Bobby était ici la nuit dernière, dit Scott. Cotter était à Pebble Beach. Je me demande si notre jeune ami ne lui aurait pas téléphoné pour arranger une petite rencontre privée. »

C'était la coutume à Cypress Point de servir le déjeuner à des petites tables disposées autour de la piscine. La plupart des clients étaient en maillot une pièce ou sortie de bain. Ceux qui avaient terminé le programme de la matinée et projetaient de passer l'après-midi sur le terrain de golf de neuf trous récemment ouvert s'étaient habillés en conséquence.

Alvirah n'avait aucunement l'intention de suivre un programme de remise en forme, et elle n'avait jamais tenu un club de golf de sa vie. Néanmoins, elle enfila rapidement le maillot bleu marine et le peignoir en tissu-éponge rose qui faisaient partie des accessoires de chaque bungalow. Elle avait insisté pour que Willy de son côté porte le costume de bain assorti d'un peignoir court, tenue standard de la clientèle masculine.

« Pas question de nous faire remarquer, avait-elle dit. Je veux avoir un aperçu de la réaction de ces gens à propos du meurtre. »

Elle savait que porter sa broche soleil sur son peignoir était probablement d'un vulgaire achevé. Même les femmes qui ressemblaient à des arbres de Noël au cocktail de la veille ne l'auraient pas osé. Elle épingla néanmoins la broche à son revers et mit en marche l'enregistreur tout en s'approchant de la piscine. Elle ne voulait pas rater un seul mot de ce qui se dirait.

Alvirah fut surprise de voir Elyse assise à l'une des tables avec Barra Snow et d'autres hôtes. « Viens, chéri », chuchota-t-elle à Willy en constatant qu'il restait deux sièges libres à la table.

Parfaitement à l'aise maintenant, Elyse avait troqué le maillot et le peignoir fournis par l'institut contre une chemise de coton à rayures, une jupe blanche et des chaussures de golf. « Un choc horrible, racontait-elle à une femme qui s'approchait d'elle. Après tout, je suis restée mariée avec Cotter pendant quinze ans, et nous avons connu des moments de bonheur. C'est grâce à lui que je me suis mise au golf, et je lui en serai éternellement reconnaissante. C'était un excellent professeur. Le golf nous a réunis pendant longtemps et même après notre séparation nous avons continué à jouer ensemble avec plaisir.

— Êtes-vous certaine de vouloir jouer cet après-midi ? Nous pouvons trouver quelqu'un d'autre pour faire équipe avec nous. »

La femme qui s'adressait à Elyse était une autre de ces gravures de mode, hâlées, élégantes, pourvues d'un accent britannique. Je crois l'avoir déjà vue parce qu'elle est le clone de la moitié des femmes que l'on rencontre ici, décida Alvirah après l'avoir observée pendant quelques minutes.

Barra Snow répondit pour Elyse. « Je suis sûre qu'Elyse se sentira mieux si elle joue avec nous. J'ai déjà envoyé un caddy chercher ses clubs dans sa voiture. Elle ne doit pas rester inactive à broyer du noir.

— Je ne broie pas du noir, se récria Elyse. Vraiment, Barra, si vous devez présenter des condoléances, réservez-les à Nadine. J'ai entendu dire que Bobby était chez elle hier soir, et j'ai entendu dire aussi qu'elle ne l'attendait pas. J'aimerais bien savoir dans quel pétrin il s'est fourré à présent. Nadine a dû supplier Cotter de lui sauver la mise la dernière fois. Ce garçon va marcher sur les traces de son père. »

Alvirah se souvint qu'Elyse était une cousine éloignée du père de Bobby. Comment savait-elle que Nadine avait payé la caution de Bobby ? se demanda-t-elle. Cotter s'était-il confié à elle ? Elle songea à sa réaction hystérique à la nouvelle du décès. S'était-elle mise dans cet état uniquement parce que Nadine allait hériter de beaucoup d'argent, ou parce qu'elle éprouvait encore un mélange d'amour et de haine envers son ex-mari ? Intéressant.

Mme Jennings, qui était à leur table le soir précédent, s'avança précipitamment vers leur groupe. « Je viens d'apprendre à la télévision que les bijoux de Nadine avaient été volés l'autre jour. N'est-ce pas incroyable ?

— Les bijoux ! s'écria Elyse. Les fameux bijoux Hayward ! Mon Dieu, Cotter était-il au courant ? La collection était dans sa famille depuis des générations. Ils n'en faisaient jamais don aux pièces rapportées, vous savez. Seule l'épouse était autorisée à les porter. Le père de Cotter s'était marié quatre fois, et on disait en riant que toutes les quatre étaient identiques. On les appelait les girls Hayward. J'ai pensé que Nadine serait celle qui finirait par ramasser tout le paquet. Cotter a été le dernier de sa lignée. »

Elle est ravie qu'ils aient été volés, pensa Alvirah, ou alors c'est une excellente comédienne.

Un homme en uniforme de caddy s'approcha en souriant de la table, un sac de golf en bandoulière. « J'ai pris vos clubs, madame Hayward, dit-il en posant le sac par terre, mais il faudrait nettoyer le sandwedge. Il n'a plus sa housse, et le manche est un peu collant.

— C'est grotesque, dit sèchement Elyse. Tous les clubs ont été nettoyés avant d'être rangés dans le sac.

— Collant ? » Les antennes d'Alvirah se mirent à vibrer. Elle se leva vivement. « Permettez-moi d'y jeter un coup d'œil. »

Elle s'empara du sac de golf sous l'œil étonné du caddy et regarda à l'intérieur. Attentive à n'effleurer aucun des autres clubs, elle examina celui qui n'avait pas de housse de protection. La tête d'acier incurvée était maculée de marques brunes. Même à l'œil nu, on apercevait des lambeaux de peau et des cheveux qui adhéraient au métal.

« Que quelqu'un téléphone au shérif Alshorne, dit calmement Alvirah. Prévenez-le que je crois avoir trouvé l'arme du crime. »

Deux heures plus tard, Alvirah et Willy virent arriver le shérif dans leur bungalow.

« Beau travail, Alvirah, reconnut Scott avec un brin de regret dans la voix. Si ce caddy avait nettoyé le club, nous aurions perdu une pièce à conviction essentielle.

— L'ADN ? » demanda Alvirah.

Alshorne haussa les épaules. « Peut-être. Nous savons qu'il s'agit de l'arme du crime, et nous savons qu'elle provient du sac de golf de l'ex-femme de la victime, sac qui se trouvait dans la malle de sa voiture qu'elle avait garée dans le parking sans la fermer à clé.

— Ce qui signifie que n'importe qui aurait pu le prendre et le remettre en place, conclut Willy.

— N'importe qui sachant qu'il s'y trouvait, rectifia Alvirah. N'est-ce pas, Scott ?

— Exact.

— Je n'ai pas touché au club, mais j'ai eu l'impression qu'il pouvait constituer une arme redoutable. Ai-je raison ? »

Le front d'Alvirah s'était creusé, signe qu'elle avait coiffé sa casquette à penser, pour utiliser son expression favorite.

« Oui, il peut constituer une arme redoutable, confirma Scott. Le sandwedge est le plus lourd de tous les clubs.

— Je l'ignorais. Si je devais estourbir quelqu'un d'un coup de club sur la tête, il me semble que j'aurais pris le premier qui me serait tombé sous la main.

— Alvirah, soupira Scott en secouant la tête, je devrais vous engager. Je suis arrivé à la même conclusion que vous. La personne qui a choisi ce club pour agresser Cotter Hayward la nuit dernière est soit un golfeur, soit un type qui a quelques notions de ce sport.

— Et vous privilégiez Bobby Crandell, n'est-ce pas ? »

Il haussa les épaules. « Ou sa mère, pour les raisons que vous connaissez bien. »

Alvirah se rappela Bobby, son jeune et beau visage terrifié, ses efforts pour se justifier en soulignant qu'il avait toujours remboursé lui-même ses pertes jusqu'à présent. Plus vraisemblablement,

Nadine l'avait toujours tiré d'affaire, et il s'était précipité chez elle en espérant qu'elle le ferait à nouveau. La veille, Alvirah avait vu de ses propres yeux l'expression de Bobby quand il avait compris que sa mère ne pourrait pas le sauver *cette fois*. Et il lui avait paru tout aussi clair que Nadine était prête à tout pour éviter la prison à son fils. Elle avait pratiquement dit que...

« Cette histoire ne se présente bien ni pour l'un ni pour l'autre, dit-elle lentement, mais voulez-vous que je vous dise une chose, Scott ? Tous les deux sont innocents. Je le sens au plus profond de moi-même. »

Ils se trouvaient dans le petit salon du bungalow. La porte vitrée coulissante était ouverte, et la brise rafraîchissante du Pacifique avait dissipé la chaleur de la mi-journée.

Des pas précipités se firent entendre dans le patio à l'extérieur, et Nadine apparut soudain devant eux. « Alvirah, aidez-moi, sanglota-t-elle. Bobby est sur le point d'avouer qu'il a tué Cotter. Je vous en prie, empêchez-le, empêchez-le de faire ça ! » Puis elle aperçut le shérif. « Oh, mon Dieu », gémit-elle.

Scott se leva. « Madame Hayward, je crois que je ferais mieux d'aller trouver votre fils et d'entendre ce qu'il a à dire. Et je vous conseille de sonder votre conscience et de chercher pourquoi il a soudain décidé de confesser un meurtre. »

Flanqué de Scott Alshorne et de deux de ses adjoints, Bobby Crandell fut emmené au commissariat du comté de Monterey. Quelques minutes plus tard, Alvirah et Willy y accompagnèrent Nadine dans la limousine de l'institut.

Nadine avait cessé de sangloter. Elle resta muette durant la courte durée du trajet et, dès leur arrivée, demanda à s'entretenir avec le shérif. « J'ai quelque chose de très important à lui dire. »

Alvirah comprit tout de suite ce que Nadine se préparait à faire. « Nadine, je veux que vous preniez un avocat avant de prononcer un seul mot.

— Un avocat ne m'aidera en rien. Personne ne peut m'aider. »

On les conduisit dans une salle d'attente où ils patientèrent pendant une heure avant d'être invités à rejoindre Scott. Alvirah était alors si inquiète qu'elle faillit oublier de mettre en marche son enregistreur.

« Où est Bobby ? demanda Nadine dès qu'ils pénétrèrent dans le bureau de Scott.

— Il attend que l'on ait dactylographié ses aveux.

— Il n'a rien à avouer, s'écria Nadine. C'est moi... »

Scott l'interrompit : « Madame Hayward, ne dites pas un mot de plus avant de m'avoir entendu. Vous connaissez vos droits, n'est-ce pas ?

— Oui. »

Alvirah sentit la main réconfortante de Willy saisir la sienne tandis que Scott récitait à Nadine les mises en garde habituelles, les lui donnait à lire et lui demandait si elle avait bien compris.

« Oui, oui, et je sais que j'ai le droit de faire appel à un avocat.

— Très bien. » Scott se tourna vers un de ses adjoints. « Envoyez-moi quelqu'un pour consigner les aveux. Alvirah, veuillez attendre dehors avec Willy.

— Oh, non, je ne veux pas qu'ils partent. » Nadine tremblait comme une feuille.

Alvirah entoura ses épaules de son bras. « Laissez-moi rester avec elle, Scott. »

Les aveux de Nadine étaient simples. « J'ai téléphoné à Cotter à son appartement. Je lui ai dit que j'avais besoin de lui parler.

— Quelle heure était-il ?

— Je... je ne suis pas sûre. J'étais couchée. Je n'arrivais pas à dormir.

— De quoi vouliez-vous lui parler ? demanda Scott.

— Je voulais lui révéler le vol des bijoux et le supplier de ne pas porter plainte. Alvirah, vous êtes tellement intelligente. J'ai cru que peut-être... j'ai espéré que vous découvririez qui les avait volés. J'en portais certains l'autre soir. Plusieurs personnes les ont admirés et toutes résident à Cypress Point. Ces bijoux se trouvent peut-être dans le coffre-fort d'un des bungalows à l'heure actuelle...

— Votre mari a-t-il accepté de vous rencontrer ? l'interrompit Scott.

— Oui, sur le terrain de golf.

— Pourquoi pas à son appartement ? demanda Alvirah. Vous êtes sa femme.

— Il... il a dit qu'il avait envie de marcher et qu'ainsi nous aurions chacun la moitié du chemin à faire. Il m'a indiqué exactement la direction à prendre.

— Pourquoi avez-vous apporté un club de golf ? »

Nadine se mordit la lèvre. « Cotter pouvait devenir très violent. J'avais peur de le voir éclater de rage... et c'est exactement ce qui est arrivé. Lorsque je lui ai parlé du vol et de la prime d'assurance, il est devenu fou furieux. Il a levé la main et essayé de me frapper. Je me suis reculée, j'ai levé le club et... » Sa voix se brisa. Puis elle murmura : « Je ne me souviens pas de l'avoir frappé, mais il était étendu par terre, immobile, et j'ai compris qu'il était mort.

— Vous avez remis le club dans la voiture d'Elyse Hayward ?

— Oui. Je voulais seulement m'en débarrasser.

— Pourquoi avoir choisi sa voiture ?

— Je savais qu'elle y gardait ses clubs. Je l'avais vue les y ranger. En revenant à l'institut, j'ai fait le détour par le parking. »

Tout le visage de Scott semblait creusé de rides sous l'effet de la concentration. « Vos aveux sont plus crédibles que ceux de votre fils, dit-il enfin. Je regrette pour vous, madame Hayward. Vous auriez rendu un meilleur service à Bobby en le laissant affronter tout seul le fait d'avoir encaissé le chèque de l'assurance. Il aurait pu s'en sortir. Il était prêt à risquer la chambre à gaz plutôt que de vous voir inculpée du meurtre de votre mari. Je peux vous dire maintenant que ses aveux ne tenaient pas la route. »

Scott se leva. « Lorsque votre déclaration aura été dactylographiée et signée, vous serez officiellement inculpée. En attendant, vous êtes accusée d'homicide volontaire et en état d'arrestation. »

Alvirah et Willy s'étaient rendus au poste de police avec Nadine et à présent ils en revenaient avec Bobby. Affalé dans la voiture, le menton posé sur ses deux mains jointes, les yeux mi-clos, le jeune homme était l'image même du chagrin. L'instinct maternel d'Alvirah envahit tout son être. Il est désespéré, se dit-elle, et il se sent horriblement coupable. Elle se tourna vers lui : « Bobby, vous allez habiter le bungalow de votre mère, n'est-ce pas ?

— Oui, si la baronne von Schreiber m'y autorise. Ma mère ne devait y séjourner que jusqu'à samedi.

— Je sais que Min ne refusera pas de vous loger. » Elle s'adressa ensuite à Willy : « Tu devrais rester avec Bobby jusqu'à la fin de la journée. Emmène-le au gymnase ou à la piscine. »

Elle se tut, ne voulant pas promettre plus qu'elle ne pourrait tenir. Mais tandis que la limousine longeait le Seventeen Mile Drive, elle décida de dire ce qu'elle avait sur le cœur. « Bobby, je sais que vous n'avez pas tué Cotter Hayward, et je suis tout aussi certaine que votre mère ne l'a pas tué. Elle veut vous protéger, comme vous avez voulu la protéger. Maintenant je veux connaître la vérité. Que s'est-il passé après que Willy et moi sommes partis l'autre soir ? »

Une petite lueur d'espoir illumina le visage de

Bobby. Il repoussa une mèche de ses cheveux blonds si semblables à ceux de sa mère. « Maman et moi étions complètement vannés. Nous avons parlé pendant un moment. Elle était persuadée que Cotter se demanderait pourquoi elle n'avait pas porté un seul de ses bijoux au dîner, et elle pensait qu'il était préférable de lui avouer ce qui était arrivé plutôt que d'attendre jusqu'au samedi. Ensuite nous sommes allés nous coucher. Je l'ai entendue pleurer un moment, et j'ai hésité à aller la consoler. Puis je me suis endormi. »

Il jeta un regard inquiet vers le chauffeur à l'avant de la voiture et vit Alvirah appuyer sur le bouton qui commandait la vitre de séparation. « Je me suis réveillé vers cinq heures et j'ai cherché ma mère. Elle n'était pas dans sa chambre. J'ai trouvé son carnet d'adresses et appelé le numéro de Cotter à son appartement, mais personne n'a répondu. J'ai eu peur, j'ai décidé d'aller là-bas. Je craignais qu'elle ait décidé d'aller le trouver et qu'il lui soit arrivé quelque chose. J'ai fait le trajet au pas de course, mais j'ai vu des voitures de police en arrivant ; un employé m'a raconté ce qui s'était passé. Ensuite, j'ai été pris de panique. C'est pourquoi j'ai avoué avoir commis le meurtre. Parce que si ma mère est coupable, elle l'a fait pour moi. »

Alvirah regarda le jeune homme, son visage tordu par la douleur. « Je ne crois pas que ce soit elle, Bobby, dit-elle enfin. J'ai dit au shérif que d'autres personnes avaient peut-être de bonnes raisons d'assassiner votre beau-père. Maintenant mon boulot est de découvrir qui. »

Une grande enveloppe de papier kraft attendait Alvirah à son retour au bungalow : les documents qu'elle avait demandés à Charley Evans, des coupures de quotidiens et de magazines concernant Cotter Hayward. Alvirah se plongea immédiatement dans leur lecture, oubliant presque qu'elle n'avait pas déjeuné. Elle se souvint alors du mini-muffin qu'elle avait avalé ce matin et comprit que son début de migraine ne provenait pas seulement du stress. Elle téléphona au service du restaurant.

Dix minutes plus tard, une aimable serveuse apparut avec un verre d'eau minérale, une théière remplie de tisane et une salade de carottes et de concombres, le déjeuner du jour. Alvirah aurait tout donné pour un savoureux hamburger. Elle se rappela la réflexion de Barra Snow à propos de sa sœur qui avait obtenu une franchise McDonald's dans son jugement de divorce. Eh bien, en ce moment même, elle aurait pu dévorer les bénéfices de la sœur en un seul repas !

La lecture des volumineux documents concernant Cotter J. Hayward était réellement passionnante. Il était né à Darien, dans le Connecticut, petit-fils de l'inventeur d'un procédé de téléphonie à longue distance qu'il avait vendu à AT & T pour soixante millions de dollars.

Une somme énorme pour l'époque, pensa Alvirah en prenant des notes sur son calepin. C'est lui qui avait acheté les bijoux pour sa femme. Comme il était connu pour sa pingrerie, l'achat fit les gros titres de la presse. Les bijoux revinrent à son fils Cotter, deuxième du nom, un véritable play-boy dont les quatre épouses portèrent à tour de rôle les célèbres joyaux de la famille. Son train de vie et les indemnités versées à ses femmes firent fondre la fortune dont il avait hérité, mais la collection de bijoux resta intacte.

Cotter numéro trois, époux d'Elyse puis de Nadine, semblait avoir suivi les traces de ses deux prédécesseurs. Il y avait des douzaines de photos de lui, prises dans sa jeunesse, escortant des stars de cinéma ou des jeunes filles de la haute société. Il avait épousé Elyse à l'âge de trente-cinq ans et, comme son grand-père, était connu pour son avarice. Il s'occupait en personne de ses placements et on le disait à la tête d'une fortune de plus de cent millions de dollars. Mais nul n'en connaissait le montant exact.

Certainement un golfeur de premier plan, se dit Alvirah. Il apparaissait sur de nombreuses photos prises sur des parcours de golf, en compagnie de champions tels que Jack Nicklaus ou de l'ancien président Ford. Les photos les plus anciennes le montraient avec Elyse, bras dessus, bras dessous, en tenue de golf, recevant parfois ensemble leurs coupes. Sur les plus récentes, prises durant les trois dernières années, on le voyait avec Nadine à des réunions mondaines, mais il n'y avait aucune prise de vue d'elle sur un terrain de golf.

Une photo en particulier attira l'attention d'Alvirah. Elle représentait Elyse et Barra Snow auxquelles on remettait des trophées identiques à un tournoi du Ridgewood Country Club dans le New Jersey, et c'était Cotter Hayward qui officiait. La photo datait de six semaines.

Le sourire de Cotter ce jour-là, debout entre les deux femmes, paraissait parfaitement naturel. Elyse levait la tête vers lui, souriant elle aussi. Amour/haine, pensa Alvirah. Sûrement ce qu'Elyse éprouvait pour son ex. Elle lut la légende et leva les sourcils. Oh là là ! pensa-t-elle.

Décrochant le téléphone, elle appela Charley au *Globe*, le remercia de l'envoi des documents, et lui demanda s'il pouvait lui faxer d'autres informations. « Je sais qu'il est huit heures à New York, mais si quelqu'un pouvait trouver ces renseignements le plus vite possible, je demanderais à Min la clé de son bureau afin de les récupérer dès ce soir. Merci beaucoup. »

Elle consacra l'heure suivante à repasser l'enregistrement des conversations à la table du dîner la veille, au bungalow de Nadine et au déjeuner. Elle prenait des notes au fur et à mesure.

Willy rentra épuisé vers six heures. « Nous avons nagé et fait des exercices sur ces maudites machines. Bobby sait parfaitement s'en servir. Puis nous avons pris un verre de jus d'orange et nous avons discuté. C'est un gentil garçon, chérie, et il sait que sa mère est dans cette situation par sa faute. Crois-moi, si on arrive à découvrir le véritable meurtrier et que Nadine s'en sort, Bobby Crandell n'osera même plus acheter un billet de loterie à l'avenir. »

Il remarqua alors les piles de coupures sur la table. « Tu en as tiré quelque chose ?

— Pas vraiment, mais je n'en suis pas encore sûre. De toute manière, le dîner devrait être intéressant. »

Au grand soulagement d'Alvirah, toute la table était présente. Elle avait craint qu'Elyse ne se fasse servir à dîner dans son bungalow. Mais la première Mme Hayward était bel et bien là, toujours aussi peu aimable, d'une élégance parfaite dans un long fourreau bleu marine.

Barra Snow portait un tailleur-pantalon de soie blanche qui mettait en valeur sa beauté blonde. Elle n'est pourtant pas aussi ravissante qu'elle le paraît sur les photos publicitaires, pensa Alvirah — de petites rides naissaient autour des yeux et de la bouche du mannequin.

La discussion semblait concentrée sur l'arrestation de Nadine. « J'espère qu'elle se rend compte que si elle est déclarée coupable, elle ne touchera pas un cent de l'argent de Cotter, dit Elyse, une note de satisfaction dans la voix.

— Comme vous l'avez dit, on doit suivre le neuvième commandement, lui lança Alvirah. D'ailleurs, si vous vous étiez réconciliée avec M. Hayward il y a quatre ans... Je crois que vous étiez coutumiers du fait, n'est-ce pas ? Vous n'en finissiez pas de vous disputer et de vous réconcilier, non ? Dans ce cas c'est vous qui seriez sa veuve. Mais il s'est tourné vers Nadine. Je vous plains vous aussi. Il est regrettable de perdre un mari, mais ce n'est pas si désagréable d'être une veuve fortunée.

— Je ne suis pas certaine d'apprécier vos remarques, madame Meehan, répliqua Elyse. J'ai entendu parler de votre réputation de détective amateur, cependant je vous saurais gré de m'épargner vos réflexions. »

Alvirah prit une mine désolée. « Oh, je regrette vraiment. Je ne voulais pas vous blesser. » Elle espérait avoir l'air suffisamment contrit. « Je suis juste navrée pour Nadine. Je veux dire, elle ne joue pas au golf. Elle a une peau qui craint le soleil, et son fils a dit à Willy qu'il n'existait personne d'aussi peu sportif qu'elle. Elle est plutôt portée sur les arts, d'après ce que je sais. Peu importe, je veux dire qu'il est désolant pour tout le monde que Cotter et vous ne vous soyez pas réconciliés, n'est-ce pas ? Et désolant surtout qu'elle ait emprunté votre club pour aller à sa rencontre. J'espère qu'elle n'avait pas l'intention de faire porter les soupçons sur vous. Mais les meurtriers sont parfois pris d'une telle panique qu'ils commettent des erreurs. »

Elyse ignora volontairement les commentaires d'Alvirah et se mit à bavarder exclusivement avec le couple Jennings, pendant que Barra flirtait sans conviction avec l'ancien parlementaire. Au moment du dessert, Alvirah apprit avec consternation qu'Elyse avait décidé de partir le samedi.

« Je veux seulement m'enfuir à des milliers de kilomètres d'ici, dit Elyse. Cet endroit me déprime, et je n'ai jamais aussi mal joué au golf. Je savais que je serais nulle aujourd'hui. »

Barra dit à son tour : « Je pars aussi. J'ai reçu un coup de fil de mon agence. Je dois refaire quelques prises de vue à New York, une annonce pour Adrian. J'ai annulé ma deuxième semaine de cure. »

Alvirah s'efforça de ne pas regarder Elyse. Le micro de sa broche était branché. Plus tard il lui faudrait écouter attentivement chacune des paroles qui avaient été prononcées au dîner. Elyse avait laissé échapper quelque chose. Quoi ?

Le programme de la soirée était une conférence sur l'art espagnol au XIVe siècle, accompagnée d'une projection de diapositives. Tandis que l'assistance s'avançait lentement vers le salon où l'on avait disposé des fauteuils, Alvirah demanda à Min une clé de son bureau. « D'autres fax doivent me parvenir plus tard, et je voudrais y jeter un coup d'œil dès ce soir. »

Le sourire chaleureux de Min n'était qu'une façade. L'inquiétude perçait dans sa voix. « Six personnes ont annulé leur réservation pour la semaine prochaine. Les gens sont furieux de voir tous ces journalistes rassemblés devant les grilles. Alvirah, pourquoi Nadine n'a-t-elle pas tué Cotter avec l'un des clubs de golf qu'il utilisait ? Pourquoi a-t-il fallu qu'elle en prenne un ici ? Cherchait-elle à faire croire qu'Elyse était l'auteur du crime ?

— C'est bien ce qui me tracasse, répondit Alvirah en hochant la tête. Je ne comprends pas non plus. Pourquoi remettre un club couvert de sang à sa place, à moins de vouloir qu'on le découvre ? »

Le lendemain matin, à la demande d'Alvirah, Scott Alshorne vint prendre le café au bungalow Tranquillité. « Êtes-vous convaincu ? lui demanda-t-elle abruptement. Totalement persuadé que Nadine a tué son mari ? »

Scott examina le contenu de sa tasse. « Excellent café.

— Vous n'avez pas répondu à la question d'Alvirah », dit Willy d'un ton sec.

Alvirah sourit en son for intérieur. Elle savait que Willy en voulait encore à Scott de lui avoir parlé comme il l'avait fait la veille.

« Je ne suis certain de rien, dit Scott lentement. Nadine a avoué. Elle a un mobile, un mobile très sérieux. On a relevé deux appels téléphoniques locaux sur la facture de son bungalow. Un passé le 9, mercredi. L'autre le 10, c'est-à-dire hier. Or Nadine a déclaré qu'elle avait appelé Cotter Hayward mercredi soir et Bobby dit avoir tenté de joindre Cotter dans la matinée du jeudi. Pour quelle raison mettrais-je en doute ces déclarations ?

— Shérif, avez-vous jamais répandu une rumeur pour démasquer un meurtrier ? demanda Alvirah. Certains avocats de la défense en Californie ne s'en privent pas pour protéger leurs clients, alors pourquoi ne pas en faire autant pour une bonne cause ? »

Le voyant secouer la tête, elle poursuivit avec conviction : « Scott, tout est lié aux bijoux. Vous ne voyez pas ? Et ces bijoux n'ont toujours pas réapparu. Supposons que Nadine ait su que Cotter Hayward s'apprêtait à la quitter et ait mis en scène un cambriolage afin de récupérer de son mariage des bijoux qu'elle pourrait vendre. Dès l'instant où elle a découvert que Bobby avait laissé la police d'assurance expirer, il ne lui restait plus qu'à stopper le cambriolage. Elle a appelé Bobby avant d'en parler à Min. Et je peux vous assurer que Nadine était affolée lorsque je l'ai vue.

— D'accord, elle n'a pas volé ses propres bijoux. Je vous le concède.

— Êtes-vous certain que Bobby était à New York l'après-midi du vol ?

— Oui. Nous avons vérifié.

— Dans ce cas c'est quelqu'un d'autre qui a volé ces foutus bijoux et il ne fait aucun doute qu'il s'agit de l'assassin. Scott, suivez-moi sur ce coup, je vous en prie. »

La journée était magnifique. Un soleil matinal, chaud et brillant, baignait la piscine olympique et les tables qui l'entouraient avec leurs parasols aux couleurs de l'arc-en-ciel. À l'une des tables une radio portative diffusait les nouvelles locales. Une attention intense avait remplacé l'habituelle langueur des curistes qui alternaient exercices du matin, soins esthétiques, massages et autres bains d'algues.

Le commentateur laissait entendre que le shérif aurait gardé secret un indice important. On avait découvert plusieurs traces de pas très nettes dans la zone boisée avoisinant le seizième trou, à l'endroit même où Cotter Hayward avait été assassiné. Le shérif semblait croire qu'il s'agissait des empreintes du meurtrier, qui se serait caché là en attendant l'arrivée de Hayward. Si cette découverte semblait particulièrement significative, c'est que ces empreintes, laissées par des chaussures de femme, étaient nettement plus grandes que celles correspondant à la pointure de la meurtrière présumée, du 37.

« Et ce n'est pas tout, ajoutait le reporter. Il paraîtrait que les bijoux sont en réalité des copies que Hayward aurait fait réaliser lorsqu'il a changé de compagnie d'assurances. Il a toujours craint que Bobby agisse comme il l'a fait — encaisse le chèque de la prime et laisse la police venir à expiration. Bref, il semblerait que le voleur des bijoux ait sur les bras un trésor sans valeur. »

Alvirah n'avait pas pu s'asseoir à la table d'Elyse, mais elle s'était arrangée pour trouver un siège à la table voisine. Elle mit en marche son micro, tourna sa chaise vers celle d'Elyse et d'une voix forte, s'assurant d'être entendue, elle dit : « L'histoire ne s'arrête pas là. Vous savez que je fouine un peu, et figurez-vous qu'ils sont tellement sûrs que le meurtrier est un client de l'institut que le shérif a demandé l'autorisation de vérifier les pointures des chaussures de toutes les femmes présentes. S'il en découvre une qui correspond aux empreintes, le juge donnera l'autorisation de perquisitionner les bungalows et d'y rechercher les bijoux.

— C'est illégal, protesta quelqu'un.

— Nous sommes en Californie », lui rappela Alvirah. Elle se pencha le plus loin en arrière possible et entendit Elyse dire à voix basse : « C'est du Cotter tout craché. » Puis elle repoussa sa chaise et pria l'assistance de l'excuser.

Alvirah savait qu'une inspectrice de police déguisée en femme de chambre avait pour mission de surveiller Elyse. Toutefois, elle-même avait un autre plan. Quand vint le moment de choisir un des divers programmes de l'après-midi, elle suivit tranquillement Barra Snow jusqu'à son bungalow, se glissa dans le patio et, se collant le plus près possible de la baie coulissante, jeta un coup d'œil à l'intérieur.

Elle se recula vivement en voyant Barra inspecter la pièce autour d'elle, puis elle s'avança avec précaution, suffisamment pour apercevoir la jeune femme en train de repousser sur le mur un portrait de Min et de Helmut et de composer la combinaison de son coffre-fort. Un instant après, elle en retirait un sac de plastique transparent dont le contenu formait une masse scintillante.

« Je m'en doutais ! souffla Alvirah. Je m'en doutais ! À présent il va falloir qu'elle s'en débarrasse... »

Elle fit un pas en arrière. Comme celui de Nadine, le bungalow de Barra était l'un des plus éloignés de la résidence. Il était un peu à l'écart, bordé par un petit bois à l'arrière. Où Barra allait-elle jeter cette quincaillerie ? se demanda Alvirah.

J'ai cru un moment que la coupable était Elyse, pensa Alvirah, mais après avoir demandé à Charley Evans de m'envoyer les photos prises au country-club de Ridgewood, j'ai commencé à voir l'affaire sous un autre jour. Sur deux de ces photos, le regard qu'échangent Cotter et Barra en dit long. Puis sur l'enregistrement, il est clair que Barra a persuadé Elyse d'aller jouer au golf hier. Et c'est elle qui a envoyé le caddy chercher les clubs, sachant depuis le début ce qu'il trouverait. Peu lui importait qu'Elyse fût impliquée, ou que Nadine restât la principale suspecte. De toute manière, personne ne pourrait imaginer qu'elle avait le moindre rapport avec le meurtre.

Les soupçons d'Alvirah s'étaient accrus quand Barra avait déclaré qu'elle devait rentrer pour une séance de photos. Alvirah savait que c'était faux. La légende sous la photo la citait comme l'ex-modèle d'Adrian. Détail qui avait éveillé l'attention d'Alvirah.

Et elle avait fait cette plaisanterie concernant sa sœur et la franchise McDonald's obtenue lors de son jugement de divorce... Qu'avait dit Barra ? « Je n'ai pas eu cette chance. » Je parie qu'elle est plutôt fauchée, conclut Alvirah.

Restait une question cependant : avait-elle commis le vol sans l'aide d'un complice ? Et comment connaissait-elle la combinaison du coffre-fort de Nadine ?

Une seule personne pouvait la lui avoir donnée — Cotter Hayward. Aurait-il volé ses propres bijoux pour toucher l'indemnité de l'assurance et payer les trois millions de dollars dus à Elyse ?

Tout était silencieux à l'intérieur du bungalow. Barra devait chercher désespérément où planquer ces bijoux qu'elle croyait sans valeur. Les pensées d'Alvirah furent alors brutalement interrompues par un objet petit et dur qu'on appuyait dans son dos, tandis que la voix de Barra Snow murmurait : « Vous êtes beaucoup trop intelligente pour votre propre sécurité, madame Meehan. »

Scott Alshorne était d'une humeur exécrable. L'idée de laisser de fausses rumeurs se répandre pendant une enquête criminelle ne lui plaisait guère. C'est donc l'air furibard qu'il sortit de sa voiture devant les grilles de Cypress Point pour affronter les médias.

« Je n'ai aucune déclaration à faire concernant d'éventuelles empreintes à proximité de la scène du crime, déclara-t-il sèchement. Je ne commenterai pas la rumeur laissant entendre que les bijoux volés étaient des faux. Je suis déterminé à rechercher l'origine des fuites provenant de mes services ou des médias. »

Et ça au moins, ce n'est pas une blague, grommela-t-il à part lui en se frayant un passage au milieu des caméras et des micros pour regagner sa voiture. Les jardins de Cypress Point paraissaient désertés. Scott savait qu'après le déjeuner, l'activité reprendrait de plus belle. Min l'avait cent fois invité à suivre une journée complète de traitement aux frais de l'institut. C'est juste ce dont j'ai besoin, fulmina-t-il, me retrouver enveloppé d'algues !

Il se rendit directement au bureau de Min où l'attendaient Walt Pierce, un de ses adjoints, Min, Helmut et Willy. « Où est Alvirah ? demanda-t-il.

— Elle devrait nous rejoindre d'une minute à l'autre, répondit Willy évasivement.

— Ce qui veut dire en clair qu'elle manigance quelque chose », marmonna Scott, se félicitant d'avoir donné pour mission à Liz Hill, une jeune inspectrice, de ne pas lâcher Alvirah d'une semelle. Il se tourna vers Pierce. « Du nouveau ?

— Darva a appelé. Elle a suivi Elyse Hayward jusqu'à son bungalow. Elle la surveille.

— Sait-on si elle est en possession des bijoux ? demanda Scott.

— Elle est allée directement à son coffre-fort, l'informa Pierce. Elle y avait planqué une bouteille de gin.

— Du gin ! s'exclama Min. C'est une des règles non écrites de notre établissement : nos hôtes ne doivent pas dissimuler d'alcool dans leur coffre. Les femmes de chambre ont pour instructions d'y veiller, mais elles n'ont naturellement pas accès aux coffres.

— Comment nos hôtes peuvent-ils perdre du poids s'ils s'alcoolisent ? soupira Helmut. Comment garder l'éclat de la jeunesse dans ces conditions ? »

Vous y arrivez bien, pensa Willy.

« Darva surveille Elyse Hayward avec ses jumelles. Elle dit qu'elle pleure, rit et boit tout à la fois. Bref, elle est en train de se soûler, continua Pierce.

— Voilà qui réfute la théorie d'Alvirah, fit Scott. Si Elyse Hayward avait les bijoux, elle tenterait de s'en débarrasser, pas de se biturer. Walt, avez-vous des nouvelles de Liz ?

— Mme Meehan se cache dans le patio de Barra

Snow. Liz ne peut pas voir à l'intérieur, seulement la façade opposée au patio, mais pour l'instant il n'y a aucune activité.

— Depuis combien de temps Liz est-elle sur place ? demanda Scott.

— Une quinzaine de minutes. »

Le talkie-walkie de Pierce émit un bourdonnement. Il l'activa. « Du nouveau ? » Puis son ton changea. Il regarda Min. « Liz veut savoir si le bungalow de Barra Snow possède une autre entrée.

— Oui, dit Min. Il y a une baie vitrée coulissante dans la chambre à coucher qui donne sur le patio à l'arrière. »

Scott s'empara du talkie-walkie. « Que se passe-t-il ? » Il écouta, puis demanda : « Êtes-vous habillée en femme de chambre ?... Très bien... Allez au bungalow. Trouvez une excuse pour entrer, et faites votre rapport. »

Willy sentit son estomac se contracter comme à chaque fois qu'il commençait à s'inquiéter pour Alvirah.

Un moment plus tard le talkie-walkie résonna à nouveau. L'inspecteur Hill ne chercha pas à parler doucement, et ils purent tous l'entendre. « Barra Snow et Mme Meehan ont disparu. Elles ont dû sortir par la porte de derrière. Le bois n'est qu'à quelques mètres de là. Barra Snow a dû ouvrir le coffre-fort. Le tableau a été repoussé sur le côté.

— Nous arrivons, lui dit Scott. Essayez de retrouver leur trace. »

Willy lui saisit le bras. « Jusqu'où ce bois s'étend-il ?

— Jusqu'au Pebble Beach Club, lui dit Min. Si Barra a les bijoux, elle doit avoir prévu de s'en débarrasser quelque part dans ce bois. Il serait alors quasiment impossible de les y retrouver. Il couvre plus de quarante hectares, dont la plus grande partie est très dense, voire marécageuse par endroits. » Voyant l'expression de Willy, elle ajouta hâtivement : « Mais Alvirah est peut-être simplement en train de la suivre. Je suis sûre qu'elle va bien. »

Alvirah trébuchait à travers les broussailles, poussée par le canon du pistolet appuyé contre son dos. La végétation s'agrippait à ses chevilles, des insectes bourdonnaient autour de son visage. J'attire les moustiques, se dit-elle. S'il n'en existait qu'un seul au monde, il me trouverait.

« Plus vite », ordonna Barra.

Si je pouvais seulement distraire son attention, pensa Alvirah, cherchant autour d'elle l'équivalent d'un bâton, n'importe quoi lui permettant de se défendre.

Elle fit délibérément un faux pas et tomba à genoux, profitant de l'occasion pour reprendre son souffle. « Où m'emmenez-vous ? » demanda-t-elle, levant les yeux vers Barra Snow.

Difficile de reconnaître en cette femme aux lèvres serrées et au regard dur le modèle d'élégance, d'esprit et de sophistication dont elle avait partagé la table ces jours passés. On eût dit que Barra portait un masque. À moins, pensa Alvirah, que son autre visage fût un masque.

« C'est vous qui avez tué Cotter Hayward, n'est-ce pas ? demanda-t-elle. Vous avez volé les bijoux ? »

Snow braqua le pistolet vers elle. « Debout, ordonna-t-elle. Sauf si vous avez envie de mourir ici. »

Alvirah se releva avec effort. Elle eut la présence d'esprit de mettre en marche le micro de sa broche en se relevant. Puis, priant Dieu que Barra ne remarque rien, elle fit glisser le long de son bras le petit sac qu'elle tenait en bandoulière et le laissa tomber subrepticement tout en reprenant sa marche.

« À la bonne heure. Continuez d'avancer.

— D'accord, d'accord. » Alvirah traînait les pieds, espérant laisser une trace de son passage. La chaleur était étouffante, aucune brise ne pénétrait le feuillage épais. Elle pouvait à peine respirer. Mais quoi qu'il arrive, il fallait qu'elle parvienne à enregistrer des aveux. « Il y a une chose que j'aimerais savoir, dit-elle en haletant. Avez-vous ou non tué Cotter ?

— Alvirah, vous qui êtes tellement intelligente, vous avez certainement tout compris. Maintenant fermez-la et AVANCEZ ! »

Alvirah sentit à nouveau le canon du pistolet, cette fois sur sa nuque. « D'après moi, vous avez volé les bijoux et tenté de maquiller le vol en cambriolage en mettant la pièce sens dessus dessous. Vous avez dû vous demander pourquoi Nadine n'avait pas déclaré le vol. »

Elle haletait. « Je vais aussi vite que je peux. Pouvez-vous cesser de me coller ce truc dans le cou ? »

Puis elle poursuivit : « La question est : pourquoi avez-vous tué Cotter Hayward ? Il devait vous rejoindre sur le parcours, n'est-ce pas ? Je parie que vous deviez lui remettre les bijoux. Est-ce que je me trompe ?

— Non, vous avez raison. »

La fureur et la frustration déformaient la voix de Barra Snow.

Quelques instants plus tard, le bois s'éclaircit brusquement et elles débouchèrent dans une zone marécageuse. Alvirah sentit la vase céder sous ses pas. Devant elle s'étendait un étang rempli d'une eau visqueuse et de végétation. Nous approchons du terrain du Pebble Beach Club, pensa-t-elle. Qu'est-ce qu'elle a concocté ?

« Je parie qu'il vous avait donné la combinaison du coffre-fort de Nadine, et qu'il avait l'intention de toucher l'argent de l'assurance pour payer Elyse, continua-t-elle.

— Bien vu sur tous les points, dit Barra. Vous pouvez vous arrêter maintenant. »

Alvirah se retourna. « La question demeure : pourquoi l'avoir tué ? Parce qu'Elyse disait qu'il était d'une avarice maladive, que Nadine savait qu'elle resterait sans le sou si jamais elle divorçait ? Peut-être avez-vous pensé être mieux lotie avec ça ? » Elle désigna le sac de bijoux que portait Barra.

« Bien vu à nouveau, Alvirah. » Cette fois Barra Snow pointa le pistolet vers le cœur d'Alvirah. « Et quand je leur dirai que je vous ai vue passer en courant devant mon bungalow à la poursuite d'un homme qui ressemblait à un des caddys du Pebble Beach Club, ils chercheront l'assassin là-bas, pas à l'institut. Et je serai rentrée à Cypress Point à temps pour mon massage facial.

« Et quand ils vous trouveront — s'ils vous trouvent, car cet étang est profond et la vase vous aspire comme des sables mouvants — je serai loin, très loin d'ici.

« Maintenant, prenez ces faux bijoux dans vos petites mains moites. Je veux me débarrasser d'eux et de vous en même temps. » Alvirah obéit et Barra fit un pas en arrière, pointant une dernière fois le pistolet vers le cœur d'Alvirah.

Tout en s'élançant vers le bungalow de Barra, Scott ordonna à deux voitures de police de bloquer les accès du bois, et à ses adjoints de partir sur-le-champ à la recherche d'Alvirah et de Barra. « Elles ont pu partir dans n'importe quelle direction, lança-t-il. Attendez, nous allons nous séparer jusqu'à l'arrivée des renforts. Min, je veux que vous restiez en dehors de tout ça, ainsi que le baron et Willy. »

Sans tenir compte de l'ordre qui venait de lui être intimé, Willy plongea dans les buissons en appelant Alvirah. Cette femme est une meurtrière, se disait-il, et elle est aux abois. Si elle s'aperçoit qu'Alvirah la suit, il vaut mieux qu'elle sache qu'il y a d'autres personnes à proximité, et qu'elle ne pourra pas s'en tirer avec un nouveau meurtre.

Il se rendit compte que le shérif et son adjoint

étaient partis dans une direction différente de celle où ses pas le guidaient. Je ferais peut-être mieux de me diriger vers la mer, pensa-t-il, doutant soudain de son instinct. Barra Snow tenterait peut-être d'entraîner Alvirah vers la plage.

C'est alors qu'il l'aperçut. Le sac d'Alvirah. Il était convaincu qu'elle l'avait laissé tomber intentionnellement. Puis il distingua plusieurs endroits où l'herbe avait été foulée. Oui, il était dans la bonne direction.

Willy fonça droit devant lui et arriva à la clairière à temps pour voir ce qui se passait, mais trop tard pour arrêter Barra Snow.

Alvirah fit un écart sur le côté en voyant Barra appuyer sur la gâchette, puis elle sentit une douleur aiguë la transpercer, à proximité de sa broche soleil. Comme elle tombait en arrière dans l'eau, elle pensa : Mon Dieu, c'est la fin.

Willy s'élança dans la vase et saisit le bras de Barra à l'instant où elle visait l'endroit où Alvirah commençait à couler. Le coup partit en l'air tandis qu'il s'emparait du pistolet, le lançait au loin, poussait la jeune femme par terre, et se précipitait dans l'étang.

« Je suis là, chérie, dit-il, soulevant la tête d'Alvirah. Je suis là. »

Alvirah avait mal à l'épaule. La broche, se dit-elle. C'est ma broche soleil qui a reçu la balle. Elle avait été sauvée en faisant un mouvement de côté — un pur coup de chance ! Barra avait été prise au dépourvu et la balle n'avait fait qu'effleurer la broche. Elle sentait la douleur irradier autour du point d'impact mais elle n'avait rien de sérieux ! Je suis en vie, s'émerveilla-t-elle. Et j'ai toujours les bijoux.

Elle attendit pour s'évanouir d'avoir la satisfaction de regarder Scott débouler dans la clairière, à temps pour arrêter Barra Snow, qui se débattait furieusement pour s'extraire de la vase.

« Je pense que les circonstances nous permettent d'enfreindre une des règles cardinales de Cypress Point », dit Helmut, voyant une serveuse s'approcher du bungalow Tranquillité avec un plateau chargé de coupes et d'une bouteille de champagne.

Le bras en écharpe, confortablement installée dans un des canapés du salon, Alvirah souriait tour à tour à Min, Scott, Nadine et Bobby. Encore pâle à la pensée qu'il s'en était fallu de peu, Willy ne la quittait pas des yeux.

« Je crois que tu devrais te reposer, chérie, dit-il pour la quinzième fois en cinq heures.

— Je vais très bien, dit Alvirah, et je me féliciterai toujours d'avoir tenu à porter ma broche, au cas où. Le ciel m'est témoin que je n'ai jamais pensé que ce "au cas où" inclurait l'éventualité qu'on me tire dessus. La broche en a pris un coup, mais l'enregistrement est impeccable. Barra Snow ne s'est doutée de rien. » Elle eut un large sourire.

Scott Alshorne secoua la tête. Dieu soit loué, Alvirah vivait à l'autre bout du continent, pensait-il avec un certain soulagement. Cette femme attirait les ennuis, il n'y avait pas à tortiller.

Il devait pourtant reconnaître que l'idée d'Alvirah d'organiser des fuites concernant les empreintes de pas et les faux bijoux avait donné des résultats. S'il ne lui avait pas emboîté le pas sur ce coup-là, Nadine Hayward serait encore en prison, prétendant avoir assassiné son mari pour protéger son fils. Et Barra Snow ferait aujourd'hui ses valises, prête à partir vers le nord, laissant derrière elle un cadavre et emportant la plus grande part des quatre millions de dollars de bijoux volés.

Il accepta la coupe de champagne qu'on lui tendait et se joignit de bon cœur au toast que Helmut et les autres portaient à Alvirah. Songeant à l'avenir, il décida néanmoins que le moment était bien choisi pour dire ce qu'il avait à dire.

« Alvirah, ma chère amie, vous avez sauvé la situation une fois de plus. Mais n'oubliez pas que si une inspectrice ne vous avait pas suivie...

— Une inspectrice que *vous* aviez chargée de me filer, l'interrompit Alvirah. C'était très bien joué, Scott.

— Merci. J'aimerais aussi faire remarquer que vous avez failli perdre la vie aujourd'hui, tout ça parce que vous avez voulu suivre seule Barra Snow. »

L'air faussement contrit d'Alvirah ne convainquit personne. « Je vais être franche, dit-elle. Pour moi c'était Elyse qui avait fait le coup. Une simple question de logique. Et croyez-moi, il y avait vraiment une relation d'amour/haine entre elle et Cotter Hayward.

— C'est vrai, dit Nadine d'une voix douce. Cotter appréciait visiblement chez moi le fait que je ne jouais pas au golf. Elyse et lui avaient des disputes épouvantables au sujet de leur jeu réciproque. Mais au bout de quatre ans il s'est lassé de moi et a regretté cette passion partagée.

— Sauf qu'il trouvait cette passion chez Barra, et non chez Elyse, ajouta Scott. Quand Elyse Hayward a appris ce qui s'était passé cet après-midi-là, elle a sincèrement cru que Cotter voulait reprendre la vie commune avec elle. C'est seulement ensuite qu'elle a compris qu'il y avait quelqu'un d'autre, sans deviner qu'il s'agissait de Barra. »

Scott se tourna vers Nadine. Un léger sourire apparut sur ses lèvres à la vue de l'expression apaisée de son visage et du bonheur que trahissait la physionomie de son fils. Mais il s'obligea à prendre l'air sévère. « Nadine, Bobby et vous avez menti pour vous disculper mutuellement. Il n'a pas été difficile de percer la tentative de Bobby, mais n'oubliez pas que vous auriez fini dans la chambre à gaz si un juge avait cru à votre histoire. Heureusement, Alvirah n'y a pas cru un seul instant, et j'en doutais moi-même.

— Mais vous avez quitté votre bungalow après vous être couchée ce soir-là, dit à son tour Alvirah. Et c'est pour ça que Bobby est parti à votre recherche. Je n'ai jamais su où vous étiez allée. »

Nadine eut l'air embarrassé. « J'ai effectivement téléphoné à Cotter, mais j'étais tellement bouleversée quand il m'a répondu que j'ai raccroché. Ensuite je suis allée jusqu'à la piscine et je me suis allongée dans une des chaises longues. Je savais que personne ne me verrait, et je ne voulais pas que

Bobby m'entende pleurer. J'étais tellement épuisée que j'ai dû m'endormir.

— Voilà pourquoi il y avait une couverture sur une de ces chaises longues, dit Min. Je suis soulagée de l'apprendre. Je n'ai pas su quoi en penser lorsque l'une des employées me l'a rapportée.

— J'ai encore une remarque à faire », dit Alvirah. Elle avait pris un ton sévère tout à coup. « Nadine, je suppose que vous êtes très riche désormais. Je veux m'exprimer en présence de Bobby. Vous ne lui rendriez aucun service en remboursant ses dettes de jeu.

— Vous avez raison », dit Bobby. Il se tourna vers Nadine. « Maman, je ne mérite pas ce que tu as fait pour moi. »

Min se leva. « Il faut que je retourne à la résidence. Ce soir je donne une conférence sur l'importance de la méditation dans l'acquisition de la beauté. »

Cette fois ce fut Willy qui prit la parole : « Min, avec tout le respect que je vous dois, merci de votre hospitalité, mais nous avons l'intention de regagner New York dès demain matin pour y retrouver le calme. Vous pouvez annoncer sur la liste d'attente que le bungalow Tranquillité est disponible. »

Le nid d'ange

On était le 20 décembre, et si Alvirah considéra par la suite qu'elle n'avait jamais vécu jour plus horrible, il avait commencé sous les auspices les plus heureux.

Le téléphone avait sonné à sept heures, apportant l'heureuse nouvelle de la naissance du premier enfant de Joan Moore O'Brien. Une petite fille. « Elle s'appelle Marianne, annonça Gregg O'Brien d'un ton joyeux, elle pèse deux kilos sept, et elle est superbe. »

Joan Moore avait longtemps habité dans le même immeuble qu'Alvirah et Willy dans Queens, et ils l'avaient vue grandir, s'étaient liés avec elle et sa famille au fil des années. Comme le disait Alvirah : « Il n'existe pas de fille plus gentille au monde. »

Willy et elle étaient restés en contact avec Joan après leur installation à Central Park South dans Manhattan, et ils avaient assisté à son mariage avec Gregg O'Brien, un jeune ingénieur séduisant. Ils rendaient régulièrement visite au couple dans leur appartement de Tribeca et avaient fêté avec eux les promotions de Gregg dans son entreprise et celles de Joan à la banque. Ils avaient aussi partagé la terrible déception de Joan qui avait fait trois fausses couches successives.

« Grâce à Dieu, ils ont enfin leur bébé, dit fièrement Alvirah à Willy en empilant des gaufres dans l'assiette de son mari. Tu te souviens que j'avais prédit que ça marcherait cette fois-ci. J'ai même pris les devants et acheté des cadeaux pour le bébé, bien qu'il m'en reste encore pas mal à trouver ce matin avant d'aller à l'hôpital. Après tout, nous sommes ses grands-parents de remplacement. »

Willy sourit à Alvirah, regardant avec amour la femme avec laquelle il avait passé les meilleures années de sa vie. Les yeux bleus d'Alvirah étincelaient de bonheur, son teint était éclatant. Elle était allée chez le coiffeur la veille, et ses cheveux avaient repris leur jolie teinte rousse. Plus un seul fil gris ! Elle était confortablement emmitouflée dans sa robe de chambre en chenille qui drapait ses formes généreuses. Willy sourit : elle était la plus belle femme du monde à ses yeux.

« Nous aurions dû avoir six enfants, dit-il, et vingt petits-enfants.

— Le Seigneur ne l'a pas permis, Willy, mais nous avons désormais la possibilité de gâter la petite fille de Gregg et de Joan. À dire vrai, nous y sommes pratiquement obligés puisque les parents de Joan ne sont plus sur terre. »

À trois heures, ils pénétrèrent dans le hall d'accueil encombré de l'Empire Hospital dans la 27e Rue.

« Il me tarde tellement de voir le bébé, s'exclama Alvirah en passant devant les réceptionnistes trop occupées pour s'intéresser à eux.

— Je suis impatient de leur donner les cadeaux, ajouta Willy croulant sous les paquets qui lui encombraient les bras. Pourquoi se croient-ils toujours obligés d'emballer des vêtements minuscules dans d'énormes boîtes ?

— Parce qu'ils ignorent le vieux dicton : "C'est dans les petits pots qu'on trouve les meilleurs onguents." Regarde, ce hall n'a-t-il pas un aspect joyeux ? J'adore les décorations de Noël. C'est si joli.

— Je n'ai jamais trouvé joli un ballon de baudruche en forme de père Noël, ronchonna Willy en passant devant un traîneau en carton tiré par des rennes.

— Gregg nous a dit que Joan occupait la chambre 1121. » Alvirah s'arrêta un moment. « Les ascenseurs sont par là, dit-elle en désignant le fond du couloir avec l'un des multiples sacs dont elle-même était chargée.

— Tu ne crois pas que nous devrions demander des badges de visiteurs ? demanda Willy.

— Joan a dit de monter directement. Personne ne se soucie de toi si tu as l'air de savoir où tu vas. »

Ils ratèrent de peu un ascenseur et étaient seuls à attendre lorsque les portes de l'ascenseur voisin s'ouvrirent. Dans sa hâte, Alvirah heurta presque une femme qui en sortait, un nouveau-né dans les bras. L'épais carré qui lui couvrait la tête retombait sur son front, dissimulant son visage. Elle portait un anorak et un pantalon.

Toujours maternelle, Alvirah jeta un coup d'œil vers l'enfant qui disparaissait presque dans un nid d'ange jaune. Les yeux bleus du nouveau-né s'ouvrirent, se fixèrent un instant sur elle, puis se refermèrent. Un bâillement détendit le petit visage et les poings minuscules s'agitèrent.

« Quel joli bébé », soupira Alvirah tandis que la femme passait rapidement près d'eux.

Willy tenait la porte de l'ascenseur ouverte avec son épaule. « Chérie, dépêche-toi », la pressa-t-il.

Tandis que l'ascenseur montait lentement, s'arrêtant à tous les étages pour charger des visiteurs, une question traversa l'esprit d'Alvirah. Quand une mère et son enfant quittaient l'hôpital, se demanda-t-elle, n'était-il pas d'usage de les accompagner jusqu'à la sortie dans un fauteuil roulant ? Bon, les choses ont dû changer, conclut-elle.

Arrivée à la chambre 1121, Alvirah entra comme une trombe à l'intérieur. Ignorant Joan, assise dans son lit, et Gregg, debout auprès d'elle, elle se dirigea vers le petit berceau placé contre le mur. « Oh, elle n'est pas là », se désola-t-elle.

Gregg rit. « Marianne passe un test auditif. Je n'ai aucune inquiétude à ce sujet. Quand j'ai déplacé le fauteuil ce matin, elle s'est mise à hurler dans les bras de Joan.

— Puisqu'il en est ainsi, je ferais mieux de m'intéresser aux heureux parents. » Alvirah se pencha vers Joan et la serra dans ses bras. « Je suis tellement contente pour toi, dit-elle, et des larmes se mirent à couler le long de ses joues rebondies.

— Pourquoi les femmes pleurent-elles toujours quand elles sont heureuses ? demanda Gregg à Willy, qui entassait tant bien que mal les cadeaux dans un coin de la pièce.

— Canaux lacrymaux défectueux, marmonna Willy en s'emparant de la main de Gregg qu'il serra vigoureusement. Je ne vais pas me mettre à pleurer, mais je suis très heureux pour vous deux, moi aussi.

— Attendez de la voir, fit Gregg avec fierté. Elle est ravissante, comme sa maman.

— Elle a ton front et ton menton, dit Joan.

— Et tes yeux bleus et ton teint de porcelaine et...

— Désolée, mes amis », interrompit une voix. Ils se retournèrent tous d'un même mouvement et virent une infirmière souriante sur le seuil de la porte. « Il faut que j'emprunte votre bébé pendant quelques minutes, dit-elle.

— Mais une autre infirmière l'a déjà emmené, il y a un instant », s'étonna Gregg.

Voyant l'expression alarmée de l'infirmière, Alvirah comprit tout de suite qu'il y avait un problème.

« Qu'y a-t-il ? demanda Joan en se redressant, soudain blanche comme un linge. Où est mon enfant ? Qui l'a prise ? Que se passe-t-il ? »

L'infirmière se précipita hors de la pièce, et quelques secondes plus tard une alarme retentit à travers l'hôpital. Une voix tendue annonça dans les haut-parleurs : « Code Orange ! Code Orange ! »

Alvirah savait ce que signifiait cette alerte. Incident majeur interne. Elle savait aussi qu'il était trop tard. Elle revit en esprit la femme qui sortait de l'ascenseur au moment où Willy et elle arrivaient. Elle ne s'était pas trompée — les nouveau-nés et leurs mères ne quittent pas l'hôpital sans être accompagnés. Elle se rua hors de la chambre pour avertir le personnel de sécurité, tandis que Joan s'effondrait en larmes dans les bras de Gregg.

Une heure plus tard, à seize heures, dans un petit appartement encombré de la 90e Rue Ouest, Wanda Brown, soixante-dix-huit ans, soutenue par une pile de coussins sur un divan délabré, les yeux embués de larmes, souriait à sa petite-fille. « Quelle merveilleuse surprise, dit-elle. Une visite de Noël. Tu as fait ce long trajet depuis Pittsburgh avec ton nouveau bébé ! Je suis sûre que les ennuis sont derrière toi désormais, Vonny.

— Je pense, grand-mère. » La voix avait un ton monocorde. Les yeux de Vonny, de candides yeux marron clair, étaient perdus dans le vague.

« Quel joli bébé. Est-ce qu'elle est sage ?

— J'espère. » Vonny fit sauter le bébé dans ses bras.

« Comment s'appelle-t-elle ?

— Vonny, comme moi.

— C'est très bien. Quand tu m'as écrit pour m'annoncer que tu étais enceinte, j'ai prié pour que tout se passe bien. Aucune femme ne mérite de perdre un enfant de cette façon, et surtout pas deux fois de suite.

— Je sais, grand-mère.

— Il valait mieux que tu quittes la région de New York, mais tu m'as manqué, Vonny. Le séjour à l'hôpital t'a certainement fait du bien. Parle-moi de ton nouveau mari. Va-t-il venir nous rejoindre ?

— Non, grand-mère. Il est trop occupé. Je vais rester quelques jours, puis je retournerai à Pittsburgh. Mais je t'en prie, ne parle pas de l'hôpital. Et ne pose pas de questions. Je déteste les questions.

— Vonny, je n'ai jamais dit un mot à personne. Tu devrais me connaître mieux que ça. Je suis ici depuis cinq ans, et aucun de mes voisins n'a jamais su ce qui était arrivé. Les sœurs qui me rendent visite sont formidables, et je passe mon temps à leur répéter à quel point tu es affectueuse avec moi. Je leur avais dit que tu espérais avoir un bébé pour Noël, et elles ont toutes prié pour toi.

— C'est gentil, grand-mère. » Vonny eut un bref sourire. Le bébé dans ses bras se mit à pleurer. « Tais-toi ! cria-t-elle en le secouant. Tu m'entends ? Tais-toi !

— Donne-la-moi, Vonny, implora Wanda Brown. Va faire chauffer le biberon. Où sont ses affaires ?

— Quelqu'un a volé sa valise dans le bus, dit Vonny d'un air renfrogné. En chemin j'ai déniché deux ou trois choses dans une friperie, mais il faut que je lui en achète d'autres. »

À onze heures du soir, abattus, assis côte à côte dans la salle de séjour de leur appartement avec vue sur Central Park, Willy et Alvirah regardaient les nouvelles locales sur CBS.

L'ouverture du journal était consacrée à l'audacieux enlèvement d'un nouveau-né âgé de huit heures seulement, Marianne O'Brien, à l'Empire Hospital.

Willy sentit Alvirah se raidir en entendant le présentateur déclarer : « L'auteur de cet enlèvement aurait été vu juste avant de quitter l'hôpital par des amis de la famille, Alvirah et Willy Meehan, qui venaient rendre visite aux heureux parents.

« La description faite par Mme Meehan semble confirmer qu'il s'agissait bien du bébé O'Brien. Malheureusement, ni elle ni son mari n'ont pu fournir de détails significatifs sur la ravisseuse, une femme qui s'était apparemment déguisée en infirmière. D'après les O'Brien elle serait blonde, de taille moyenne, âgée d'une trentaine d'années... »

« Pourquoi ne parlent-ils pas du nid d'ange jaune ? demanda Willy. C'est pourtant une des premières choses que tu as remarquées.

— Sans doute parce que la police préfère cacher certains détails, pour pouvoir faire le tri entre les appels sérieux et ceux qui proviennent d'imposteurs. »

Alvirah pressa la main de Willy en entendant le présentateur ajouter que la jeune mère, Joan O'Brien, était sous sédatifs et que l'hôpital s'apprêtait à tenir une conférence de presse au cours de laquelle le père lancerait un appel à la ravisseuse.

Puis il s'interrompit au milieu d'une phrase. « Nous sommes en ligne avec l'hôpital pour une annonce de dernière minute », dit-il.

Penchée en avant, Alvirah agrippa la main de Willy.

Après une courte interruption, un journaliste prit la parole depuis le hall d'accueil de l'hôpital. « La direction vient de publier un communiqué indiquant que l'uniforme d'une employée de l'hôpital ainsi qu'une perruque blonde ont été découverts dans les toilettes de l'étage où le bébé a été enlevé. Les toilettes sont réservées au personnel et ne sont accessibles qu'en utilisant un code. » Le journaliste marqua une pause pour accentuer son effet et regarda avec intensité la caméra. « La direction craint que cet enlèvement n'ait été perpétré par un membre du personnel de l'établissement. »

Ou par quelqu'un qui connaissait les lieux, pensa Alvirah. Cette femme y avait peut-être travaillé ou été soignée à un moment donné. Ou peut-être avait-elle simplement profité d'une visite à un patient pour repérer la configuration des lieux, observer les allées et venues des infirmières. Elle portait une perruque blonde. Ce qui signifie que nous ne connaissons même pas la vraie couleur de ses cheveux. Avec cette écharpe si étroitement serrée autour de sa tête, je n'ai rien vu.

Les nouvelles concernant l'enlèvement s'achevèrent par l'intervention d'un médecin indiquant la formule du lait en poudre utilisé pour le bébé, et celle d'un commissaire de police promettant indulgence et assistance si l'enfant était ramené en bonne santé. Quiconque possédant des informations était prié d'appeler un numéro qui clignotait à l'écran.

Willy pressa le bouton de la télécommande pour éteindre la télévision, et passa son bras autour des épaules d'Alvirah, assise à côté de lui, l'air anéanti. « Tu n'as pas de raisons de t'en vouloir, chérie. Écoute, si cette femme voulait si désespérément un bébé, elle prendra soin de Marianne jusqu'à ce que la police la retrouve.

— Willy, je ne peux pas m'empêcher de m'en vouloir. Tu sais bien que mes antennes vibrent dès qu'il se passe quelque chose d'anormal. Mais j'étais tellement excitée, tellement impatiente de voir le bébé et d'embrasser Joan et Gregg. Je sais qu'un détail m'a frappée pendant les quelques secondes où j'ai vu cette femme. » Elle secoua la tête. « Le souvenir m'échappe. » Puis elle poussa une exclamation, ses yeux étincelèrent. « Ça y est ! Je me souviens ! Willy, c'était le nid d'ange, ce nid d'ange jaune ! *Je l'ai déjà vu quelque part.* »

Longtemps après que Willy et elle se furent couchés, Alvirah resta éveillée. Où donc avait-elle vu le nid d'ange jaune auparavant, et pourquoi avait-il éveillé son attention ? Mais pour une fois, sa prodigieuse mémoire semblait lui faire défaut.

Lorsque Joan avait été enceinte de huit mois, sachant que l'enfant n'aurait pas de problème, même s'il naissait prématurément, Alvirah s'était lancée dans les achats.

Elle s'était tellement amusée à tout examiner, à choisir les minuscules kimonos, brassières, grenouillères, bonnets et autres sorties de bain. Je ne pense pas être passée devant une seule boutique de vêtements d'enfants sans faire du lèche-vitrines, se dit Alvirah. Mais où donc ai-je vu ce nid d'ange, ou son semblable ?

Aucun des cadeaux qu'ils avaient apportés à l'hôpital n'avait été ouvert ; ils étaient restés tous intacts dans la penderie de la chambre de Joan. Il ne me reste plus qu'à faire la liste de tous les magasins que j'ai visités, conclut Alvirah.

Cette décision prise, Alvirah put enfin se détendre et s'endormir. Le lendemain au petit déjeuner elle exposa son plan à Willy. « À dire vrai, on ne voit plus guère de nids d'ange, expliqua-t-elle. Ils sont moins prisés qu'autrefois. Et celui-ci était jaune, avec un rabat inhabituel, orné d'une large bordure de satin blanc.

— Du satin blanc, ce n'est pas particulièrement bon marché, fit remarquer Willy. J'ai regardé distraitement cette femme, mais ce qu'elle avait sur le dos semblait davantage provenir d'une boutique d'occasion que d'un magasin de luxe.

— Tu as raison, acquiesça Alvirah. Elle portait une sorte d'anorak en nylon marine très ordinaire avec un pantalon du même bleu, le genre de tenue achetée en promotion. Je n'ai pas prêté attention à la femme. J'étais tellement occupée à regarder le bébé. Mais c'est vrai, un nid d'ange bordé de satin est obligatoirement coûteux. »

Puis elle eut un pincement au cœur. « Willy, penses-tu qu'elle aurait volé l'enfant dans l'intention de le vendre à quelqu'un d'autre ? Si tel est le cas, qui peut dire où ils se trouvent ? » Elle repoussa sa chaise. « Il n'y a pas une minute à perdre. »

Malgré le traîneau en carton et les silhouettes en baudruche du père Noël et de ses rennes, le hall de l'hôpital avait perdu l'atmosphère joyeuse qui avait frappé Alvirah et Willy la veille. Le couloir menant aux ascenseurs était surveillé par un vigile, et personne ne pouvait circuler sans badge.

Lorsque Alvirah mentionna le nom de Joan O'Brien, on lui répondit fermement qu'aucune visite n'était autorisée. Elle parvint à persuader la réceptionniste d'appeler Gregg et apprit que Joan n'était plus à l'étage de la maternité. « Oui, les cadeaux sont toujours dans la penderie du 1121, dit Gregg une fois qu'Alvirah lui eut expliqué ce dont elle avait besoin. Je vous y retrouve. »

Alvirah eut le cœur navré à la vue de Gregg. Il semblait avoir vieilli de dix ans en une seule nuit. Ses yeux étaient injectés de sang et son visage creusé de rides qui marquaient sa bouche et son front. Une expression de compassion de sa part ne ferait qu'aggraver les choses ; Gregg savait ce qu'elle ressentait.

« Aidez-moi à ouvrir les paquets, demanda-t-elle d'un ton énergique. Puis je lirai les étiquettes pour savoir de quels magasins proviennent les vêtements, et vous les noterez. »

Il y avait douze magasins au total, les cadeaux allant de la layette qu'elle avait achetée chez Saks et Bloomingdale jusqu'aux chandails au crochet d'un magasin spécialisé de Madison Avenue, ainsi que des choses de moindre importance comme des brassières et des kimonos trouvés dans de petites boutiques moins connues de Greenwich Village et de l'Upper West Side.

Une fois la liste terminée, Alvirah empila rapidement les achats et les plaça dans les plus grands cartons. Au moment où elle refermait le couvercle du dernier, un policier entra dans la chambre, à la recherche de Gregg. « Il y a un élément nouveau, monsieur O'Brien, dit-il. Nous avons reçu un appel sur la ligne spéciale. Un type raconte que la femme de son cousin est rentrée chez elle hier avec un nouveau-né qu'elle prétend être le sien. Le seul ennui est qu'elle n'a jamais été enceinte. »

Un espoir insensé se refléta sur le visage de Gregg. « Qui est-ce ? Où est-il ?

— Il dit habiter Long Island et va rappeler. Mais il y a un hic. Il demande vingt-cinq mille dollars de récompense.

— OK pour la somme », dit Alvirah sans hésiter, bien qu'un sombre pressentiment l'avertît qu'il s'agissait d'une fausse piste.

« Vonny, le bébé a besoin de vêtements de rechange », dit timidement Wanda Brown. On était mercredi après-midi. Vonny était là depuis une journée entière et n'avait changé le bébé qu'une seule fois. « La pièce est pleine de courants d'air, et tu n'as rien de chaud à lui mettre. Elle est vraiment toute petite, il ne faudrait pas qu'elle attrape froid.

— Tous mes enfants ont été petits, lui dit Vonny en examinant le biberon qu'elle tenait à la main. Elle boit si lentement, se plaignit-elle.

— Elle est en train de s'endormir. Sois patiente. Laisse-moi finir de lui donner à boire et va faire des courses. Où as-tu trouvé les affaires que tu lui as achetées après la disparition de sa valise ?

— Dans la friperie en bas de Port Authority. Mais il n'y avait pas grand-chose pour les nouveau-nés, à part le nid d'ange et ça. » Vonny désigna d'un geste la grenouillère et la brassière qui séchaient sur le radiateur. « Ils attendaient un arrivage. Je pourrais tenter d'y retourner. »

Elle se leva et confia le bébé endormi à sa grand-mère. Comme à regret, elle lui tendit le biberon. « Il a refroidi, mais ne t'inquiète pas. Et je ne veux pas que tu marches en la portant.

— Je n'en ai pas l'intention. » Wanda Brown prit l'enfant et essaya de dissimuler son étonnement en s'apercevant que le biberon était glacé. Vonny ne l'a pas fait chauffer, pensa-t-elle. Elle eut un mouvement de recul lorsque sa petite-fille se pencha sur elle.

« Souviens-toi, grand-mère, je ne veux pas que des gens viennent voir mon bébé, je ne veux pas qu'on y touche en mon absence.

— Vonny, personne ne met jamais les pieds ici à l'exception des sœurs qui passent une fois par semaine. Elles te plairaient beaucoup. Ce sont le plus souvent sœur Cordelia et sœur Maeve Marie. Elles s'assurent que les personnes comme moi ont de quoi se nourrir, ne sont pas malades, et que le chauffage et la plomberie fonctionnent. Ainsi, pas plus tard que le mois dernier, sœur Cordelia a envoyé son frère, Willy, qui est plombier, parce qu'il y avait une fuite sous l'évier de la cuisine et que tout était moisi. Un homme charmant. Sœur Maeve Marie est venue lundi, mais aucune ne repassera avant le premier de l'an. Elles m'apporteront juste un dîner de Noël. Il est toujours très bon, et je sais qu'il y en aura assez pour toi aussi.

— Je serai repartie alors.

— Bien sûr. Tu veux passer Noël avec ton mari. »

Vonny enfila son anorak bleu. Ses cheveux noirs tombaient en désordre sur ses épaules. À la porte elle se tourna vers sa grand-mère. « Je vais lui rapporter de jolies affaires. J'aime tellement mon bébé. J'aimais aussi mes autres bébés. » Une expression de souffrance tordit son visage. « Ce n'était pas ma faute.

— Je sais, ma chérie », dit Wanda d'un ton apaisant.

Elle attendit que Vonny fût partie depuis assez longtemps, s'assurant qu'elle était sortie de l'immeuble, puis posa l'enfant sur le divan et l'enveloppa dans son châle élimé. S'emparant de sa canne, elle prit le biberon et claudiqua jusqu'à la cuisine. Un nouveau-né ne doit pas boire de lait froid, se dit-elle, soudain inquiète.

Elle versa de l'eau dans une petite casserole, y plaça le biberon, mit le tout sur le fourneau et alluma le gaz. En attendant que le biberon fût à la bonne température, elle se tourmenta à la pensée du long voyage que Vonny et le bébé allaient entreprendre en car jusqu'à Pittsburgh. Puis elle se fit une autre réflexion. Lors de sa dernière visite, sœur Maeve Marie lui avait dit que les sœurs ouvraient une boutique de vêtements et d'accessoires d'occasion dans la 86e Rue. Les gens pouvaient y acheter de quoi s'habiller pour presque rien, voire pour rien s'ils n'avaient pas d'argent. Peut-être devrait-elle téléphoner aux sœurs et leur raconter qu'on avait volé à Vonny la valise de son bébé. Peut-être auraient-elles de jolis vêtements à lui proposer.

Le biberon était maintenant suffisamment chaud et Wanda revint en boitillant jusqu'au divan. Tandis qu'elle nourrissait le bébé, lui frottant doucement la joue pour l'empêcher de se rendormir, elle réfléchit, hésitant encore à appeler sœur Maeve Marie. Non, décida-t-elle enfin, mieux valait attendre. Avec un peu de chance, Vonny rapporterait peut-être de la jolie layette. En outre, Vonny avait bien dit qu'elle ne voulait pas que des gens viennent voir son bébé. L'interdiction incluait sans doute les sœurs.

Le bébé but ses quatre-vingts grammes de lait. Ce n'est pas si mal, se dit Wanda. Puis elle écouta avec attention. Ce sifflement provenait-il de la poitrine de l'enfant ? Oh, j'espère qu'elle n'a pas pris froid, pensa-t-elle. Elle est si petite, Vonny aurait le cœur brisé s'il lui arrivait quelque chose...

La télévision étant en panne, Wanda écouta le bulletin de midi à la radio. L'histoire de l'enlèvement de la petite O'Brien faisait toujours les gros titres. L'homme qui racontait que sa cousine détenait le bébé avait téléphoné à nouveau et une récompense de vingt-cinq mille dollars lui avait été promise. Les autorités attendaient qu'il rappelle pour organiser la remise de l'argent, en échange de quoi il conduirait la police à l'endroit où habitait sa cousine.

C'est horrible, pensa Wanda en berçant le bébé de Vonny endormi dans ses bras. Comment peut-on voler l'enfant d'une autre ?

Alvirah passa le reste du mercredi et toute la journée de jeudi à faire le tour des magasins où elle avait acheté les vêtements de Marianne.

« Avez-vous, ou avez-vous eu, un nid d'ange jaune bordé de satin blanc ? »

La réponse était invariablement non.

Au dire des vendeuses, les demandes pour les nids d'ange étaient de plus en plus rares. Surtout en jaune. Et une bordure de satin blanc se prêtait mal à des lavages fréquents.

Je suis certaine qu'il était en laine jaune bordée de satin blanc, se souvint Alvirah. Il venait sûrement d'une boutique pour enfants. Peut-être l'avait-elle vu en devanture ? Avec cette idée en tête, elle parcourut les environs immédiats des magasins où elle avait fait ses achats, dans l'espoir que la vitrine d'une autre boutique déclencherait un déclic dans son souvenir.

Tard dans l'après-midi, la neige se mit à tomber,

de légers flocons accompagnés d'un vent violent et humide. Oh, mon Dieu, pensa-t-elle en rentrant chez elle, pourvu que la personne qui a kidnappé Marianne la tienne au chaud et la nourrisse correctement.

Les décorations de Noël et de Hanoukka qui illuminaient le hall de leur immeuble de Central Park South lui parurent déplacées avec leur air joyeux. Une fois arrivée dans son appartement, elle se prépara une tasse de thé et téléphona à l'hôpital où elle fut mise en communication avec Gregg.

« Je suis avec Joan, dit-il. Elle ne veut plus qu'on lui administre de calmants. Elle est au courant de l'appel et de la récompense. Elle veut vous parler. »

Alvirah fut chavirée en entendant la voix étouffée de Joan la remercier de son offre de payer la récompense.

« Ne parlons pas d'argent, dit-elle, s'efforçant de prendre un ton léger. Assure-toi seulement que Marianne ait pour deuxième prénom Alvirah.

— Promis. »

Alvirah ajouta précipitamment : « Je plaisantais, Joanie. Ce n'est pas un nom pour un tout-petit, pas à notre époque en tout cas. »

Willy arriva au moment où elle raccrochait. « Bonnes nouvelles ? demanda-t-il avec espoir.

— Je voudrais pouvoir te répondre par l'affirmative. Willy, si tu savais que la femme de ton cousin détient un nouveau-né et si tu avais l'assurance d'obtenir la récompense demandée, qu'est-ce qui t'empêcherait de révéler tout de suite l'endroit où se trouve l'enfant ?

— Peut-être craint-il que la femme du cousin ne devienne folle si on le lui reprend.

— Il devrait d'abord craindre qu'il n'arrive quelque chose au bébé. La récompense ne sera versée que si Marianne est rendue saine et sauve. Il le sait. Écoute-moi, Willy, cet appel est un canular. L'homme cherche un moyen de toucher l'argent avant de disparaître dans la nature. »

Willy vit le chagrin qui marquait le visage d'Alvirah et comprit qu'elle se sentait encore responsable de ce qui était arrivé. « J'étais avec Cordelia, dit-il. Elle m'a téléphoné quelques minutes après ton départ. Les sœurs et elle prient pour l'enfant. »

Alvirah ne put s'empêcher de sourire. « Je la connais, elle est probablement en train de dire : "Écoute maintenant, Seigneur..."

— Plus ou moins, convint Willy. Sauf qu'elle prie en travaillant, désormais. La boutique de vêtements d'occasion connaît un vrai succès. Lorsque je suis allé voir Cordelia sur place hier, des quantités de gens y achetaient des affaires de bonne qualité et en excellent état.

— Je sais, Cordelia n'accepte pas ce qui est trop usagé, dit Alvirah. Et elle a raison — ce n'est pas parce qu'on traverse une passe difficile qu'il faut porter des guenilles.

— Et elle a mis un écriteau demandant des jouets et des jeux pour les enfants. Elle a même mobilisé davantage de volontaires pour faire des emballages cadeaux. Elle tient à ce que les enfants aient des paquets à défaire le matin de Noël.

— Un cœur d'or et une volonté d'acier, telle est

notre Cordelia », dit Alvirah. Puis elle s'écria : « Willy, je me sens tellement, tellement impuissante. Prier est important, certes, mais j'ai l'impression que je devrais faire plus. Quelque chose de... de plus actif. Rester comme une bûche à attendre me rend folle. »

Willy l'entoura de son bras. « Alors occupe-toi. Va donner un coup de main à Cordelia demain matin. Il y avait déjà beaucoup de clients la semaine dernière. Demain, à deux jours de Noël, ce sera l'émeute. »

Le matin du 23 décembre la tension avait atteint son paroxysme au One Police Plaza, dans la cellule de crise chargée de l'enlèvement connu des initiés sous le nom de code « Nid d'ange ». L'équipe tout entière doutait sérieusement à présent de la véracité des propos de l'individu qui prétendait savoir où se trouvait le bébé des O'Brien.

Ils avaient réussi à le garder en ligne assez longtemps pour établir l'origine des deux appels. Tous deux provenaient du Bronx, non de Long Island, et de cabines peu distantes l'une de l'autre. À présent, des agents en civil patrouillaient dans le voisinage de Fordham Road et de Grand Concourse, surveillant les téléphones publics, prêts à interpeller le mystérieux correspondant.

Les experts analysaient les cassettes vidéo des services de sécurité de l'Empire Hospital enregistrées le 20 décembre, particulièrement celles qui provenaient des caméras de surveillance installées dans le hall d'accueil et dans le couloir menant aux ascenseurs. La cassette où l'on distinguait vaguement Alvirah et Willy révélait peu de chose de la femme portant l'enfant. Seul ressortait le nid d'ange, à cause de sa large bordure de satin. La discussion était intense au sein de l'équipe sur l'opportunité de révéler l'existence du nid d'ange jaune. Bien entendu, tous les policiers de New York en possédaient la description, mais comme le disait un inspecteur : « Que la ravisseuse en entende parler et elle le flanquera à la poubelle. En gardant l'information secrète nous pouvons au moins espérer qu'elle s'en serve pour couvrir le bébé lorsqu'elle l'emmènera dehors, et que l'un de nous puisse ainsi la repérer. »

L'informateur était supposé rappeler le 23 à dix heures. À l'heure dite, serrés l'un contre l'autre, Joan et Gregg attendaient. Dix heures sonnèrent. Onze heures... Puis midi, et toujours rien.

À quinze heures l'appel vint enfin. L'homme avait changé d'avis. « J'ai repéré tous les flics embusqués dans les environs, dit-il d'un ton hargneux. Vous ne reverrez jamais cette gosse. Que la femme de mon cousin la garde. »

Il mentait. Tous les membres de la cellule de crise en étaient convaincus. C'était un imposteur dès le début.

L'était-il vraiment ? Avaient-ils saboté toute l'affaire ? Quelques minutes plus tard, les médias diffusèrent des appels affolés : « Rappelez. Reprenez contact. Aucune question ne vous sera posée. Si vous êtes déjà poursuivi, l'indulgence de la justice vous est acquise. Les parents de Marianne sont au désespoir. Ayez pitié d'eux. »

Les habits que Vonny avait rapportés de la friperie située près de Port Authority étaient beaucoup trop grands pour un tout petit bébé. « Ils n'avaient presque plus rien », dit-elle, furieuse. L'enfant avait pris son biberon de midi, et elle essayait d'épingler une brassière pour l'empêcher de glisser le long du bras. « Tiens-toi tranquille, s'énerva-t-elle.

— Écoute, laisse-moi faire, dit sa grand-mère d'un ton inquiet. Tu devrais descendre au delicatessen et prendre un de leurs excellents bagels avec un café. Tu n'as rien avalé au petit déjeuner, et tu as toujours aimé les bagels grillés.

— Oui, pourquoi pas. »

Dès que la porte se fut refermée derrière sa petite-fille, Wanda alla en boitant jusqu'au téléphone et composa le numéro de l'appartement où, à dix rues de là, logeaient sœur Cordelia et sœur Maeve avec quatre autres religieuses. Un appartement qu'elles qualifiaient ironiquement de minicouvent.

C'est la plus âgée des sœurs qui lui répondit. Cordelia et Maeve étaient à la boutique, dit-elle à Wanda. Il y avait eu un arrivage exceptionnel et elles triaient les dons en vitesse. Oui, oui, il y avait quantité de vêtements de bébé. « Envoyez-nous votre petite-fille, elle prendra ce dont elle a besoin. »

Mais lorsque Vonny revint avec son café et son

bagel, Wanda vit bien que son humeur était encore plus sombre qu'avant, et elle n'osa pas mentionner la boutique et les vêtements. Elle savait que Vonny devinerait qu'elle avait parlé d'elle et du bébé.

Elle attendrait demain. Peut-être Vonny aurait-elle retrouvé son gentil caractère. Wanda soupira. Elle avait dormi sur le divan depuis l'arrivée de Vonny, et les ressorts cassés n'amélioraient en rien l'arthrite aiguë qui rendait si douloureux le moindre de ses déplacements. C'est néanmoins de bon cœur qu'elle avait laissé sa chambre à Vonny, encore qu'elle s'inquiétât de la voir dormir dans le même lit que le bébé. Et si elle roulait sur le côté comme ça lui était arrivé avec le premier six ans auparavant ? pensa Wanda. Wanda n'oublierait jamais cette nuit de cauchemar à l'Empire Hospital, quand on lui avait annoncé que le bébé était mort. Ou si Vonny avait un étourdissement et tournait de l'œil pendant qu'elle donnait son bain au bébé, et qu'il se noie ? Comme c'était arrivé pour le second à Pittsburgh. C'est regrettable qu'elle ait eu un troisième enfant si tôt après sa sortie de l'hôpital psychiatrique, pensa Wanda. Je ne la crois pas prête à s'occuper d'un nourrisson.

Alvirah trouva un certain réconfort à se dépenser en compagnie d'autres personnes. Même s'il lui était pénible de trier et plier des costumes de ski et des salopettes d'enfants, des T-shirts, pulls et grenouillères, tous gaiement décorés de dessins de Mickey, de Cendrillon et de la Petite Sirène. Chaque geste lui rappelait douloureusement que Gregg et Joan ne verraient peut-être jamais Marianne ainsi vêtue.

« Je vais m'occuper des vêtements d'adultes », déclara-t-elle à Cordelia au bout d'une heure passée à vérifier les affaires de bébé.

Le regard gris autoritaire de sœur Cordelia s'adoucit. « Alvirah, pourquoi n'as-tu pas davantage confiance en Dieu ? Tu devrais prier au lieu de culpabiliser.

— Je vais essayer. » Alvirah sentit les larmes gonfler sous ses paupières tandis qu'elle se dirigeait vers la table où étaient empilés les vêtements de femme. Cordelia a raison, pensa-t-elle. Mon Dieu, je ne suis pas fameuse comme détective cette fois-ci. C'est à votre tour de faire quelque chose.

Alvirah aimait bavarder avec les gens en général. D'une façon ou d'une autre, elle trouvait toujours un aspect intéressant chez tout le monde. Aujourd'hui cependant elle resta silencieuse à l'une des tables de tri, rassemblant habilement les jupes et les vestes dépareillées, rangeant les articles par taille avant de les déposer sur les comptoirs appropriés. La vue des visiteurs qui entraient et sortaient, s'exclamaient devant l'étalage des vêtements suffisait à peine à lui remonter le moral.

Comme elle plaçait avec soin les jupes et les hauts des 15-16 ans sur la table des tailles 36, une femme s'écria : « Tout est dans un état parfait. Comme neuf. Ma fille va être folle de joie. Les prix sont tellement raisonnables. Je n'aurais jamais cru pouvoir lui offrir cet ensemble pour les vacances. On croirait qu'il vient de la Cinquième Avenue.

— En effet. »

Alvirah resta jusqu'à la fermeture à huit heures. Willy avait raison — être occupée lui avait fait du bien. Pourtant elle ne parvenait pas à chasser le sentiment que quelque chose lui échappait, et ce « quelque chose » la tracassait, et continua de la tracasser pendant tout le trajet du retour.

Willy avait préparé le dîner, mais Alvirah n'avait pas faim et put à peine avaler quelques bouchées des côtes de porc farcies qui étaient sa spécialité.

« Chérie, tu vas tomber malade, s'inquiéta-t-il. Ce n'était peut-être pas une bonne idée d'aller au magasin aujourd'hui.

— Au contraire, cela m'a fait du bien, franchement. Willy, tu aurais dû entendre tous ces gens parler de leurs trouvailles. Une femme a pris un ensemble pour sa fille et déclaré qu'il semblait venir tout droit de la Cinquième Avenue, qu'il avait l'air neuf. »

Alvirah reposa sa fourchette. « Oh, mon Dieu, s'écria-t-elle. C'est ça !

— Quoi ?

— Willy, je me trouvais dans la boutique la semaine dernière. *C'est là que j'ai vu le nid d'ange.* J'en suis certaine. Je triais les vêtements masculins, mais une des bénévoles s'occupait des affaires de bébé, et elle me l'a montré, elle m'a montré ce nid d'ange. » Alvirah se leva d'un bond, toute son énergie retrouvée. « Willy, la ravisseuse est venue dans la boutique de Cordelia. J'appelle tout de suite la police sur la ligne spéciale. »

Le matin du 24 décembre, le ciel se chargea de gros nuages menaçants. La météo prévoyait des chutes de neige dans la soirée, pouvant atteindre jusqu'à quinze centimètres. Un Noël blanc était garanti.

Pour Alvirah la nuit avait été longue et agitée. L'équipe de la cellule « Nid d'ange » avait accepté de la retrouver à huit heures, à l'ouverture du magasin, mais Cordelia lui avait donné des nouvelles décourageantes la veille. Voilà une semaine, elles avaient envoyé une partie des dons, y compris des vêtements de bébé, à d'autres boutiques gérées par le couvent. Deux se trouvaient dans le Bronx. Une autre était proche de Port Authority, au centre de Manhattan. Le temps de rassembler tous les bénévoles, de leur demander de se rappeler ce qui avait été expédié et où, le nid d'ange risquait fort d'avoir été vendu dans l'un de ces magasins.

« Je vais tenter de rassembler tout le monde ici, avait promis Cordelia. Espérons que quelqu'un se souviendra de ce qu'est devenu le nid d'ange. Et continue de prier, Alvirah. Tu as déjà obtenu quelques résultats. »

Alvirah avait discuté de la situation avec Willy durant leurs heures d'insomnie. « Si nous découvrons que le nid d'ange a été expédié dans le Bronx, il y a de fortes chances que l'auteur de l'appel existe vraiment et sache réellement où Marianne est cachée. Par ailleurs, si cette femme est allée faire ses achats du côté de Port Authority, elle peut avoir kidnappé le bébé et pris un bus pour Dieu sait où. »

À six heures du matin, Alvirah était certaine d'une chose : elle venait de passer la nuit blanche la plus longue de sa vie.

« Je vais repartir demain, grand-mère », annonça Vonny en poussant la porte de l'appartement à huit heures du matin, portant un sac en papier qui contenait deux cafés et deux bagels.

Elle était de bonne humeur. Wanda s'en rendit compte immédiatement. Le seul fait d'apporter un café et un bagel à sa grand-mère en était la preuve. Vonny pouvait être si gentille, songea Wanda. Elle avait crié contre le bébé une fois durant la nuit, mais elle était alors sortie de la chambre et avait fait chauffer un biberon. Elle était plus calme.

Wanda protesta, prenant le risque de mécontenter Vonny : « Mais la météo est mauvaise, et il y a tellement de gens qui voyagent la veille de Noël. »

Vonny sourit. « Je sais, mais j'aime ça. J'aime voyager quand il y a beaucoup de monde. »

Wanda fit une autre tentative : « Vonny, je ne t'en ai pas parlé. Tu étais tellement déçue que la boutique d'occasion du bas de la ville ait si peu de choses pour bébés. Tu sais, il y a un magasin du même genre dans le quartier dont s'occupent mes amies les sœurs. » Elle décréta qu'un petit mensonge serait sans conséquence. « Lorsque la sœur est venue me rendre visite l'autre jour, elle a dit qu'elle avait de très jolis vêtements d'enfant. Tu pourrais y trouver deux ou trois bricoles avant de repartir. Ton bébé a un léger rhume, il ne faudrait pas qu'il tombe malade pendant le voyage.

— J'irai peut-être. À quelle heure viennent ces sœurs avec leur panier de Noël ?

— Pas avant trois heures.

— Je prends le car de deux heures. »

Elle ne veut pas rencontrer les sœurs, pensa Wanda. Vonny était toujours aussi farouche.

À neuf heures du matin, les enquêteurs avaient fini d'interroger tous les bénévoles que sœur Cordelia avait pu rassembler au magasin. Plus important, une femme se souvenait distinctement que le carton contenant le nid d'ange jaune avait été envoyé à la friperie de Port Authority.

« Quelle poisse, fit remarquer l'un des inspecteurs. S'il avait été vendu ici, nous aurions pu espérer que la ravisseuse se trouvait dans les parages. S'il avait été expédié dans le Bronx, restait l'espoir que l'informateur avait dit la vérité et ne tentait pas seulement d'extorquer une récompense. Nous allons essayer de retrouver la personne qui a vendu ce fichu nid d'ange, mais même si nous obtenons une description plus précise de cette femme, je parie qu'elle et le bébé ont déjà quitté New York.

— Vous avez sans doute raison, dit Alvirah doucement. Mais je continue d'espérer. Et de prier. Quelqu'un a-t-il parlé à Gregg ce matin ?

— L'inspecteur. Joan devait rentrer chez elle aujourd'hui, mais son médecin s'y est opposé. Elle est trop déprimée et il veut la garder en observation au moins jusqu'à après-demain. Elle va passer un Noël atroce.

— Mais Gregg sera à ses côtés.

— Le pauvre garçon est tellement épuisé que le médecin dit qu'il tient à peine debout. » L'inspecteur hocha la tête, répondant à un signe du lieutenant. « Nous allons faire un tour dans le bas de la ville maintenant. Nous vous tiendrons au courant, madame Meehan. Et merci. »

Je vais y aller moi aussi, décida Alvirah, puis elle vit Cordelia se diriger vers elle.

« Alvirah, je ne veux pas abuser de ta gentillesse, mais pourrais-tu rester au magasin jusqu'à midi ? J'ai besoin d'aide.

— Bien sûr, Cordelia. Que puis-je faire pour toi ?

— Trier une fois de plus les vêtements d'enfant. Ils sont à nouveau en désordre. Toutes les tailles sont mélangées. Les gens ne font attention à rien. »

Cordelia hésita avant d'ajouter : « Alvirah, après ton appel d'hier soir, nous avons parlé du bébé disparu et de toute l'histoire, et sœur Bernadette a raconté quelque chose qui depuis me trotte dans la tête. Il paraît qu'une femme a appelé pour demander si nous avions de la layette au magasin. Elle disait que sa petite-fille séjournait chez elle avec son nouveau-né, et que la valise contenant les effets du bébé avait été volée.

— Cette personne a-t-elle donné son nom ? demanda Alvirah.

— Non. Sœur Bernadette est certaine d'avoir reconnu la voix mais elle n'arrive pas à mettre un visage dessus. » Cordelia haussa les épaules. « Peut-être sommes-nous en train de nous raccrocher à un faux espoir. »

Alvirah parvint tant bien que mal à garder le sourire pendant l'heure qui suivit, tandis qu'elle répartissait et rangeait les affaires de bébé. Le plus dur fut le moment où elle trouva une petite veste de laine jaune en bas d'une pile, avec un étroit ruché de satin blanc autour du capuchon. La veste lui rappela le nid d'ange.

Puis ses yeux s'agrandirent. Serait-ce possible ? Cette veste formait-elle un ensemble avec le nid d'ange ? Sûrement. Elle en avait la conviction. La même qualité de laine, le ruché de satin. Elle avait dû être séparée du nid d'ange et incluse dans l'envoi destiné au magasin de Port Authority. Elle allait la remettre à la police. Au moins connaîtraient-ils ainsi la teinte exacte et la texture du nid d'ange.

« Puis-je voir ce que vous tenez à la main, je vous prie ? »

Alvirah se retourna. Une femme d'une trentaine d'années se tenait près d'elle. Vêtue d'un anorak indéfinissable et d'un jean. Ses cheveux sombres étaient partagés par une large mèche blanche.

Alvirah crut qu'elle allait défaillir. La taille de la femme, son âge, tout correspondait. Et il n'était pas étonnant qu'elle ait porté une perruque blonde et un carré sur la tête. N'importe qui aurait remarqué ces cheveux bizarres. Elle était facilement repérable.

La femme la regarda avec curiosité. « Vous avez un problème ? »

Alvirah lui tendit la veste sans dire un mot. Elle ne voulait pas parler. Elle ne voulait pas que la suspecte fasse attention à elle, la reconnaisse. Mais soudain, aussi brusquement qu'elle l'avait prise, la femme reposa la veste et se hâta vers la sortie.

Mon Dieu, c'est elle, pensa Alvirah. Et elle m'a reconnue. Sans même prendre son manteau, elle s'élança vers la porte. Dans sa précipitation, elle trébucha sur un jouet que traînait un gamin et tomba. « Attendez ! » cria-t-elle.

Des mains se tendirent pour la relever, la mère du petit garçon tenta de s'excuser. Alvirah les écarta et se rua dans la rue. Mais le temps qu'elle atteigne le trottoir, la femme avait déjà parcouru la moitié du bloc.

« Attendez ! » cria de nouveau Alvirah.

La femme tourna la tête et se mit à courir à son tour.

Les passants regardaient avec étonnement Alvirah se frayer un chemin parmi eux dans les rues bondées. Indifférente au vent glacial et à la neige qui s'était mise à tomber, elle continua de courir, sans perdre la femme de vue, espérant apercevoir un policier.

La femme tourna soudain sur sa gauche dans la 81e Rue. Alvirah la rattrapa au moment où elle s'arrêtait près d'une voiture stationnée devant le Muséum d'histoire naturelle.

Le conducteur de la voiture s'empressa de sortir. « Que se passe-t-il, Dorine ?

— Eddie, cette femme est folle. Elle me suit. »

L'homme contourna la voiture et fit face à Alvirah, hors d'haleine. « Qu'est-ce que vous voulez ? » demanda-t-il.

Alvirah jeta un coup d'œil à l'intérieur de la voiture. Sur la banquette arrière un bébé et un jeune enfant étaient sanglés dans leurs sièges. Le bébé avait les cheveux bruns. « Je vous suivais effectivement, dit-elle, le souffle court, à la jeune femme. Mais je m'aperçois que j'ai fait une erreur. Je suis désolée. Quand vous avez pris cette petite veste, je vous ai confondue avec quelqu'un d'autre. Et lorsque vous l'avez reposée, j'ai cru que vous me reconnaissiez.

— Je l'ai reposée en voyant tout de suite qu'elle était bien trop petite pour mon enfant, dit-elle en désignant le bébé dans son siège. J'ajoute que je ne vous ai jamais vue, et vous m'avez lancé un tel regard que je vous ai prise pour une cinglée. » Puis elle eut un large sourire. « Bon, écoutez, n'en faisons pas une montagne. C'est la veille de Noël. Tout le monde est un peu sur les nerfs, pas vrai ? »

Alvirah rebroussa lentement chemin jusqu'au magasin. « Je suis gelée jusqu'aux os, se dit-elle. Je vais téléphoner à la police, leur dire de venir prendre la veste, et ensuite je rentrerai à la maison. »

En arrivant, elle éluda les questions dont la bombardaient les autres bénévoles. « C'était une erreur. J'ai cru reconnaître cette femme. » Puis elle se dirigea vers la table où elle avait laissé la petite veste jaune. Elle n'était plus là.

Oh non ! Elle aperçut Tara, une adolescente qui

venait donner un coup de main. « Tara, aurais-tu vu quelqu'un prendre une veste de bébé à capuchon jaune ?

— Ouais, il y a trois minutes. Je l'ai aidée à choisir d'autres vêtements, et aussi des couvertures et des draps, puis elle a aperçu la petite veste et a paru ravie. Elle a dit que l'autre jour elle avait trouvé le reste de l'ensemble dans un autre magasin d'occasion en ville. On avait dû le ranger avec les grenouillères ou je ne sais quoi. »

Alvirah sentit ses jambes fléchir. « À quoi ressemblait cette femme ? »

Tara haussa les épaules. « Oh, je ne sais pas. Brune. À peu près de votre taille. Vingt-cinq... trente ans. Elle portait un anorak gris foncé, non, bleu foncé. Si vous voulez mon avis, elle aurait pu faire un tour parmi les vêtements de femme pendant qu'elle y était. »

Mais Alvirah ne l'écoutait plus. Elle hésitait à demander de l'aide, mais elle savait que chaque seconde comptait. Elle attrapa la jeune fille par la main. « Viens avec moi.

— Mais, mais il faut que...

— J'ai dit viens ! »

Au moment où elles franchissaient la porte, Cordelia sortit de l'arrière-boutique. « Alvirah ! appela-t-elle, que se passe-t-il ? »

Alvirah répondit sans perdre une seconde : « Téléphone à la police. La femme que nous cherchons était ici il y a une minute. »

Columbus Avenue grouillait de gens en train de faire leurs derniers achats. Alvirah regarda autour d'elle d'un air désespéré et s'arrêta. « Tu dis que la femme a acheté d'autres choses. Dans quoi les portait-elle ?

— Dans deux de nos gros sacs blancs.

— Si ces sacs sont lourds, elle ne peut pas marcher très vite », fit remarquer Alvirah, plus pour elle-même que pour la jeune fille.

Tara sembla tout un coup comprendre ce qui avait provoqué la réaction d'Alvirah. « Madame Meehan, vous croyez que la veste allait avec le nid d'ange jaune au sujet duquel la police est venue nous interroger ? Les sacs étaient tellement lourds que j'ai demandé à cette femme si elle allait loin et elle a répondu : Pas très loin, un peu plus haut que la 90e Rue. »

Alvirah se retint pour ne pas embrasser Tara. « Maintenant, écoute-moi bien, dit-elle vivement. Tu vas retourner au magasin, et dire ceci à sœur Cordelia. Dis-lui qu'elle prévienne la police, qu'ils ratissent toute la zone comprise entre ici et la 90e. Dis-lui que nous nous rapprochons du nid d'ange jaune ! »

La bonne humeur matinale de Vonny qui avait tant réjoui sa grand-mère ne dura pas. Le bébé s'était mis à pleurer après son biberon de dix heures et semblait inconsolable. Wanda n'osa pas aborder le sujet des vêtements.

Exaspérée, voulant échapper aux cris de l'enfant, Vonny avait décidé d'aller dans le magasin de vêtements d'occasion. Chargée de ces gros sacs maintenant, elle regagnait l'appartement de sa grand-mère à travers les rues enneigées. Les sept blocs qui la séparaient de la 90e Rue et de West End Avenue lui parurent interminables.

Le pas lourd, les nerfs à vif, furieuse, elle râlait : « Maudite gamine, dit-elle tout haut, une emmerdeuse, comme les autres. »

Le bébé pleurait toujours à son retour. Wanda, l'air épuisé, la berçait doucement dans ses bras.

« Qu'est-ce qu'elle a maintenant ? s'écria Vonny.

— Je crois qu'elle ne va pas très bien, Vonny, dit Wanda d'un ton piteux. Je pense qu'elle a un peu de fièvre. Tu ne devrais pas la sortir aujourd'hui. Ce serait une erreur. »

Sans prêter attention aux remarques de sa grand-mère, Vonny s'approcha de l'enfant blottie dans ses bras. « La ferme ! » hurla-t-elle.

Wanda sentit sa gorge se serrer. Vonny avait cette mine renfrognée, cette expression butée, absente, que Wanda avait appris à redouter. Elle devait malgré tout la prévenir. « Vonny, ma chérie, sœur Maeve Marie a téléphoné après ton départ. Elle va arriver dans quelques minutes avec le panier de Noël. Elles ont commencé leur tournée plus tôt à cause du mauvais temps. »

Les sourcils de Vonny formèrent une barre noire en travers du front. « Est-ce toi qui lui as demandé de venir, grand-mère ?

— Non, ma chérie. » Wanda tapota le dos du bébé. « Chuuut... Oh, Vonny, elle respire mal !

— Elle ira bien quand nous serons arrivées à Pittsburgh. » Vonny se dirigea d'un pas lourd vers l'autre pièce avec ses paquets, puis en ressortit immédiatement. « Je ne veux pas parler à cette bonne sœur, ni lui montrer mon bébé. Donne-la-moi. Je vais la prendre dans la chambre jusqu'à ce qu'elle soit partie. »

Alvirah marchait rapidement vers le haut de la ville, balayant les rues transversales du regard à chaque carrefour, demandant aux passants s'ils avaient vu une femme en anorak bleu marine chargée de deux grands sacs blancs.

Au croisement de la 86e et de Broadway, la chance lui sourit. Un vendeur de journaux lui dit avoir vu une femme répondant à ce signalement zigzaguer au milieu de la rue. « Elle allait vers West End Avenue », dit-il.

Au croisement de la 88e et de West End, un vieil homme traînant un chariot à provisions déclara qu'une femme chargée de deux sacs blancs l'avait dépassé. Il s'en souvenait parce qu'elle avait posé ses sacs pendant une minute. « Elle marmonnait et jurait, fit-il d'un ton désapprobateur. Drôle de façon de fêter Noël ! »

La première voiture de police arriva au moment où Alvirah atteignait la 89e Rue Tara avait visiblement fait le récit fidèle des événements. « Nous allons passer le secteur au peigne fin, dit un sergent d'un ton décidé. Et si nécessaire nous fouillerons chaque appartement. Pourquoi ne rentrez-vous pas chez vous, madame Meehan ?

— Je ne peux pas », répondit Alvirah.

Le sergent lui jeta un regard de sympathie. « Vous allez attraper une pneumonie. Venez au moins vous asseoir au chaud dans la voiture. Laissez-nous faire à partir de maintenant. »

Sur ces entrefaites arriva sœur Maeve Marie, un gros panier à la main. Son petit voile flottait au vent. Comme sœur Cordelia, elle portait une robe qui lui arrivait à la cheville. À la vue d'Alvirah en conversation avec le policier, l'étonnement se peignit sur son visage. Elle pressa le pas pour les rejoindre. Elle avait été dans la police autrefois et connaissait le sergent. « Hello, Tom, dit-elle avant de se tourner vers Alvirah. Que se passe-t-il ? »

Mise au courant de la situation, elle s'exclama : « La femme qui a pris le bébé est dans les environs ? Dieu tout-puissant ! » Son instinct de policier se réveilla immédiatement. « Tom, avez-vous bouclé le secteur ?

— C'est ce que nous faisons en ce moment même, Maeve. Nous allons inspecter chaque immeuble, interroger tous les habitants du quartier. Mais tâchez de persuader Mme Meehan d'attendre dans la voiture. Elle va tourner de l'œil si elle continue.

— Alvirah ne va sûrement pas tourner de l'œil, dit sèchement Maeve tandis que d'autres voitures de police arrivaient sur les lieux dans un crissement de pneus. Alvirah, aidez-moi à livrer mes paniers. Nous irons plus vite à deux. Certaines personnes nous parleront plus volontiers qu'aux flics. Ma camionnette est garée au coin de la rue. » Elle regarda le sergent. « À un emplacement non autorisé. »

Enfin quelque chose à faire ! Alvirah savait que Maeve avait raison. Les personnes âgées ou malades rechignaient souvent à coopérer avec la police, même si elles savaient quelque chose d'essentiel. « Allons-y, dit-elle.

— J'ai quatre livraisons à faire dans ce pâté de maisons », lui dit Maeve.

Le premier panier était destiné à un vieux couple qui n'avait pas mis le nez dehors depuis Thanksgiving. Leur voisine faisait les courses pour eux. Alvirah sonna à sa porte.

Dès qu'elle ouvrit, Alvirah la mit au courant. « Non, répondit la femme. Je passe mon temps à aller et venir et j'aime bavarder avec les gens, mais personne ne m'a parlé d'un bébé dans cet immeuble. » Et elle n'avait vu aucune femme dans les environs portant un enfant enveloppé dans un nid d'ange jaune.

La seconde livraison, trois immeubles plus loin, était destinée à une femme âgée de quatre-vingt-dix ans et à sa fille de soixante-dix. Lorsque Maeve leur présenta Alvirah, les deux femmes savaient parfaitement qui elle était. Willy était venu réparer leur plomberie. « Quel homme merveilleux ! » Malheureusement, elles ne savaient rien du bébé.

À la troisième visite, une femme avec trois petits enfants avait disposé des paquets sous l'arbre. « Tout vient de votre magasin, leur confia-t-elle dans un murmure. Les enfants brûlent d'impatience de les défaire. »

Mais elle non plus n'avait pas entendu parler d'une jeune femme brune avec un nouveau-né.

« Plus qu'un, dit Maeve à Alvirah tandis qu'elles portaient ensemble le dernier panier. Wanda Brown est une femme adorable. Elle souffre d'arthrite aiguë et n'a aucun parent à l'exception d'une petite-fille qui vit quelque part en Pennsylvanie. Elle en parle peu, mais apparemment la pauvre fille a eu une existence tragique. Elle a perdu deux enfants en bas âge. »

Elles s'apprêtaient à pénétrer dans l'immeuble qui faisait l'angle de la 90e et de West End Avenue. Plus bas dans la rue elles voyaient les policiers aller de maison en maison. Alvirah et Maeve se regardèrent soudain. « Maeve, avez-vous la même idée que moi ? demanda Alvirah.

— Sœur Bernadette a reçu un appel d'une personne qui demandait si le magasin avait des vêtements de bébé parce que sa petite-fille venait d'avoir un enfant. Oh, mon Dieu, Alvirah, je vais prévenir Tom. »

Mue par son instinct, Alvirah l'en empêcha. « Non ! Entrons d'abord dans l'appartement. »

Debout à la fenêtre, Vonny regardait les policiers s'agiter dans la rue. Le bébé était couché sur le lit, ses cris réduits à des gémissements plaintifs. Soudain elle aperçut une religieuse et une autre femme qui se dirigeaient vers l'entrée de l'immeuble, dix étages plus bas. Elles portaient un panier.

Vonny alla dans le séjour. « Je crois que ton panier de Noël arrive, grand-mère, dit-elle d'un ton neutre. N'oublie pas, ne leur parle ni de moi ni de la petite. »

Wanda eut un sourire timide. « Comme tu voudras, chérie. »

Vonny regagna la chambre. Le bébé dormait. Heureusement pour toi, pensa-t-elle.

« L'appartement comporte trois pièces, chuchota Maeve en sonnant à la porte. C'est moi, Wanda, sœur Maeve Marie. »

Alvirah hocha la tête. Elle se sentait vibrer de la tête aux pieds. « Je vous en prie, mon Dieu. Je vous en *supplie* ! »

Le timbre discordant de la sonnette retentit à travers l'appartement. Dans la chambre, l'enfant réveillé en sursaut se mit à pleurer. Furieuse, Vonny attrapa une chaussette et se pencha sur le lit.

Wanda Brown se dirigea péniblement jusqu'à la porte. Elle accueillit sœur Maeve avec un sourire crispé. « Oh, vous êtes trop bonne, soupira-t-elle.

— Mme Meehan m'aide à porter les paniers », lui dit Maeve.

Alvirah passa rapidement devant la vieille femme et pénétra dans l'appartement. Elle inspecta la petite entrée, le séjour encombré. Il n'y avait personne. Elle jeta un coup d'œil furtif dans la cuisine. Des casseroles étaient posées sur le fourneau, des assiettes empilées sur la table. Mais rien n'indiquait la présence d'un bébé.

La porte de la chambre était entrouverte, et elle distingua le lit défait et deux angles de l'étroite pièce. Apparemment vide elle aussi.

Elle examina soigneusement le séjour. Rien là non plus n'indiquait la présence d'un bébé.

« Wanda, demandait Maeve, est-ce vous qui avez

téléphoné en disant que votre petite-fille avait besoin de vêtements pour son bébé ? Sœur Bernadette croit avoir reconnu votre voix. »

Wanda pâlit. Vonny devait faire comme à son habitude, écouter derrière la porte. Elle allait être furieuse. Et quand Vonny piquait une rage...

« Oh non, répondit-elle d'une voix tremblante. Pourquoi l'aurais-je fait ? Je n'ai pas vu Vonny depuis presque cinq ans. Elle vit à Pittsburgh. »

Alvirah savait que son visage reflétait la même déception que celle qu'elle lut dans les yeux de Maeve.

« Eh bien, passez un joyeux Noël, dit Maeve. Nous allons déposer le panier sur la table de la cuisine. La dinde est encore chaude, mais n'oubliez pas de la mettre au réfrigérateur après votre dîner. »

Alvirah se sentit alors envahie par un sentiment d'urgence. Plus que jamais, elle avait le pressentiment que le bébé courait un danger. Elle voulait sortir d'ici au plus vite, continuer à le chercher. Elle traversa rapidement la pièce et alla à la cuisine déposer le panier. Puis, comme elle tournait les talons, la manche de son chandail se prit dans la poignée du réfrigérateur et la porte s'ouvrit toute grande. Elle s'apprêtait à la refermer quand elle aperçut un biberon à moitié vide dans le compartiment du haut.

« C'est vous qui avez téléphoné ! hurla Alvirah à l'adresse de Wanda en se ruant dans le séjour. Votre petite-fille est ici ! Qu'a-t-elle fait de Marianne ? »

Le regard terrifié que Wanda tourna vers la

chambre fournit à Alvirah la réponse à sa question. Maeve sur ses talons, elle s'élança vers la porte.

Vonny sortit de la pièce au même moment. Elle tenait le bébé à bout de bras devant elle. La bouche de l'enfant était couverte d'une vieille chaussette, ses yeux exorbités. « Vous la voulez, hurla Vonny, eh bien, tenez ! »

Alvirah n'eut que le temps d'attraper l'enfant au vol, et de la serrer contre sa poitrine. Une seconde plus tard, Maeve avait délivré Marianne de son bâillon, et les pleurs d'un nouveau-né furieux emplirent l'appartement.

Dans un hurlement de sirène, l'ambulance fonçait dans la Neuvième Avenue en direction de l'Empire Hospital. Sanglée sur son brancard, Marianne fixait de ses yeux grands ouverts l'infirmier qui se penchait sur elle.

« C'est une petite dure à cuire, dit-il d'un ton réjoui. À part un léger rhume, je dirais qu'elle est drôlement en forme, après tout ce qu'elle a traversé. »

Assise près de l'enfant, Alvirah ne la quittait pas du regard. À côté d'elle, sœur Maeve Marie souriait d'un air béat.

Alvirah n'arrivait pas à croire que tout était terminé, que Marianne était en sécurité. Ses mains frémissaient encore au souvenir de l'instant où elle avait saisi le bébé, senti le petit cœur battre sous ses doigts.

La suite restait floue dans son esprit. Des bribes

lui revenaient à la mémoire — Vonny qui courait vers sa grand-mère en criant qu'elle n'avait pas voulu faire de mal au bébé, qu'elle n'avait jamais voulu faire de mal à aucun de ses bébés ; Maeve qui se penchait par la fenêtre pour héler les policiers en bas ; la police qui envahissait l'appartement ; la foule des badauds, les caméras et les journalistes qui étaient apparus dans la rue avant même l'arrivée de l'ambulance. Les images se superposaient comme un rêve fou, étourdissant, merveilleux.

L'ambulance freina à l'entrée de l'hôpital, s'arrêta. Les portes s'ouvrirent sur-le-champ, actionnées par les infirmiers qui attendaient à l'extérieur, et des mains se tendirent pour prendre l'enfant. Maeve se leva alors et dit d'un ton ferme : « Une seule personne peut remettre ce bébé à sa mère : Alvirah Meehan. »

Moins d'une minute plus tard, sous l'œil des caméras et les applaudissements du personnel de l'hôpital, Alvirah s'avançait triomphante dans le hall en tenant Marianne chaudement emmitouflée dans le nid d'ange jaune. Quelques minutes après, elle déposait son petit fardeau dans les bras d'une Joan O'Brien rayonnante de bonheur.

« Tu n'as pas mis longtemps à rebondir », fit remarquer Willy à Alvirah, tandis qu'ils remontaient bras dessus, bras dessous la Cinquième Avenue depuis Saint-Patrick. Ils venaient d'assister à la messe de minuit, qui leur avait paru particulièrement joyeuse cette année.

« C'est vrai, admit Alvirah en hochant la tête. Oh, Willy, je n'ai jamais passé plus beau Noël de ma vie. À la messe, j'ai prié pour cette jeune femme, Vonny. Elle est malade et a besoin de se faire soigner, et elle mérite qu'on l'aide. Mais crois-moi, je n'ai pas pu prononcer une seule prière pour le salaud qui a envoyé ces messages bidon. D'ailleurs, puisque la police l'a retrouvé et qu'il va payer pour ce qu'il a fait, j'ai décidé de le citer. »

Elle regarda autour d'elle. « New York est si beau sous la neige avec toutes ces vitrines décorées pour Noël ! J'irai faire des achats pour Marianne demain matin — après avoir écrit un article pour le *Globe* naturellement, un récit complet de l'affaire du nid d'ange jaune. Mais aujourd'hui... » Alvirah sourit. « Aujourd'hui je veux seulement savourer ce miracle.

— Le fait que Marianne soit saine et sauve ?

— Qu'elle soit saine et sauve grâce au hasard. J'ai compris qu'elle se trouvait dans cet appartement uniquement parce que ma manche s'est prise dans la poignée de la porte du réfrigérateur, et que la poignée a cédé. C'est ça le miracle, Willy. Si la porte ne s'était pas ouverte aussi facilement, si je n'avais pas vu ce biberon... »

Willy éclata de rire. « Chérie, n'oublie surtout pas de fournir cette explication à Cordelia ce soir à dîner. Lorsque j'ai réparé la fuite dans la cuisine de Wanda Brown le mois dernier, j'ai remarqué que la poignée était mal fixée et j'avais promis de revenir l'arranger. Encore la semaine dernière Cordelia m'a houspillé à ce sujet, me demandant quand j'allais y retourner. Mais j'ai été tellement occupé avec tous ces achats et ces paquets à porter que je n'ai pas eu le temps d'y aller. » Il se tut un moment. « C'est bien ce que tu dis : un miracle. »

À PROPOS D'ALVIRAH ET WILLY...

Mary Higgins Clark, qui est née et a grandi à New York, est d'origine irlandaise et puise souvent dans ses racines pour créer les personnages de ses livres. « C'est le cas d'Alvirah et de Willy », dit-elle.

« Alvirah et Willy ont travaillé dur toute leur vie — elle comme femme de ménage, lui comme plombier. N'ayant jamais eu d'enfants, ils ont reporté leur affection sur les autres membres de leur famille, des amis et des gens dans le besoin. C'est un couple qui vivait près de chez nous lorsque nous habitions le Bronx qui m'a inspirée pour créer Alvirah et Willy », se souvient-elle.

« Ils s'appelaient Annie et Charlie Potters. Charlie, qu'Annie appelait toujours "mon Charlie", était un grand gaillard de flic irlandais. Annie avait les cheveux teints en roux, une mâchoire proéminente et un cœur d'or. Elle portait systématiquement ce qui ne lui allait pas et elle était capable de parader habillée de la tête aux pieds avec des vêtements dépareillés, sûre de sortir d'une page de *Vogue*. Annie et Charlie étaient des voisins merveilleux, et j'espère avoir saisi un peu de leur âme en Alvirah et Willy.

« Gagner à la loterie a transformé la vie d'Alvirah et de Willy. Mais cela n'a jamais changé leur regard sur ce qui compte réellement dans la vie. »

TABLE

Meurtre à Cape Cod 9
Le cadavre dans le placard 65
Recherche plombier désespérément 121
La réserve à charbon 169
Le billet gagnant 187
Comment rafler la mise 215
Les bijoux volés 265
Le nid d'ange 335

Édition exclusivement réservée
aux adhérents du Club
Le Grand Livre du Mois
15, rue des Sablons
75116 Paris
réalisée avec l'autorisation des éditions Albin Michel

*La composition de cet ouvrage
a été réalisée par Nord Compo
à Villeneuve-d'Ascq,
l'impression a été effectuée
sur presse Cameron dans les ateliers
de* ***Bussière Camedan Imprimeries***
*à Saint-Amand-Montrond (Cher),
pour le compte des Éditions Albin Michel.*

Achevé d'imprimer en octobre 2002.
N° d'impression : 024755/4.
Dépôt légal : novembre 2002.
ISBN : 2-7028-7413-4
Imprimé en France